그때,
타이완을
만났다

일러두기

이 책에서 등장하는 역사적 사실은 여러 책을 참고해 썼습니다. 구체적으로 어떤 책에서 도움을 받았는지는 본문에 각주를 달았습니다.

타이완에서는 타이완을 台灣 혹은 台灣으로, 타이베이를 臺北 혹은 台北으로 표기합니다. 공식적으로는 臺를, 생활에서는 台를 많이 쓰는데, 이 책에서는 편의상 台로 통일시킵니다.

이 책을 집필하면서 용어의 문제에서 혼란을 겪었습니다. 중국 원서건 번역판이건 같은 뜻도 다른 용어로 표기하거나 발음하는 경우들이 있었습니다. 여러 측면에서 검토한 끝에, 이 책에서는 우선적으로 한글맞춤법의 외래어 표기법에 따라 지명, 인명 등을 표기했는데 표기법에 따른 발음과 현지의 발음이 약간씩 차이가 날 수 있습니다. 그 차이가 클 때는 각주 처리를 해 설명했습니다. 그리고 표기법에 맞지 않더라도 이미 우리나라 사람들 사이에서 굳어진 일부 말은 그대로 표기했습니다.

타이완에는 중국 대륙에서 일찍이 건너와 자리 잡은 한족漢族인 본성인本省人과 1949년경 건너온 외성인外省人 사이에 정치적 갈등이 있는데, 여기에 소개한 내용은 여러 시각들 가운데 일부입니다. 그러니 타이완을 좀 더 이해하는 데 참고만 하시길 바랍니다.

음식의 맛은 개인 취향에 따라 다르게 느낄 수 있음을 감안해 주십시오. 이 책에서 묘사한 타이완 음식의 맛은 전적으로 글쓴이의 주관적 견해임을 미리 밝힙니다.

이지상
지음

삶이 깊어지는 이지상의 인문여행기

그때,
타이완을
만났다

RHK
알에이치코리아

오래된 여행자의 첫 여행지

타이완을 여행한 사람들로부터 이런 얘기를 종종 들었다.

"타이완 사람들은 참 친절해요. 상업적인 친절이 아니라 마음에서 우러나오는 따스한 정이 느껴져요. 제가 생각하던 타이완이 아니었습니다. 중국적이면서도 일본적인 게 뒤섞인 듯한 독특한 문화가 있어요. 아주 매력적인 나라입니다. 거리 분위기도 아기자기하고 예쁘고, 맛있는 음식도 풍부해서 정말 반했어요."

요즘 들어 타이완의 매력이 널리 알려지고 있다.

나 역시 그곳에 가면 마음이 푸근해지고 즐겁다. 그냥 거리를 걷고, 하늘을 바라보고, 사람들과 얘기하는 시간이 흥겹다. 언젠가 타이완에서 한 시절을 살며 그 매력에 푹 빠져보고 싶을 정도다.

어느 날, 타이완을 다녀온 후배 여행 작가와 술을 마시다가 그녀에게 물은 적이 있었다.

"우리가 왜 타이완을 좋아하는 거지? 이유가 뭘까?"

"글쎄요, 좋긴 좋은데 머리에 확 떠오르질 않네요."

타이완이 좋아서 타이완 가이드북을 쓴 그녀나, 타이완이 좋아서 여섯 번씩이나 여행한 나조차 확실한 답을 떠올리지 못했다.

뭔가 있긴 있는데 그게 뭘까? 둘이 해답을 찾겠다고 잠시 끙끙거렸다. 인심 좋고, 맛있는 음식 많고, 온천도 있고, 아기자기한 구경거리도 많지만, 그쯤이야 어느 나라에든 있지 않은가?

세상을 꽤 많이 돌아다닌 그녀와 나는 그동안 돌아다닌 곳들을 나열해 보았다. 중국의 거대한 만리장성, 실크로드, 히말라야 산맥, 인도 바라나시, 이집트 피라미드, 유럽의 화려한 유적지, 동남아 해변, 뉴질랜드 초원, 시베리아 벌판, 아프리카 대초원……. 이 얼마나 장엄하고 멋지며 매혹적인 곳들인가?

"사실 타이완에 거창한 자연이나 유물이 많은 건 아니잖아."

"세계 5대 박물관 중 하나인 고궁박물원이 있긴 하지요."

아, 그렇다. 그건 정말 세계에 자랑할 만한 박물관이다. 그러나 그 외에는 거창한 곳이 별로 없다. 또 우리나라와 비슷해서 한국인들의 눈에 타이완은 무척 평범하게 비친다. 그런데 후배와 나는 왜 타이완에 푹 빠진 것일까?

그녀와 헤어져 집으로 돌아오는 길에 이런 생각을 했었다.

우린 지친 거야. 멀고 낯선 여행길과 여행하는 삶에 지친 거야. 돈을 벌려고 글을 쓰는 데 지쳤고, 사람에 지쳤고, 삶에 지쳤던 거지. 그런데 타이완에 가면 그들의 소박한 삶과 정 덕분에 마음이 푸근해지는 게 아닐까? 맞아. 첫사랑과도 같은 첫 여행지, 타이완은 먼 길을 돌고 돌아온 내 등을 토닥토닥 어루만져 주었지.

"괜찮아요. 그동안 잘 살아왔어요. 조금만 더 힘을 내세요."

4년 전 어머니가 병으로 돌아가셔서 많이 우울하고 힘들었던 그때, 나는 타이완을 만났다. 지난 세월, 다섯 번을 여행했던 그곳과의 여섯 번째 만남이었다. 나는 타이완을 여행하며 큰 위로를 받았다. 그 체험은 《나는 지금부터 행복해질 것이다》란 책으로 나왔고 다시 용기를 내서 힘차게 살아왔다.

영화 〈색, 계〉, 〈브로크백 마운틴〉, 〈와호장룡〉으로 유명한 타이완 출신의 이안 감독은 〈음식남녀〉에서 이런 메시지를 전한다.

"인생은 음식남녀다. 맛있는 것 먹고 남녀 간에 사랑하는 것, 바로 거기에 행복이 있다."

나는 이 메시지를 가슴으로 이해하는 데 수십 년이 걸렸다. 그의 말대로 거창한 욕망과 목표를 버리고 나니 발밑의 삶이 사랑스러웠고 소박한 일상이 즐거움으로 다가왔다.

그러나 한동안 의욕적으로 살다 보니 언제부턴가 몸과 마음이 지치기 시작했다. 호흡 조절을 하려고 해도 핑핑 돌아가는 세상의 속도, 생계 걱정 때문에 마음이 편치 않았다. 이 악순환을 어찌할 것인가? 아무리 마음을 비우고 느긋하고 소박하게 살고 싶어도 현실은 만만치 않았다. 짐승이나 사람이나 먹고산다는 것은 쉽지 않다. 또한 생로병사의 고통은 시시각각 달려든다. 이게 비정한 현실이다.

결국 잠시 탈출해서 숨을 고를 수밖에 없었던 나는 다시 타이완을 방문했다. 그곳은 나에게 최고의 휴식처였다. 인천공항에서 비행기로 2시간 30분. 우리나라에서 갈 수 있는 나라들 가운데 항공료가 가장 싼 곳 중의 하나이며 물가는 한국보다 조금 저렴한 곳. 한 달은 비자 없이도 내 집처럼 드나들 수 있는 곳. 사람들은 부드럽고 친절하며 음식은 맛있고 풍성한 곳. 거창하고 거대한 것을 기대하면 실망할 수도 있지만 소박한 마음으로 보면 우리와 비슷한 문화는 편안하게 다가오고 약간의 다름은 신선한 호기심을 유발시킨다. 또한 오래전부터 살아온 말레이-폴리네시안계 원주민들의 문화, 스페인과 네덜란드의 식민 흔적, 17세기 중반부터 뿌리 내린 중국의 전통, 19세기 후반부터 약 50년간 영향을 미친 일본의 통치 흔적을 딛고 안정적인 발전과 민주화를 이룩한 현재의 타이완에는 다양하고 독특한 문화가 있다. 일상 속에 깃든 이런 속살을 관찰하는 즐거움은 대단했다. 그 과정에서 삶이란 무엇인가에 대해 성찰하는 시간도 매우 소중했다.

나는 종종 사람들에게 이렇게 말한다.

"타이완에 가 보세요. 삶에 지친 당신, 푹 쉴 수 있을 거예요. 친구네 집에서 맛있는 음식 먹고, 노천 온천물에 목욕하고, 커피 마시고, 수다 떠는 것처럼 천천히 게으름 피우다 오세요. 그리고 작은 보물들을 가슴 한가득 안고 오세요."

이 글을 쓰고 있는 순간에도 불쑥 뒷주머니에 여권을 찔러 넣고 얇은 지갑을 손에 쥔 채, 배낭도 없이 공항으로 향하는 나를 상상한다. 무작정 공항에서 표를 사서 비행기에 오르면 맛있는 기내식이 나오겠지? 타이완 맥주를 한잔 마시고 한숨 자고 나면 나는 어느새 그 섬에 가 있을 것이다. 그리고 얼마 후면 청나라 말기 같은 분위기를 풍기는 주펀의 어느 객잔이나 골목길 찻집에 앉아 바다를 내려다보고 있을 것이다. 그곳은 지겨운 일상의 삶도 아니고 버거운 여행길도 아닌, 여백이 가득한 중간 지대다.

전번 여행에서는 힘들었던 삶의 무게와 더께를 닦아 냈다면, 이번 여행에서는 너무 열심히 사느라 생긴 긴장과 스트레스를 풀었다.

어떻게? 간단하다.

먹고, 마시고, 걷고, 생각하고, 사람들에게 감동하고 감사했다. 그 삶의 본질에 푹 빠져 '살아 있음의 황홀함'을 느꼈다. 물론, 그런 것은 '지금, 여기서'도 얼마든지 깨달을 수 있다. 어디 타이완에만 그런 게 있겠는가? 그러나 사람은 가끔 살던 곳을 떠나 봐야 세상이 잘 보이는 법이다. 그렇게 휴식을 취하고 나면 다시 발밑의 삶을 사랑하게 된다.

타이완의 매력이 더욱 널리 알려졌으면 좋겠다. 타이완은 아직 우리에게 그 진가가 충분히 알려지지 않은 보물섬과 같은 곳이다.

타이완 인문여행기《나는 지금부터 행복해질 것이다》의 초판을 낼 때도, 이번에 타이완을 일곱 번째 여행한 뒤 타이완과 나의 변화를 새롭게 담은 개정증보판《그때, 타이완을 만났다》를 낼 때도 편집자 이지혜 씨를 만난 것은 행운이었다. 여행의 재미와 인문학적 지식을 결합시키는 것은 저자뿐만 아니라 편집자에게도 힘든 작업이다. 저자의 의도를 살려가면서 대중들에게 쉽게 다가갈 수 있도록 세심한 배려를 하고, 중국어 발음과 표기법 등에 대한 고민, 꼼꼼한 사실 확인 등 그녀의 노력과 열정으로 인해 책이 더욱 튼실해졌다. 진심으로 감사드린다. 책을 만드느라 수고한 모든 분들, 여행길에서 만난 수많은 타이완 사람들이 없었다면 이 책은 나올 수 없었다.

옆에서 지켜보고 용기를 북돋아 주는 아내, 가족들 그리고 하늘에 계신 어머니에게 이 책을 바친다.

목차

4장 다시 찾은 타이완 꿈 같은 휴가를 떠나다

타이완 지도

중국

둥인

베이간

난간

예류
지룽
핑시
타이베이
주펀

베이푸

쑤아오

타이루거 협곡

장화
루강
르위에탄
화롄

타이완

자이
아리산

타이난

타이둥

가오슝

헝춘 컨딩

타
이
완
역
사

당신은 타이완에 대해서 얼마나 아는지? 공산당에게 패한 장제스^{蔣介石}와 그 세력들이 건너와 다스리는 중국에 속한 섬? 혹은 한국에 사는 화교들의 고향?

예전의 타이완에 대한 이미지는 그랬다. 나이 든 사람에게 '대만'은 그렇게 비쳤고 지금도 그렇게 인식하는 이도 많다. 그러나 타이완은 그런 몇몇 이미지로 단박에 파악할 수 있는 나라가 아니다. 장제스와 함께 내려온 사람들은 타이완 사람들의 일부일 뿐이며, 한국에 사는 화교들은 원래 산둥^{山東} 출신으로 타이완과는 상관이 없었다. 다만 중국이 공산화되자 '타이완 국적'을 취했을 뿐이다.

섬나라 타이완의 문화는 독특하다. 역사적으로 중국에 속해 있으면서도 일본 문화가 깊게 드리워져 있고 또 동남아 문화도 섞여 있다. 북회귀선이 타이완을 지나는데, 그 이남은 열대고 이북은 아열대라 날씨가 동남아처럼 후텁지근하고 사람들은 느긋하다. 건축 양식, 음식, 대중문화 등에서 일본풍도 많이 느껴지고 지하철을 타면 안내 방송이 푸퉁화普通話*, 민난어閩南語**, 하카어客家語***, 영어 네 가지 말로 나와 여행자들을 어리둥절하게 만든다. 또한 중국인과 전혀 다른 외모의 원주민들이 타이완 전국 곳곳에 살고 있다.

타이완에 아무것도 모른 채 가면 모든 게 신기하기도 하고 혼란스럽기도 하다. 나 역시 첫 여행 때 그랬다. 그 후 여행을 되풀이하면서 차차 타이완에는 다양한 문화가 공존하고 있다는 것을 알게 되었다.

타이완에는 아주 오래전부터 오스트로네시안Austornesian 또는 말레이-폴리네시안Malayo-Polynesian계 원주민들이 살아왔다. 이들은 높은 수준의 문화를 이룩했고 특히 기원전 3000년경 동부 해안의 화롄花蓮에서는 옥 산업이 발달해 태평양의 여러 섬으로 퍼져 나갔다.

타이완은 변방의 섬이었기에 중국인들의 큰 관심을 끌지

---

* 중국 표준어. '만다린'이라고도 한다.
** 푸젠 성 남부, 광둥 성 동부, 하이난 성 및 타이완에서 쓰는 말이다.
*** 중국 광둥 성 북부, 장시 성 남부, 푸젠 성 서남부 및 타이완에 사는 하카족이 쓰는 말. 하카족은 동남아 각지까지 퍼져 있다.

못했다. 그랬던 타이완이 서양인들에게 알려진 것은 16세기였다. 포르투갈의 선박 한 척이 타이완 해협을 지나가다 거대한 산맥과 울창한 숲이 우거진 섬을 발견하고 '일랴 포르모사Ilha Formosa'라는 이름을 붙였다. 포르투갈어로 '일랴'는 '섬'이고 '포르모사'는 '아름다운'이란 뜻이니, '일랴 포르모사'란 '아름다운 섬'이다.

타이완 사람들도 타이완을 '아름답고 수려한 섬'이란 뜻을 담아 '미려도美麗島'라고 표기한다. 그리고 "타이완 스 바다오台灣是寶島."라고 종종 말한다. '타이완은 보물섬이다.'라는 뜻인데, 보물들이 있는 나라인 만큼 역사가 평탄치 않았다.

아시아로 식민지를 넓히던 네덜란드인들은 1624년 현재의 타이난台南 지방에 성을 쌓고 타이완의 남부와 중부를 지배하기 시작했다. 스페인은 1626년 타이완 북부의 단수이淡水, 지룽基隆 일대를 점령하고 성채를 세웠으나 1642년에 네덜란드인들에게 쫓겨났다. 네덜란드인의 세력은 남부의 타이난과 북부, 중부, 동부의 일부까지 미쳤다.

네덜란드의 지배가 끝난 것은 38년 후인 1662년이었다. 명나라 장수였던 정성공鄭成功이 네덜란드인들을 몰아내고 21년 동안 타이완을 지배하는데 이때 많은 푸젠 성의 한인들이 건너와 타이완을 개척했다. 이들을 본성인本省人이라고 한다. 정성공이 죽은 후에는 청나라가 정성공의 후손들을 몰락시키고 이곳을 직접 지배하나, 1895년 청일전쟁에서 이긴 일본은 시모노세키 조약을 맺어 타이완을 일본 영토로 만든다. 타이완 사람들은 그렇게 일본의 지배 아래 50년을 보내게 된다.

1945년 일본이 패망하자, 이번에는 국민당 정부군이 새로운 주인이 되어 나타났다. 국민당 정권은 대륙에서 공산당과 싸우느라 타이완의 물자를 공출했다. 살기가 점점 어려워지는 가운데 1947년 타이베이의 전매청 앞에서 밀수 담배를 팔던 노파가 본토 출신인 전매청 직원에게 폭행당하고, 그 과정에서 본성인 한 명이 총격에 숨지면서 전국적인 시위가 발생했다. 이것을 '얼얼바(2.28) 사건'이라 한다. 국민당 정권은 시위대를 무력으로 진압해 2만여 명이 죽고 수많은 지식인이 투옥되었다. 그리고 1949년에는 대륙에서 공산당에게 패한 장제스와 대륙인들 200만 명가량이 타이완으로 와서 계엄령을 선포한다. 일련의 사건을 계기로 본성인들과 장제스를 따라 건너온 외성인^{外省人}들 사이에서는 갈등이 빚어졌고, 본성인들은 훗날 민진당^{民進黨}을 만든다.

내부 세력의 반목뿐만 아니라, 타이완이란 국가의 앞날도 순탄치 않았다. 중국에 밀려 1971년 유엔에서 축출된 것이다. 그러다 1987년 계엄령이 해제되면서 민주화를 향해 전진한다. 1992년에는 우방인 한국이 중국과 급작스럽게 수교를 맺는 등 국제사회에서 고립되어 가면서도 타이완은 착실한 경제 성장을 했다. 2000년에는 야당인 민진당의 천수이벤陳水扁이 총통이 되고 2004년에도 재선된다. 천수이벤은 얼얼바 사건 등 예전의 상처를 극복하고자 역사를 복원하고 국민당 정권이 만들어 놓은 틀을 허물기 시작했다. '타이완인에 의한 타이완'을 내세우던 민진당은 '하나의 중국'을 내세우는 중국과 국민당 사람들을 자극하여 긴장감이 돌기도 했다. 그러다 2008년 국민당의 마잉주馬英九가 총통으로 당선되면서 중국과 타이완의 관계는 순탄해진 편이다. 한편, 2009년 천수이벤이 부정부패 혐의로 구속되어 1심에서 무기징역, 2심에서 20년형을 선고받으면서 국민당과 민진당의 갈등은 심해졌다. 이 같은 중국과의 관계, 내부의 정치적 갈등 속에서도 타이완은 착실한 경제성장을 하며 다양한 문화를 만들어 가고 있다. 또한 본성인과 외성인들 간의 갈등도 풀어 나가기 위해 노력하고 있다.

타이완 역사의 밑바탕에는 이런 다양성이 있다. 다양성은 과거에 갈등과 충돌을 불러일으켰지만 현재는 독특하고 매력적인 문화를 형성하는 원동력이다.

현재 외성인은 타이완 전체 인구의 13퍼센트로 푸퉁화를 쓴다. 본성인은 전체 인구의 85퍼센트로, 이들은 민난어를 쓰는 민난인(푸젠인)과 하카어를 쓰는 하카인으로 나뉜다. 민난인은 정성공을 따라왔거나 그 후에 이민해 온 푸젠 성 출신 사람들로 타이완 인구의 70퍼센트이다. 하카인은 700~1,000년 전쯤 중국 북부와 중부에서 푸젠, 광둥 등 동남부로 내려왔다가 다시 1700년대 초 타이완으로 이주한 한족의 후손이다. 타이완에서 푸퉁화, 민난어, 하카어를 사용하는 사람들은 서로 소통이 안 될 정도로 각 언어들은 전혀 다르다. 여기에 또 한족이 오기 전부터 타이완에 살아온 원주민들이 있다. 전체 인구의 약 2퍼센트인 이들은 여러 부족으로 나뉘며 제각각 고유한 언어와 문화를 갖고 있다.*

•   인구에 대한 수치는 《Taiwan A to Z》(Amy C. Liu, Community Services Center, Taipei, 2009)에서 인용했다.

1장

타이완 섬

추억과 함께한 일주 여행

타이베이
Taipei

오랜 인연

타이완은 나의 첫 해외 여행지였다. 20여 년 전인 1988년 8월, 직장에서 휴가를 얻어 8박 9일 동안 여행을 다녀왔다. 한동안 마음을 잡을 수 없을 정도로 첫 여행의 후유증은 깊었다. 몸은 여기 있어도 마음은 길 위에 있었다. 새로운 세상을 마음껏 돌아다니고 싶다는 열망에 결국 두 달 만에 사표를 내고 배낭을 멨다. 여행 작가로서의 삶이 시작되는 순간이었다.

　　타이완과의 인연은 계속 이어졌다. 동남아 여행을 하고 있던 1989년 초에 두 번째로 타이완에 갔었다. 한 달 동안 타이완에 푹 빠졌던 나는 이 좋은 나라를 소개해 보자는 결심을 했다. 그래서 세 번째로 방문한 같은 해 4월에 가이드북을 쓰고자 타이완 구석구석을 샅샅이 취재했다. 취재 내용을 정리한 원고를 목돈 받고 넘겼지만 출판사 사정으로 책이 출간되지 못했다. 실망한 나는 가이드북 출간을 포기한 채 더 넓은 세상을 자유롭게 여행하기로 했다.

그 뒤 한동안 타이완에 들르지 않았다. 타이완보다는 더 멀고, 더 낯선 곳을 찾아다녔다. 그러다 서서히 여행과 삶이 시들해지던 무렵인 2006년 9월 초, 아내와 함께 네 번째로 타이완을 찾았다. 아내에게도 타이완은 의미 있는 곳이다. 나와 마찬가지로, 그녀도 난생처음으로 떠난 해외 여행지가 타이완이다.

일주일간 타이베이^{台北}, 주펀^{九份}, 예류^{野柳}를 돌아보며 우리는 외쳤다.

"타이완은 왠지 모르게 편하고 좋아. 아기자기하고 즐거워."

낯설고 거창한 것에 몰입하던 시절에는 깜빡 잊고 있었던 타이완의 매력을 다시 발견한 것이다. 삶이 힘들어지던 2년 뒤, 다섯 번째 타이완 여행을 했다. 아내와 일주일간 타이중^{台中}, 아리산^{阿里山}, 타이난^{兒南}, 가오슝^{高雄}을 돌아보며 맛있는 음식을 즐기고 옛 추억을 되새기는 가운데 생기를 찾았다. 우리와 비슷해 보이는 타이완, 그래서 평범하게 보이는 그곳에서 위로받고 치유되었던 것이다.

물론 현지 사람들은 우리와 별로 다르지 않는 고민을 하며 살아갈 것이기에 '한국은 살기 힘들고 타이완은 살기 좋다.'라는 식의 이분

법적 얘기는 함부로 할 수가 없다. 어디나 정착한 삶이란 힘들다.

그런데 여행지로서의 타이완은 분명히 매력적이었다. 맛있는 음식들, 부드러운 인정, 중국·일본·미국·동남아 등의 문화가 절묘하게 조화된 문화 속에서 하루하루가 느긋하고 즐거웠다. 그곳에선 바삐 진행되던 삶이 잠깐 '정지pause'되는 것 같았다. 영원한 '끄기off'가 아닌 잠깐의 정지. 타이완 여행은 빠르게 달리는 '삶이라는 열차'에서 잠시 내려 따스한 햇볕을 쐬고, 맛있는 것도 사 먹으며 몸을 푸는 시간과도 같았다. 휴식을 마치고 한국에 돌아와 삶이라는 열차에 다시 몸을 실었을 때, 우린 힘을 낼 수 있었다.

그러다 나 혼자서 2010년 8월에 여섯 번째로 타이완을 방문하게 되었다. 그 여행에는 절박한 이유가 있었다.

1년 전 어머니가 유방암, 대장암 말기라는 선고를 받은 후, 나의 모든 일상은 어머니 병간호에 맞춰졌다. 똥 기저귀를 갈아 드리고 하루에 두세 번씩 샤워를 시켜 드리고, 하루에 네다섯 번씩 끼니를 챙겨 드리던 어머니가 6월에 갑자기 돌아가시자 나는 깊은 상실감에 빠졌다. 어머니의 고통, 아픔에 가슴이 저렸고 온갖 후회와 슬픔이 뼈에 사무쳐 잠을 잘 수가 없었다.

"어이구, 너무 빨라."

잠을 자려고 누워 있다가 너무도 생생하게 귀에 들리는 어머니의 음성을 듣고 아내에게 물은 적도 있었다.

"어머니 목소리 들리지 않았어?"

"아니."

환청이었나. 어머니의 영혼이 외치는 소리였나? 부모님의 죽음. 나이가 들면 누구나 다 겪을 일이기도 했다. 그걸 모를 나이도 아닌데 내가 왜 이럴까?

어머니의 부재에서 오는 허망함 못지않게 나의 일상이 툭 잘려나간 허전함 때문이었던 것 같다. 어머니를 병간호하던 일상적 삶이 툭 끊기자 나는 갑자기 많아진 시간 앞에서 허덕였다. 약간의 치매기에 일상이 흐트러지던 어머니의 모습이 떠올라 더 힘들었다.

텅 빈 어머니의 방에는 어머니의 잔상이 늘 실루엣처럼 남아 있었다. 우두커니 앉아 창밖을 바라보거나, 캄캄한 어둠 속에서 아픈 배를 웅크리고 엎드려 있거나, 대변을 이불 위에 싸고 우두커니 서서 바라보거나, 화장실을 가시다 오줌을 지린 채 방구석에 쓰러져 있던 불쌍한 어머니를 생각할 때, 또 아파트 단지를 걷다가 어머니와 같이 바라보던 예쁜 꽃을 보거나, 큰아들의 이름이 '강호동'이고, 작은아들 이름이 '아동이'라고 말하며 초점 흐린 눈으로 허공을 쳐다보던 어머니가 앉아 있던 공원의 벤치를 볼 때 나는 눈물을 참을 수가 없었다.

맨 정신으로 있기가 힘들어, 아내가 직장에 나가고 나면 라면에 소주 혹은 막걸리를 마시며 취해 지냈다.

한 달 남짓을 그렇게 보내다 결심했다. 상중이었지만 여행을 하기로 했다. 나는 여행 작가다. 여행을 하고 글을 써야 한다. 밥벌이를 해야 하고 삶의 의욕을 되살려야 한다. 그러나 사실 이런 상황에서 여행할 기분도 나지 않았다.

긴 고민 끝에 선택한 나라는 첫 여행지였던 타이완이었다. 그곳에 가면 인생의 황금기였던 삼십 대 초반으로 돌아가, 삶의 의욕을 다시 불러낼 수 있을 것만 같았다.

떠나기 며칠 전, 이런저런 이야기를 하던 중에 아내가 말했다.

"당신, 그동안 고생했어. 이제 타이완에 가서 주름졌던 날개를 좍 좍 펴고 와. 그리고 다시 힘차게 날았으면 좋겠어."

우울하게 시작되었던 나의 타이완 여행은 아내의 바람대로 밝고 희망차게 끝났다.

첫 사 랑 , 첫 여 행 지

첫 여행지는 첫사랑과도 같다. 비 내리던 축축한 런던, 매연에 휩싸인 방콕, 소똥이 즐비한 뉴델리의 뒷골목, 무더위와 먼지에 휩싸인 카이로의 광장조차, 그곳이 첫 여행지라면 언제나 가슴 설레는 성소聖所가 된다. 그곳에서 근원을 알 수 없는 노스탤지어를 느끼기 때문이다.

나에게 타이베이는 언제나 '첫 여행'으로 돌아가는 통로다. 그때도 이번처럼 8월 초였다. 타이베이에 도착하니 오후 3시, 대지는 불타고 있었다. 콧구멍이 후끈해지는 열기, 알록달록한 한자 간판, 길을 가득 메운 스쿠터와 오토바이 물결을 보는 순간 가슴이 뛰었다. 배낭을 메고 땀을 흘리며 걸었지만 힘이 났다.

　우선 포르모사 호스텔을 찾아가기로 했다. 첫 타이완 여행 때의 첫 번째 숙소였던 그곳에 가면 그 시간으로 돌아갈 것만 같았다.

　일단 지하철을 타고 중산中山 역에 갔는데 가이드북 《론리 플래닛》의 지도에 표시된 포르모사 호스텔의 위치가 왠지 잘못된 것 같았다. 오래전이지만 분명히 위치를 기억하고 있던 나는 가이드북의 지도보다 내 육감과 주소에 의지해 찾기로 했다.

　다행히 어렵지 않게 호스텔을 찾았다. 입구 골목길은 예전과 비교해 많이 달라져 있었다. 그때는 허름한 집들만 들어선 조용하고 우중충한 길이었는데 지금은 예쁜 카페, 식당, 공방 등이 있었다. 포르모사 호스텔은 간판도 없이 문에 작은 이름표만 붙어 있었다. 벨을 누르자 인

터폰으로 여자의 말소리가 흘러나왔다. 한국에서 전화 예약을 했다고 하니 주인 여자는 금방 문을 열어 주었다. 3층으로 올라가니 문이 잠겨 있었다. 잠시 기다리자 오십 대 후반의 아주머니가 4층에서 내려와 문을 열어 주었다.

22년 전 난생처음 배낭족 여행자 숙소에 들어서던 순간이 생생히 떠올랐다. 거실의 소파에서 서양 여행자들이 얘기를 하고 있었고, 거실 안쪽 방에는 2층 침대들이 있었다. 그런데 현재 그 도미토리 방은 안 보였다. 그 공간을 모두 잘게 쪼개서 좁은 방으로 만든 것 같았다. 그때보다 실내는 더 어둡고 우중충했다. 거실의 낡은 소파와 탁자, 왼쪽에 있는 공동 화장실과 욕실은 그대로인 것 같은데 왜 이렇게 음울한 분위기일까?

아주머니는 내가 전화로 예약한 방을 보여 주었다. 창문 없는 어둡고 작은 방이었다. 이 더위에 침대 하나와 낡은 선풍기만 달랑 있는 감방 같은 방에서 잘 수 있을까?

"이 방이 400위안(16,000원)이에요."

망설이는 표정을 짓자 아주머니는 에어컨 있는 방이 있다고 했다. 그곳은 600위안이었다. 그 방 역시 우중충했지만 조금 넓고 창문이 있었으며 낡은 에어컨이 달려 있었다. 에어컨은 밤 11시에서 아침 7시까지만 틀어 준다고 했다. 솔직히 이 방도 마음에 들지 않았지만 묵기로 했다. 나는 쾌적한 방이 아니라 추억을 찾아 이곳으로 온 것 아닌가. 또한 타이완 물가를 생각할 때 이곳은 엄청나게 쌌다.

"사실은 제가 여기 22년 전에 왔었어요. 그래서 다시 온 거예요. 아주머니가 그때도 여기 주인이었나요?"

"뒈이對, 뒈이, 뒈이, 뒈이.[맞아요, 맞아, 맞아, 맞아.]"

아줌마는 밝게 웃으며 말했는데, 서너 번씩 대답하는 습관이 있는 것 같았다.

"도미토리는 없어졌나요?"

"3층에는 없어요. 도미토리는 4층에 있는데 거긴 자리가 없고 장기 투숙자들만 있어요."

어쩌면 내가 그때 묵었던 곳은 4층인지도 모른다. 그런데 이 아주머니가 정말로 그때의 주인일까? 그때는 삼십 대 후반의 수줍어하던 얌전한 여인이었는데 지금은 매우 활발한 중년 아주머니가 되어 있었다.

하긴 사람은 변하니까. 세월이 많이 흐른 후에 찾아와 그때의 기억을 고집하는 내가 잘못일지도 모른다.

좁은 방에서 우선 배낭을 정리했다. 잠깐 있었는데도 땀이 비 오듯 흘러내렸다. 옷을 갈아입는데 첫사랑과도 같은 이곳이 너무 궁색하게 느껴졌다. 〈TV는 사랑을 싣고〉란 프로그램에서도 종종 목격했지만 청춘 시절의 짝사랑을 수십 년이 지나 만나는 순간, 많은 사람은 실망의 기색을 감추지 못한다. 어쩌면 첫사랑과도 같은 첫 여행지에서 옛날의 이미지를 찾는다는 것은 실망의 연속일지도 모른다.

갑자기 쓸쓸해지고 말았다.

중산베이루 국숫집

처음 이곳에 왔을 때 나는 포르모사 호스텔 근처에서 보따리장수처럼 버섯과 인삼 엑기스와 양주를 팔러 다녔다. 서울 연희동에서 우연히 만났던 화교 학생이 "그런 것들을 타이베이에 갖고 가서 팔면 여비를 뽑는다."라고 가르쳐 주었기 때문이다. 실제로 당시 화교 학생들이 타이완에 다녀올 때는 그렇게 했다. 물론 그런 행동은 그게 처음이자 마지막이었다.

초보 여행자였던 그 시절, 나는 그것조차 재미있었다. 그때 어느 인삼 가게에 인삼 엑기스를 팔았는데 그곳을 다시 가 보고 싶었다. 그러나 도저히 찾을 수 없었다. 모든 것이 변해서 가늠할 수조차 없었다.

돋보기를 쓰고 인삼 엑기스를 살피던 대머리 할아버지의 모습이 눈에 선한데 아쉽기만 했다.

새로운 건물들이 많이 보였다. 예전에 개방하지 않던 미국 대사의 집이 외국 영화를 상영하는 '타이베이 필름하우스台北之家'로 바뀌었고 번화한 쇼핑몰 신광싼웨新光三越 근처는 서울 종로1가에 있는 국세청 건물과 그 뒷골목 같은 분위기였다. 다만 국세청 건물 뒷골목이 술집과 음식점으로 가득 차 있다면 이곳은 주택가에 카페와 레스토랑이 들어선 한적한 분위기라는 것이 조금 다를 뿐. 이 부근의 건물들은 낡았어도 카페 안의 인테리어는 깔끔했다. 원래 타이완 사람들의 집은 겉은 허름해도 안에 들어가 보면 깜짝 놀랄 정도로 잘 꾸며 놓고 산다는데 정말 그런 것 같았다.

골목길의 멜란지 카페Melange Cafe는 수십 명의 사람들로 북적였다. 종업원이 차례를 기다리는 사람들에게 번호표를 나눠 주는 모습이 보여서, 기다리고 있는 어느 여인에게 다가가 영어로 물었다.

"여기는 왜 이렇게 사람이 많이 기다려요? 이곳 커피가 그렇게 맛있나요?"

"예, 커피도 맛있지만 와플이 맛있어서 그래요. 호호."

오래 기다릴 수 없어서 그냥 지나쳤는데, 다음 날 점심시간 때도 와 보니 역시 수십 명이 기다리고 있었다. 종업원에게 물어보니 오전에 문 열고 나서부터 닫을 때까지 늘 붐빈다고 했다. 일본도 마찬가지지만, 타이완 역시 맛집으로 소문나면 사람들은 이렇게 기다려서라도 먹는 편이다.

호스텔 근처를 대략 살피고서 근처의 공터에 있던 국숫집을 찾아 나섰지만 흔적조차 찾을 수 없어서 허탈했다.

그때 식탁 몇 개를 두고 국수를 팔던 가게에서 할아버지에게 필담으로 소고기탕면인 뉴러우몐牛肉麵을 시켰었다. 그런 나를 호기심 어린 눈초리로 쳐다보는 여인 둘이 있었다. 그중에서 한 여인은 뽀얗고 갸름한 얼굴에 쌍꺼풀진 눈이 예쁜 엄청난 미인이었다. 프랑스 여배우 소피 마르소와 비슷한 분위기가 감돌았다. 그 허름한 국숫집에 그런 미인이 앉아 있다는 게 믿기질 않았다. 두근거리는 가슴을 누르며 국수를 먹는데 처음이다 보니 입맛에 영 맞지 않았다. 테이블 위에 있던 양념을 이것저것 넣자 여인들이 웃었고 그렇게 해서 대화가 시작되었다. 그들은 영어를 거의 못 했지만 그래도 필담으로 약간의 뜻은 통했다. 그들은 자매 사이고 아버지는 타이완 사람, 어머니는 일본 사람이라 했다. 둘 중에 언니가 미인이었다.

그 밖에 어떤 얘기를 나눴는지 기억나질 않는다. 그러나 지금까지도 분명한 것은 달콤하면서도 슬프고 아릿한 상실감이다. 그들을 보았을 때도, 얘기할 때도, 헤어졌을 때도 마찬가지였다. 그 감정의 정체는 무엇일까? 나는 그런 느낌을 십 대, 이십 대에도 종종 경험했다. 멋있고 섹시하고 예쁜 여인이 아니라 눈빛이 청순하고 아름다운 여인을 보면 그랬다. 그런 여인을 보고 있으면 이 세상이 아닌 저 세상의 이데아를 보는 느낌이 들었다. 결코 잡을 수 없고, 다가갈 수 없는 저 너머의 세상

에 존재하는 이데아, 그것에 다다르지 못하는 상실감이나 그리움이었
는지 모른다. 혹은 지독히도 내성적인 청년이 갖고 있던 여인에 대한
서투름, 낯섦, 두려움이었을 것이다.

아름다운 자매가 자리를 떠난 후 입에 맞지 않는 국수를 꾸역꾸
역 다 먹었다. 국숫집을 나온 나는 묘한 상실감에 젖어 목적지 없이 터
벅터벅 길을 걸었다. 그런데 10분쯤 지나 거리의 어느 옷가게에서 나오
는 그들을 또 만나고 말았다. 얼어붙은 듯 서 버린 나를 보고 그들은 웃
었다. 잠시 후 그들은 그들의 길로, 나는 내 길로 갔다. 그게 끝이었다.
지금도 그때의 감전된 듯한 느낌은 생생하다.

그러나 모든 것은 사라졌다. 옛 흔적을 찾는다는 것은 어쩌면 실
망의 연속인지도 모른다. 추억이란 그저 추억 속에 있을 때나 아름다운
법. 부질없는 짓 아닐까? 사람도, 거리도 모두 세월이 지나면 변한다. 그
럼에도 불구하고 옛 추억들을 찾고 싶은 이 충동의 정체는 무엇일까?

허전한 마음을 안고 중산베이루中山北路를 따라 역 쪽으로 걸었다.
그때도 걸었던 길이지만 아무 기억이 나질 않았다. 한참을 걸어 내려오
다 골목길을 바라보는데, 아! 나도 모르게 감탄사를 내질렀다. 해가 넘
어가는 가운데 뜻을 알 수 없는 한자 간판들과 낡은 건물들이 오렌지
빛으로 물들면서 밝음과 어둠이 절묘하게 교차됐다. 내 발걸음은 자연
스럽게 환상적인 골목길의 빛을 향했다. 빛과 어둠 사이, 낡고 퇴색한
건물들 틈 어딘가에 내 추억들이 꼭꼭 숨어 있을 것만 같았다. 남들에
게는 아무 감흥도 없을 후미진 골목길의 후텁지근한 열기조차 감미로

웠다. 그 아름다운 순간이 허탈한 마음을 달래 주었다.

그래, 우울해하지 말자. 모든 게 변하는 것이다. 지금의 나도, 이 건물들도, 넘어가는 해도 모두 사라지고 있다. 눈에 보이는 것들이 여기 존재하듯 눈에 보이지 않는 것들도 어딘가에 존재하고 있으리라.

돌아가신 어머니도, 젊은 시절의 나도, 국숫집에서 만났던 아름다운 여인도, 국수를 팔던 노인도, 인삼 엑기스를 돋보기로 보던 대머리 할아버지도, 포르모사 호스텔의 수줍던 아줌마도 시공간의 주름 속 어딘가에 숨어 있겠지. 시간 속에서 가는 것은 가고, 오는 것은 오는 것이다. 그 시절을 찾으려 하지 말고, 잡으려 하지 말며 다만 예쁜 마음으로 그리워하면 되겠지.

반 가 운 여 행 자 숙 소

더위에 잠을 깼다. 시계를 보니 오전 7시 30분. 에어컨은 꺼져 있었다. 후다닥 씻고 근처의 맥도날드로 가 아침을 해결했다. 아침부터 날씨가 찌기 시작했다.

숙소로 돌아와 땀 흘리며 배낭을 싸고 있는데 체크아웃 시간인 10시가 되자 노크 소리가 들렸다. 정확한 아주머니였다. 그곳을 떠나며 여기에 묵는 것은 이번이 마지막이라고 생각했다. 누추해서가 아니라 여행의 희망찬 기운이 없어서 그랬다. 어딘지 우울한 서양인 장기 투숙자들이 모이는 분위기였다. 장기 투숙자들과 역동적인 떠남을 즐기는 여행자들은 코드가 맞지 않는다. 여행자들은 여행자들이 모이는 곳으로 가야 즐겁다. 굿바이, 포르모사 호스텔!

　이번 여행은 과거를 돌아보며, 그 과거를 털어 버리는 여행이 될지도 모른다는 예감이 들었다. 두 번째 왔을 때 묵었던 타이베이 호스텔은 샨다오善道 지하철역 근처에 있었다. 이곳은 인기 있는 여행자 숙소로, 찾기가 쉬웠다. 좁은 엘리베이터를 타고 6층으로 올라가니 문이 열리자마자 바로 로비와 카운터가 보였다. 예전 모습과 비슷했다. 수속을 밟는 아주머니가 전에 왔었느냐고 물었다.

　"네, 20년 전쯤에 왔었어요."

　"아, 그래요! 환영합니다. 난 그때는 여기에 근무하지 않았지만, 호스텔 주인 토니를 25년 전부터 잘 알고 지냈어요."

　토니란 서양인이 아닐 것이다. 타이완 사람들은 학교인지 학원에서인지 영어 시간에 서양 이름을 짓는다는 얘길 들었다. 그래서 대개 영어 이름을 갖고 있었는데, 내 기억이 맞다면 그는 틀림없이 싱가포르 항공사에 다니는 사람일 것이다.

　"그 토니라는 분, 싱가포르 항공사에 아직도 다니나요?"

　"아, 당신 토니를 알아요? 네, 지금도 다녀요. 지금도 이 호스텔 주인이지만 직접 경영은 하지 않고요, 결혼했어요."

　그렇구나. 나는 토니와 얘기를 나눈 적은 없었지만 본 적이 있었다. 당시 그는 이 호스텔의 한쪽 방에서 살고 있었다. 내가 삼십 대 초반, 그때 토니는 아마도 삼십 대 후반 정도였다. 상당히 잘생겼고 내성적으로 보이는 젊은이였다. 한번은 그가 들어오는 것을 보았는데, 트렌치코트를 입은 그는 여행자들을 외면한 채 자기 방으로 쏙 들어갔다. 방문은 방음 장치가 있는지 엄청 두터웠다. 예전 그의 모습이 이렇게 선명히 기억나는데, 세월이 흘러 이제는 그 방까지 모두 여행자들이 묵는 공간으로 변한 것이다.

"그때 여기서 일하던 여학생이 야간 고등학교에 다녔었는데 혹시 아세요?"

"아, 그 아이도 아는군요. 맞아요, 그때 일하던 학생이 있었는데 지금은 모르겠어요."

아침이면 나와서 청소를 하고 틈틈이 공부하던 아주 착실한 여학생이었다. 어쨌든 과거의 추억을 같이 되새길 수 있는 사람이 있어서 기뻤다. 포르모사 호스텔이 서양인 장기 투숙자들이 모이는 곳이라면, 타이베이 호스텔은 세계 각국의 여행자들이 많이 드나드는 분위기였다. 두 번째 추억의 장소가 여전히 활기찬 모습을 보니 기분이 좋아졌다.

딘타이펑의 샤오롱바오

체크인은 정오 이후에 한다고 해서 일단 배낭을 로비에 놓아두고 중샤오둔화忠孝敦化 역 부근에 있는 만둣집 딘타이펑鼎泰豊으로 갔다. 점심시간 직전이라 다행히 자리가 있었다. 직원들이 꽤 친절했고 한국 사람들이 많이 와서인지 한글 안내판도 있었다.

딘타이펑은 1993년 《뉴욕타임스》가 선정한 '가 보고 싶은 10대 레스토랑'에 뽑히면서 더욱 유명해졌다고 한다. 딘타이펑보다 더 맛있는 만둣집도 있다고 주장하는 사람들도 많지만, 어쨌든 1958년 노점으로부터 시작한 딘타이펑은 이제 세계 여러 나라에 분점을 냈다. 나는 서울 명동에 자리 잡은 딘타이펑에서 처음으로 샤오룽바오를 맛보았다.

타이완 출신의 미국 이민자로 나중에 고국의 문화에 흠뻑 심취해 《TAIWAN A TO Z》란 책을 낸 에이미 C. 류^{Amy C. Liu}에 따르면 타이완에는 물만두인 수이자오^{水餃}, 탕으로 먹는 훈툰^{餛飩} 등 여러 종류의 만두가 있다. 그중에서 샤오룽바오^{小籠包}는 다른 만두보다 즙이 풍부한 맛있는 만두로 상하이 지방에서 유래했는데, 대나무 바구니에서 증기로 찌고 만두소로는 돼지고기, 소고기, 새우, 게, 양배추, 양파, 버섯 등 고기와 각종 채소가 들어간다고 한다.

나는 샤오룽바오와 매콤한 맛의 홍샤오뉴러우몐^{紅燒牛肉麵}을 시켰다. 잠시 후 샤오룽바오가 나왔다. 본토에서 처음 먹는다는 생각에 흐뭇했다. 탁자 위에는 샤오룽바오를 먹는 법을 설명한 안내문이 있었다. 나는 그대로 따라 했다. 먼저 간장과 식초를 3:1로 섞고 생강채를 넣었다. 그리고 숟가락 위에 샤오룽바오를 얹어 젓가락으로 살짝 터뜨려 주었다. 그 위에 식초간장에 절인 생강채를 올려 입에 넣고 깨물었다. 아, 고소한 육즙이 입속에 퍼지면서 저절로 꿀꺽 넘어갔다. 역시 맛있었다. 순식간에 열 개를 다 먹고 나서 홍샤오뉴러우몐을 먹었다. 뉴러우몐을 썩 좋아하지는 않지만 이건 매콤해서 먹을 만했다. 다만 일행이 없는 것이 아쉬웠다. 큰 탁자를 혼자 차지하고 있자니 미안했다. 12시가 넘자 사람들이 마구 들어와 서둘러 먹고 나올 수밖에 없었다. 혼자 다니면 이런 게 좀 불편하다.

천천히 거리를 걷다 마침 근처에 카페가 보여 들어갔다. 시원한 에어컨 바람을 쐬며 기분 좋게 전주나이차珍珠奶茶를 마셨다. 밀크티 안에 넣는 하얗거나 검은 동그란 전분 알갱이가 진주처럼 보인다 해서 그런 이름이 붙었고, 버블티라고도 한다. 1980년대 중반부터 타이중의 노점에서 판매하기 시작해 1990년대 중반에는 세계적으로 알려졌다고 한다.

달콤하고 쫄깃쫄깃한 전분 알갱이를 씹으며 시원한 실내에서 일기를 썼다. 무더운 타이베이에서는 카페나 찻집에서 종종 쉬고 마셔야한다. 그렇지 않으면 땀을 뻘뻘 흘리다가 쓰러질 수도 있다.

젊음의 거리, 시먼딩

시먼딩西門町은 한국의 명동 같은 번화가로 백화점, 영화관, 음식점들이 들어선 보행자 거리다. 이곳에 오면 삼륜차 운전사가 생각난다. 20여 년 전, 가이드북 취재를 한다고 복잡한 길거리에 서서 수첩에 약도를 그리고 있을 때였다.

갑자기 웬 중년 사내가 다가와 다급한 표정으로 뭔가를 사정했다. 도무지 이해가 가질 않았다. 여행자에게 사정할 일이 뭐가 있을까.

나는 어리둥절해져서 말했다.

"팅부동聽不懂. 워 스 한궈런我是韓國人.[못 알아듣겠어요. 난 한국 사람이에요.]"

그러자 사내는 깜짝 놀라며 외쳤다.

"니 스 한궈런마你是韓國人嗎?[한국 사람이라고요?]"

그러더니 어이없다는 표정을 지으며 웃기 시작했다. 수첩에 삐뚤 빼뚤 그려진 약도를 보자 내 어깨를 잡고 막 흔들어 대며 기뻐했다. 알고 보니 그는 내 앞에 세워져 있던 삼륜차 운전사였는데, 내가 불법 주차된 자동차를 단속하는 중이라고 착각했던 것이다. 졸지에 불법 주차

단속요원이 되었던 나와 놀랐던 그는 서로 손을 잡고 한참을 웃었다.

그때 시먼딩은 불야성이었다. 지금과는 비교되지 않았다. 인파에 휩쓸릴 정도로 흥청거렸는데 세월이 흐르며 점점 차분해져 갔다. 다른 타이완의 야시장들도 비슷하다. 궁관 야시장公館夜市도 그렇다. 20여 년 전 처음 갔을 때는 걷기 힘들 만큼 사람들로 붐볐는데 지금은 깔끔한 점포들이 주욱 늘어서 있다. 현대적인 백화점이 많이 들어서면서 야시장의 흥청거림과 열기도 점점 가라앉는 듯했다. 그래도 시먼딩은 여전히 젊음의 열기가 넘쳐흐르고 있어 흥겨웠다. 하지만 한여름 대낮에 걷자니 머리가 어지러웠다. 그 땡볕 더위에 팻말을 들고 서 있는 소년이 보였다. 삼남매라는 뜻의 '三兄妹삼형매'와 빙수, 아이스크림 그림을 보니 빙수 가게를 선전하는 것 같았다. 소년이 가르쳐 준 곳은 멀지 않았다.

가게 입구에서 지하로 내려가니 벽에 온갖 빙수 그림들이 있었다. 자리에 앉아 두리번거리자 종업원이 와서 주문을 받았다. 잠시 후 나온 엄청난 빙수에 입이 딱 벌어지고 말았다.

큰 그릇에 우유 섞인 얼음과 망고, 그리고 아이스크림이 푸짐했다. 이것이 120위안이니까 한국 돈으로는 4,800원. 돈이 하나도 아깝지 않을 만큼 양도 많고 맛도 좋았다. 몇 입 떠 넣으니까 이빨이 시리면서 머리까지 차가워졌다.

고등학생쯤 돼 보이는 앞자리의 아이들이 수다를 떠는데, 남자애들은 조신하고 여자애들이 활발했다. 타이완도 한국처럼 여학생들이 더 활동적인 것 같았다. 그런데 갑자기 원더걸스의 〈노바디〉가 흘러나

오자 학생들이 따라 불렀다. 여자애들은 어깨를 들썩이며 춤까지 추었다. 한국 노래가 인기는 인기인가 보다. 뒤늦게 들어온 일본 관광객 일고여덟 명도 나와 같은 빙수를 먹으며 "우와!" 하고 어린애들처럼 소리를 질렀다. 여름에는 빙수 때문이라도 타이완에 가고 싶어질 정도로 맛이 좋았다. 원기 충전해서 밖으로 나오니, 어디선가 백지영의 노래 〈총 맞은 것처럼〉이 흘러나오고 있었다.

보피랴오 역사 거리와 망카

시먼딩 근처에는 유명한 절 룽산쓰龍山寺가 있다. 룽산쓰는 불교의 절이지만 도교 신들과 바다의 신인 마쭈 신馬祖神도 같이 모시고 있다. 룽산쓰는 타이베이 사람들의 정신적 버팀목으로 참배객의 발길이 끊이질 않는다. 특히 몇 백 년 전부터 이 땅에서 살아온 본성인들은 룽산쓰에 대한 애정이 대단했다.

나중에 화롄에서 만난 청년은 "타이완 사람들에게 룽산쓰는 특별하다."라며 열변을 토했다. 그리고 자신이 자랐던 거리가 룽산쓰 근처의 '망카艋舺'라고 했다.●

망카는 타이완에서 인기 있었던 영화의 제목이기도 한데 우리나라 영화 〈친구〉와도 비슷한 내용이다. 여행을 하다가 나중에 호텔의 텔레비전 케이블 채널에서 운 좋게 그 영화를 보게 됐다.

망카가 정확히 어디일까? 잘 모르는 상태로 보피랴오剝皮寮 역사

● 艋舺는 우리 한자 발음으로 읽으면 맹갑, 표준 발음인 푸퉁화 발음으로는 명샤('몽쟈'라고 들리기도 한다)다. 영어식 표기로 하면 Monga이고, 이것을 한국 언론에서는 몽가라고 발음해서 혼란이 있다. 망카는 내가 현지에서 들은 민난어 발음으로 표기한 것이다.

거리에 갔다. 룽산쓰 정문을 바라보고 오른쪽으로 10분쯤 걸어가자 고풍스러운 목조 건물들이 나타났다. 영화 세트장처럼 골목길 곳곳에 옛날 여관, 학교, 시계방, 미용실, 극장 등등이 보였고 담에는 일본 만화영화 주인공 '아톰'이 그려져 있었다. 나도 1960년대에 아톰을 보며 자랐는데 타이완 사람들도 마찬가지구나 싶었다.

오래된 영화 간판, 학교 교실에 있는 낡은 나무 책상들과 칠판을 보니 감회가 일었다. 내 어릴 적도 이랬다. 타이완과 우리는 비슷한 시대를 살아온 것이다. 사람들은 앞만 보며 갈 수 없다. 속도가 너무 빠르면 중심을 잃게 된다. 그래서 사회가 발전할수록 사람들은 옛날에 대한 향수를 느낀다.

입구의 안내판에는 예전에 타이완에서 가장 번성했던 곳이 타이난이요, 두 번째가 루강鹿港이며, 세 번째가 멍샤艋舺라는 말이 적혀 있었다. 그리고 영화 〈망카〉를 이곳과 화시제 등에서 촬영했다는 설명도 보였다.

아, 망카가 멍샤를 말했구나. 한자는 같은데 표준어인 푸퉁화 발음으로는 '멍샤', 본성인들이 쓰는 민난어 발음으로는 '망카'였던 것이다. 그리고 보니 룽산쓰 지하철역 근처에 있는 공원이 멍샤 공원이었고 지하상가에서도 '艋舺멍캅'이란 글자를 보았었다. 그러니까 이 일대가 바로 멍샤 혹은 망카였다. 나중에 망카는 지역 이름이지만 원래는 '작은 배'라는 뜻이란 걸 알게 되었다. 대륙의 푸젠 성부터 물건들을 실은 작은 배들이 단수이 강을 거슬러 올라 룽산쓰 일대로 모여들었는데 그 작은 배를 가리키는 명칭이 지역 이름으로 굳어진 것이다.

보피랴오 역사 거리를 거닐다 원래의 '망카 거리'라고 짐작되는 곳에 가게 된 일은 순전히 우연이었다. 원래는 칭산궁靑山宮에 갈 생각이었다. 거리의 방향 표지판을 보고 시위안루西園路 1단을 따라 걷는데 길거리 중간에 허름한 호텔로 올라가는 계단이 보였다. 그 계단을 앞장서가던 중년 여인이 계단 가운데 서 있는 노인을 향해 뭔가를 재촉하고 있었다.

뭔가 이상했다. 여인의 화장한 얼굴에서 색기가 넘쳐흘렀고 나와 눈이 마주치자 이번에는 나를 유심히 살피기 시작했다. 사정을 알 만했다. 서울의 종로3가 파고다 공원의 골목길 근처에서도 방금 쥐를 잡아먹은 듯 입술이 빨간 노파가 웬 노인을 유혹하는 것을 목격한 적이 있었다. 그러니까 이곳은 파고다 공원처럼 멍샤 공원에 모인 노인들을 상대로 중년 여인들이 영업을 하는 것 같았다.

그들을 뒤로하고 계속 길을 따라 올라가니 불교용품 파는 곳이 많았다. 구이린루桂林路를 지나 구이양제貴陽街 2단에서 왼쪽으로 꺾어지니 바로 칭산궁이 나왔다. 거기서 거리 입구를 쳐다보니 커다란 아치형 문에 '艋 靑山宮 舺맹 청산궁 갑'이라 써 있고 아래에는 '台北第一街대북제일가'라는 문구가 있었다.

그럼 이곳이 원래 타이베이에서 제일 번성했던 망카 거리였나?

그렇지 않고서야 당당하게 '타이베이 제일의 거리'라는 문구가 새겨져 있을 리가 있겠는가? 그 거리를 따라 안쪽으로 주욱 걸어 들어갔

지만 예전의 번화했던 흔적은 전혀 찾을 수가 없었다. 쇠락한 건물들, 낡은 음식점 한두 개 그리고 활기 없는 분위기만 남아 있었다. 관광객도 현지인들도 별로 다니지 않는 거리를 걷다 보니 왼쪽에 '華西街^{화서가}'라고 새겨진 문이 나왔다. 그러니까 이 거리는 야시장으로 유명한 화시제와 연결되어 있었다.

며칠 후 화롄 호스텔에서 만난 타이완 젊은이는 이렇게 말했다.

"망카야말로 우리 타이완 사람에게는 마음의 고향이지요. 타이베이는 거기서부터 시작한 거예요."

내 추측이 맞는다면, 대륙의 푸젠 성에서 온 물건들은 작은 배 '망카'에 실려와 망카 거리에서부터 퍼져 나갔을 것이다. 그리고 그 재료를 팔고, 일하는 사람들을 상대하는 음식점들이 자연스럽게 현재의 화시제 야시장 자리에서 번성했고 뱃사람들은 근처의 룽산쓰에 가서 안전한 뱃길을 위해 기도하지 않았을까? 엄청나게 융성했던 과거의 흔적은 보피랴오 역사 거리와 화시제 야시장에서 조금 찾아볼 수 있었다.

화시제 야시장

오래전 화시제 야시장에 처음 왔을 때는 정말 흥미진진했다. 음식점은 말할 것도 없고 특히 뱀집이 충격적이었다. 뱀집 사내는 살아 있는 코브라의 배를 가르고 쓸개인지 간인지 하여튼 뭔가를 끄집어내어 술잔에 넣어 팔았는데 관광객들이 둘러서서 구경했다. 큰맘 먹고 들어가 즉

석에서 뱀술을 마시는 젊은 서양 여행자들도 있었다. 그 당시 화시제 야시장은 사람들이 정말 많아 앞으로 헤쳐 나가기 힘들 정도로 붐볐고 중간 골목으로 들어가면 매매춘 하는 곳도 있었다. 짧은 치마를 입은 아가씨들이 손가락으로 "라이라이**.[이리 오세요, 이리로요.]" 하면서 손님을 불렀는데 그뿐이었고 사람을 잡지는 않았다. 그래서 이 골목 저 골목을 쏘다니면서 구경할 수 있었다.

그랬던 화시제가 세월이 가면서 차차 차분한 분위기로 바뀌었다. 남자들을 유혹하던 여자들은 어디론가 다 사라져 버렸고 뱀집들도 예전만큼 흥한 것 같지 않았다. 뱀의 배를 가르는 사내는 보이지 않았고 대신 구렁이를 손에 든 여인을 아이들이 놀란 눈으로 구경하고 있었다. 충격적인 것은 뱀보다 뱀의 우리에 같이 갇힌 쥐였다. 공포에 떠는 쥐의 눈을 보는 순간, 마치 내가 그 쥐가 된 것처럼 가슴이 떨렸다. 그사이 가장 많이 늘어난 것은 마사지와 기념품 가게였다. 창문으로 훤히 드러나 보이는 건전한 마사지 가게에서 관광객들이 마사지를 받고 있었다.

나는 화시제 대로에 있는 가게들보다 골목길에 더 관심이 갔다. 옛 가옥들과 음식점들, 수령이 수백 년은 됨직한 큰 나무들…… 세월의 흔적이 쌓인 골목길들을 거니는데 노랫소리가 계속 들려왔다. 가라오케집이었다. 열린 문으로 들여다보니 중년, 노인 남녀가 노래 비디오를 틀어 놓고 마작을 하고 있었다. 또 다른 집에서는 횡한 공간에서 중년 여인이 술에 취해 마이크를 붙잡고 노래를 부르고 있었다. 낡고 구저분하지만 왠지 모르게 정이 가는 풍경이었다.

화시제를 나와 광저우제廣州街로 나오니 이미 어둠이 깔려 길 한복판에서 노점상들이 불을 밝히고 있었다. 지하철역으로 갈까 하다 건너편의 좁은 골목길로 들어가 보았다. 그런데 분위기가 좀 이상했다. 조그만 가라오케집들이 있고 행인들과 함께 야한 옷차림의 여인들이 왔다 갔다 했다. 좀 더 좁은 왼쪽 골목길로 들어가니 길에 서 있던 여자가 웃음을 흘리며 뭐라 얘기했다. 못 들은 척하고 지나니 이번에는 어두컴컴한 집 안에 있던 여인이 나오며 손가락 하나를 세운 채로 "우바이伍百!"라고 외쳤다. 500위안, 그러니까 한국 돈으로 20,000원이란 얘기인데 그 20,000원이 같이 술 마시고 노래 부르며 노는 값인지 매매춘 값인지는 알 수 없었다. 그들을 지나쳐 계속 가니 골목길이 막혀 있어 다시 돌아 나왔다. 아까 그 여인이 '네 마음 다 안다.'라는 듯이 웃으며 다가왔다. 말이 안 통하는 여인이 선한 눈빛으로 얘기하니 나도 웃을 수밖에 없었다. 그런데 자칫 웃음이 오해를 불러일으킬 것 같아 도망치듯이 잽싸게 골목길을 빠져나오니 룽산쓰가 바라보이는 대로였다.

횡단보도 근처에도 이쪽저쪽을 보며 누군가를 찾는 듯한 표정의 여인들 서너 명이 눈에 띄었다. 대체로 상황 파악이 되었다. 아까 낡은 호텔 계단에서 노인을 재촉하던 여인, 나에게 "우바이!"를 외치던 여인과 비슷한 여인들 같았다. 순간 과거의 화시제에서 "라이라이."를 외치던 여인들이 떠올랐다.

아, 이렇게 그들이 살아남았구나. 옛날 화시제의 좁은 골목길에 있던 여인들이 이곳에 터전을 잡았구나.

그런 풍경을 보면서 마음이 아릿했다. 성을 팔고 사는 이들. 섹스란 무엇일까? 쾌락이기도 하지만 근원적인 차원으로 들어가면 자신의 존재를 연장시키려는 본능적 행위일 것이다. 쾌락의 모습을 띠고 있지만 결국은 허망하게 사라지는 자신의 생명을 복제하자는 것 아닐까? 나는 섹스 속에서 쾌락뿐만 아니라 허망함에서 벗어나려는 몸부림을 본다. 그래서 그곳을 거니는 여인들과, 기웃거리는 노인들과, 가라오케에서 여인과 노래를 부르는 노인들에게서 흔들리는 존재를 보았다. 결국 인간은 삶과 죽음, 유한과 무한이 교차하는 지점에서 흔들리며 살아간다. 거리의 그런 풍경을 윤리의 차원에서 보면 구저분하지만, 유한한 생명이 무한한 세계를 그리워하며 몸부림치는 행위로 여긴다면, 이런 구저분한 풍경들은 또 서글프고 사랑스러워진다. 이것이 적나라한 우리의

모습인 것이다. 다만 우리는 좀 더 고상한 분위기와 명분을 만들며 살아가는 것일 뿐.

　나는 이 후텁지근한 열기 속에서 무게중심이 바닥으로 내려오는 편안함을 느꼈다.

살아남은 사람들

룽산쓰 지하철역으로 내려가니 흥미로운 세계가 펼쳐졌다. 지하 1층에는 옥을 파는 가게들과 점집들, 비닐 막을 쳐 놓은 가라오케집이 있었는데, 수십 명이 앉을 만한 공간에 마이크를 잡고 노래 부르는 이는 노인 한 명뿐이었다. 지하 2층에는 가느다란 실로 여인들의 얼굴을 정성스럽게 다듬는 피부 관리실과 백여 명은 앉을 수 있을 탁자와 의자가 마련된 공연장도 있었다.

　공연장에 앉아 있는 사람은 대여섯 명밖에 안 되었다. 술이나 차, 간단한 안주를 시켜 놓고 연주를 즐기는 곳 같았다. 입장료는 1인당 100위안(4,000원). 100위안이 기본 음료나 음식을 주는 것인지 아니면 자리값만인지는 모르겠지만, 앉아서 보나 바깥에 서서 보나 별로 다르지 않았다. 어쨌든 다른 곳에 비해 여긴 본격적인 무대를 갖춰 놓긴 했다. '龍山俱樂部용산구락부'라고 써 있으니 즉 '룽산클럽'이다. 무대 연주는 오후 1시에서 5시, 오후 6시에서 9시 30분까지로, 돈이 좀 있는 노인들이 시원한 에어컨 바람을 쐬며 이곳에서 하루를 즐기는 모양이었다.

사람들이 어떻게 노나 궁금해서 보기로 했다. 시계를 보니 5시 50분이라, 잠시 밖에 나가 돌아다니다 30분 후쯤 다시 왔다. 그사이 웬 소년이 무대에 올라 전자 오르간에 맞춰 바이올린을 연주하고 있었다. 실력이 조금 떨어지는 아마추어 같은데 칠판에는 '達人달인'이라고 적혀 있었다. 설마 저 소년이 달인일까? 소년이 몇 곡을 열심히 연주하고 끝냈지만 사람들은 박수도 안 쳤다. 의자에 앉아 있는 사람은 대여섯 명, 서서 보는 사람은 십여 명, 썰렁한 분위기였다.

본격적인 공연은 잠시 있다 시작될 듯했지만 시간이 없어서 그만 돌아서기로 했다. 나중에라도 다시 올까 하고 수첩에 공연 시간을 적는데, 주인 여자가 불안한 눈길로 다가오며 뭐라고 물었다. 순간, 20년 전쯤 시먼딩에서 수첩에 약도 그리다가 불법 주차 단속원으로 오해받던 생각이 나면서 웃음이 났다. 나는 안심하라는 뜻으로 주인 여자를 보며 과도하게 웃었지만 여인은 여전히 불안한 기색을 감추지 못했다.

룽산쓰와 화시제의 풍경들이 좋았다. 생의 중심에서 멀어진 채 살아가는 노인들의 노랫소리, 사회에서 낙오된 여인들의 웃음, 그리고 길거리에서 꼬치구이와 국수를 파는 초라한 상인들, 형편없는 달인 연주자와 그걸 보는 노인들.

이런 모습에 애정을 느끼는 나는 초라한 루저일까? 그래서 이들을 보며 위안을 얻는 사람일까? 아니다. 혹은 먹을 것을 따로 챙겨 놓고 남들의 절박함과 초라함을 단지 감상적으로 바라보는 한량 같은 사람일까? 아니다.

나는 삶의 본질을 보고 싶었다. 사람은 상처를 받고 거꾸러져 봐야 삶의 본질을 본다. 사람들이 좇는 저 위의 화려한 것들이 허상임을 깨닫는 날, 풀 같은 보통 사람들의 삶이야말로 상처받은 우리를 위로하고, 넘어진 우리를 다시 일으켜 세우는 힘임을 알게 되는 것이다.

지룽

Keelung

타이완의 시애틀

타이베이에서 과거의 자취를 빠르게 돌아보고 시계 방향으로 타이완 일주를 시작했다. 첫 번째로 만난 도시는 지룽^{基隆}이었다. 지룽의 첫 인상은 항구와 바다와 바람과 비였다. 몇 번 들를 때마다 지룽에는 비가 내렸다. 1년 내내 비가 와서 '타이완의 시애틀'이라고 불리는 지룽은 타이완 북부에 있는 제2의 도시다. 타이베이에서 기차로 40분밖에 안 걸리는 지룽은 우리나라로 말하면 서울의 이웃 도시 인천 같은 곳이다.

나는 지룽에 대한 환상을 갖고 있었다. 별로 볼 것 없는 이 항구 도시가 문득문득 못 견디게 가고 싶었던 것은 몇 년 전 주편에서 돌아올 때 보았던 거리의 분위기 때문이다. 어둠이 서서히 깔리는 저녁 무렵, 낡은 건물에서 흘러나오는 불빛들과 오래된 음식점과 가겟집들 그리고 거리에 앉아 여름밤을 보내는 느긋한 사람들의 모습이 마치 낡은 영화 속의 한 장면 같았다. 나는 그 속으로 들어가고 싶었다. 낡은 건물 어딘가에 숨어 있는 넓은 중국식 여관에 머물며, 아무도 날 알지 못하는 어느 식당에서 타이완 사람처럼 밥을 먹고 저녁 거리를 어슬렁거리거나, 비 오는 어느 오후 허름한 찻집에 앉아, 혹은 낡은 여관 베란다에 앉아 차를 마시는 나의 모습을 상상해 보았다. 쇠락한 건물들이 즐비한 이 거리 어딘가에 콕 숨어 버리면, 모든 삶의 고통과 번민에서 벗어날 수 있을 것만 같았다.

그동안 타이베이에서 지룽을 갈 때는 버스를 탔는데, 이번에는 기차를 탔다. 취젠처^{區間車}라 불리는 기차는 정거장마다 서는데 교통카드인 요요카드로 탈 수 있었다. 자리는 텅텅 비어 있었다. 우리의 전철과 비슷한 구조인데, 차 안에 화장실이 있고 의자에 쿠션이 있어서 편했다.

기차는 10분 정도 지하를 달리다 지상으로 나왔다. 잎사귀가 넓적한 바나나 나무들이 늘어선 창밖 풍경을 보며 느긋하게 달리는 맛이 버스보다 좋았다. 게다가 지룽 역까지 버스보다 조금 빨랐고 요금도 쌌다. 지룽에서 내리니 이번에는 비가 오는 게 아니라 온 도시가 뜨겁게 달궈져 있었다.

축제

지룽에 도착해서 가장 먼저 본 것은 청황먀오(城隍廟) 앞에서 벌어지는 축제였다. 바다를 바라보는 조그만 사원 앞 거리에서 여러 신들의 가면을 쓰고 덩실덩실 춤을 추는 이들이 행진을 하는데 꽃수레, 북과 스피커를 단 수레, 나팔을 부는 사람들, 징을 치는 사람들, 호랑이가 그려진 커다란 삼각 깃발을 든 사람들, 화환을 끌고 가는 사람들, 기다란 용을 막대에 걸치고 열을 지어 걷는 학생들이 줄지어 뒤따라갔다. 길고 긴 행렬이었다. 참여한 이들의 연령층은 다양했고 전부 남자들이었다. 뙤약볕 밑에서 땀을 뻘뻘 흘리는 표정이 진지했다. 대체적으로 옷을 통일해 입긴 했지만 엄격하지는 않았다. 어떤 이들은 셔츠만 일행에 맞춰 입고 각자 편한 대로 반바지에 슬리퍼를 신은 이도 있었다.

덥지도 않나. 구경하는 나도 땀이 나는데 저들은 얼마나 더울까? 경찰관들도 나타나 교통정리를 하며 도와주고 있었다. 공식적인 축제 같았다. 한동안 구경을 하다가 역 근처의 여행 안내소로 가서 물었다.

"오늘 무슨 날이에요? 청황먀오 앞에서 축제가 있네요."

영어가 서툰 남자 직원이 짧게 설명해 주었다.

"아, 오늘은…… 영어로 뭐라 말할지 모르겠는데 거기 모신 신의 탄생일이에요."

그가 수첩에 적어 준 신은 '關聖帝君(관성제군)'이었다.

"이 신을 영어로 설명을 못 하겠네요, 미안해요. 하하."

지룽에는 세 개의 중요한 사원이 있다. 항구 쪽에 있는 청황먀오,

먀오커우^{廟口} 야시장 안에 있는 뎬지궁^{奠濟宮}, 그곳에서 얼마 안 떨어진 청안궁^{慶安宮}이다. 사원마다 모시는 신들이 각각 다른데, 지룽 사람들에게는 토속 신들에 대한 열렬한 신심이 남아 있다는 얘길 타이완 사람으로부터 들은 적이 있었다.

청황먀오에 '護國城隍^{호국성황}'이란 현판이 걸려 있는 것으로 보아 나라와 자기 고장을 지켜 주는 신들인 모양이었다. 그리고 야시장 안에 있는 뎬지궁은 푸젠 성에서 인기 있는, 강물을 여는 카이장성왕^{開漳聖王} 신을 모신 곳이라고 한다.

이들의 축제는 관광객들에게 보이고자 억지로 '만들어진' 축제가 아니었다. 오전 10시 30분쯤에 처음 보았던 그 축제는 오후 3시까지도 이어졌다. 하루 종일 그렇게 거리 행진을 하는 것 같았다. 영상 39도를 오르내리는 뙤약볕 밑에서 얼굴이 벌겋게 달궈진 채, 남들이 알아주든 말든 행진하는 그들을 보며 나는 혀를 내둘렀다. 잠시만 걸어도 머리가 뜨거워지고 헉헉거리게 되는데, 진실한 신앙심이 없다면 할 수 없는 일들이었다. 저들의 신앙심의 정체는 무엇일까? 두고두고 공부하고 싶은 생각이 들었다.

그리운 풍경

한낮의 무더위에 녹초가 된 나는 호텔에 들어와 쓰러졌다. 에어컨 바람 밑에서 한숨 자고 나니 살 것 같았다. 깨어났을 때는 저녁 어둠이 서서

히 깔리고 있었다. 한결 무더위가 가신 저녁 공기를 마시며 근처의 먀
오커우 야시장으로 향했다. 노란 등불을 밝힌 야시장은 이미 사람들로
북적거렸다. 아직 배가 고프지 않았던 나는 음식점들이 약 200미터에
걸쳐 늘어선 야시장 한가운데를 휙 가로질러 하천변으로 나갔다. 지도
를 보니 거리의 이름은 신이루信一路였다. 저녁 6시경, 하천 근처에는 인
적이 드물었고 희미한 어둠 속에서 시원한 바람이 불어왔다. 물은 고요
히 흐르고 어디선가 새 지저귀는 소리와 폭죽 터지는 소리가 들려왔다.
이런 시간이 좋았다. 어둠과 밝음의 경계에서 나는 편안함을 느꼈다.

　　혹시 중국식 목조 여관이 있지 않을까 기대하며 유심히 살폈지만
보이지 않았다. 대로에 있는 호텔은 모두 현대식이었다. 나는 높은 천장
에서 커다란 선풍기가 돌아가고, 낡은 복도 어디선가 중국 여인의 말소
리가 울려 퍼지는 목조 여관이 좋았다. 예전에 말레이시아의 쿠알라룸
푸르에서 그런 여관에 묵은 이래, 늘 그런 곳을 그리워했지만 찾기가
힘들었다.

　　거리의 상점들이 불을 훤히 밝힐 때쯤 하천을 건너 런이루仁一路
쪽으로 갔다. 런이루를 따라 들어선 건물들은 번듯했다. 다시 골목길을
가로질러 런얼루仁二路로 오니 서민들의 체취가 물씬 풍겨 왔다. 런이루
거리가 매끈한 피부라면 런얼루 거리는 속살과도 같았다. 인간의 몸속
에 모세혈관들이 퍼져 있듯이 미세한 일상의 현장들이 이리저리 펼쳐
져 있었다. 이곳의 가게, 병원, 약국, 음식점, 금은방, 시계점, 안경점 등
은 모두 조그맣다. 우체국도 조그맣다. 이상하게도 약국과 조그만 병원

이 많았는데 접골원도 보였다. 그걸 보는 순간 감회가 일었다. 이곳은 어딘지 내 어릴 적에 눈에 익었던 풍경이었다.

나는 아홉 살까지 서울 흑석동에서 살았는데 접골원이나 침 맞는 곳을 많이 드나들었다. 1960년대에는 근사한 병원이 드물었기에 가난한 서민들은 그런 곳을 애용했다. 커서도 마찬가지였지만 어렸을 적에도 나는 어머니 속을 유난히 많이 썩였다.

한번은 어머니가 시장에 간 사이 나보다 조금 큰 아이 등에 올라 "엄메야, 이랴!" 하면서 말타기를 하다가 넘어지면서 팔을 삔 적이 있었다. 방바닥에 엎드려 엉엉 울고 있을 때 마침 집으로 돌아온 어머니가 나를 접골원에 데려가 팔에 깁스를 해 주었다. 또 어떤 아저씨가 무거운 짐을 싣고 수레를 끌고 가는데 아이들과 함께 그 옆에 올라탔다가 그만 발이 빠져 발등이 찢어지고 조금 돌아간 적이 있다. 그때도 접골원에서 발에 깁스를 했다. 만원 버스를 공짜로 탄다고 아이들과 머리를 비비대고 올라타다 여자 차장이 밀어 아스팔트 길바닥에 나동그라졌을 때도 마찬가지였다. 아마 여섯 살 때였던 것 같다. 다행히 다친 데는 없었지만 지금 생각해도 아찔한 순간이었다. 뇌진탕이라도 일으켰으면 어땠을까?

또 나는 위장이 약해서 걸핏하면 체했는데 그때마다 어머니는 바늘로 내 손을 따다가 안 되면 업고서 침 맞는 곳으로 가곤 했다. 바람이 차갑던 초겨울에 나를 등에 업고 담요를 씌운 채 황급히 가던 어머니의 등 뒤에서 느끼던 세상은 아픈 가운데에도 아늑했다.

넓고 따뜻하던 어머니의 등이 어느새 고부라지더니 치매와 암의 고통 속에서 어머니는 저세상으로 가셨다. 불쌍한 어머니. 아픈 어머니도 내게는 큰 버팀목이었는데, 이제 다시는 어머니의 따스한 등으로 돌아갈 수 없다. 아무리 나이를 먹어도 부모가 돌아가시면 고아가 되고, 고아가 바라보는 세상은 쓸쓸했다.

어린 시절과 어머니를 회상하는 동안 콧등이 시큰거려 왔다. 그러나 세상은 무심하고 평화롭게 흘러가고 있었다. 건물 차양 아래에서 탁자에 앉아 식사하는 사람들 옆으로 젊은 여인이 유모차를 끌고 지나갔다. 조금 더 걸어가니 한약방, 이발소, 미용실이 몇 개 보였고 복권 판매소를 지나치자 동네마다 하나씩 있는 뷔페 식당 쯔주찬自助餐이 나왔다. 결코 화려하지 않지만 푸짐한 음식들을 덜어다 먹는 사람들의 표정은 행복해 보였다.

아, 부모와 함께 웃으며 먹고 있는 아이들은 얼마나 행복한가. 저럴 때가 좋지. 다시는 돌아갈 수 없는 저 시절. 잃어버린 낙원인 것이다.

나는 한동안 물끄러미 그들을 바라보다 다시 길을 걸었다. 차와 커피를 파는 집들이 나오더니 편의점과 KFC가 나타났고 ATM 기계와 동네 빵가게, 세탁소, 필름 인화소, 카레 전문점, 문구점이 나왔다. 번듯하진 않았지만 모두 세월의 때가 묻고 조그맣고 아기자기하여 정이 갔다.

야시장 쪽으로 다가갈수록 리모델링한 건물들이 많아졌으며 조명이 밝고 물건들도 화려했다. 런쓰루仁四路에 이르자 거리에 노점 음식점, 옷가게들이 가득 차 있었다. 이곳은 현지인들이 주로 이용하는 야시

장으로, 관광객들이 주로 오는 화려한 등이 켜진 런싼루(仁三路)의 먀오커우 야시장과 이어져 있었다.

그곳까지 걸어왔던 길이 소박하고 따스했다면 여기서부터는 야시장의 열기가 후끈거려 왔다. 후텁지근한 날씨, 훈훈한 삶의 체취, 뜨거운 욕망의 열기 속에서 슬펐던 마음은 조금씩 생기를 띠기 시작했다.

먀오커우 야시장

먀오커우 야시장에서는 작은 축제가 벌어지고 있었다. 우선 야시장 입구 노점에서 처우더우푸(臭豆腐)를 사 먹었다. 고소하고 맛있었다. 흔히 한국인들은 '취두부'라고 부르는 이 삭힌 두부에서는 마치 썩는 듯한 냄새가 나서, 처음 타이완에 왔을 때는 질색했었다. 그런데 지금은 고소하고 맛있으니 입맛이란 간사하다.

사실 입맛이란 습관이다. 청국장, 오징어는 외국 사람 특히 서양인이 냄새를 맡으면 기절초풍한다. 그런데 우린 맛있게 먹는다. 예전에 동남아 사람들이 좋아하는 고수*를 처음 먹던 날 나는 토할 뻔했다. 그런데 지금은 쌀국수를 먹을 때면 고수를 한 움큼 집어넣어야만 제맛을 느낀다. 치즈는 어떤가? 네덜란드에서 치즈 공장에 갔다가 꼬랑내 때문에 쓰러지는 줄 알았지만 맛은 정말 좋았다.

이 야시장은 관광객을 위해 메뉴가 중국어는 물론, 영어, 일본어로 적혀 있고 상점마다 번호가 매겨져 있어서 편했다. 맨 처음에는 쫄

---

* 고수는 허브의 한 종류로 세계 각국에서 요리에 널리 사용한다. 태국어로 '팍치', 중국어로 '샹차이', 영어로 '코리앤더'라고 부른다.

깃쫄깃한 밥, 유판油飯에 양념을 타서 먹었는데 보통 매운 게 아니었다.

땀이 비 오듯 쏟아지고 입이 화끈거려서 시원한 수박 주스를 마셨다. 그다음부터는 워낙 음식점이 많아서 선택하기가 쉽지 않았다. 이럴 때 나는 사람들이 많이 모인 곳으로 간다. 마침 간판에 '55년 전통'이라 적힌 튀김집이 보였다. 줄을 서서 기다리다 먹었는데 매우 고소하고 맛있었다. 이어서 먹은 굴파전은 굴과 계란으로 오믈렛을 만든 것으로 입에 착착 감겼다. 이미 배가 불렀지만 구운 닭다리도 하나 먹었다. 또 더운 여름 날씨에 빙수를 안 먹으면 섭섭할 것 같아 빙수도 먹었다. 팥, 고구마, 파인애플 그리고 이름을 알 수 없는 재료 하나를 선택하니 빙수 아줌마는 웬 깡통을 가리키며 물었다. 뜻을 알 수 없었지만 나는 기분 좋게 외쳤다.

"하오好.[좋아요.]"

모를 땐 빨리 결정을 내려야 한다. 모든 게 복불복이다. 그렇게 해서 먹은 음식이 좋으면 수첩에 적었다 다음에 또 먹고, 아니면 할 수 없다. 나는 영어가 통하지 않는 러시아, 동유럽 등지에서도 그렇게 여행했다. 너무 실수 안 하고 손해 안 보려고 애쓰면 매사가 스트레스지만, 낯선 것에 부딪치는 과정을 즐기면 여행이 즐거워지고 자꾸 배워 간다.

하물며 맛있는 음식의 천국, 타이완에서 빙수를 시키는데 무슨 걱정인가. 역시 맛도 최고에다 양도 푸짐했다. 우유의 담백함, 팥의 달콤함, 고구마의 고소함, 파인애플의 상큼함, 그리고 뭔지 모를 과일의 신선함이 찬 얼음 가루와 어우러져 진짜 맛있었다. 거기다 아줌마가 친절

하고 활기차서 더 좋았다. 야시장의 사람들이 다 친절한 것은 아니었고 사람마다 달랐다. 유판 파는 아줌마는 타이완 사람들에게는 웃고 농담을 잘했는데 외국인인 내게는 좀 쌀쌀맞았다. 말이 안 통하니까 거리를 두는 듯했다. 튀김 파는 젊은이는 사람들을 워낙 많이 상대하다 보니 피곤해진 것 같았고 굴파전 파는 아저씨는 싱글벙글 행복해 보였다.

배를 든든하게 채운 뒤 야시장을 빠져나오다 긴 줄이 보여 일단 무조건 섰다. 간판에 '包包氷^{바오바오빙}'이라 써 있는데 아이스크림 집이었다. 땅콩 아이스크림^{花生氷}을 시켰는데 고소하고 달고 시원했다. 원래 땅콩과 물은 상극이라는데 이건 맛도 좋고 소화도 잘돼 신기했다.

이렇게 잔뜩 먹고 나서 계산을 해 보니 한국 돈으로 12,400원이 들었다. 처우더우푸, 유판, 수박 주스, 튀김, 굴파전, 닭다리, 빙수, 아이스크림 등 고급 음식은 아니었지만 몇 십 년의 전통이 있는 가게의 음식으로 다들 맛있었고 대개 1,000~2,000원대로 부담 없는 가격이었다. 빵빵해진 배를 두드리며 걷다가 오락실을 한 바퀴 둘러보고 나오는데 웬 여자가 나를 보고 먼저 인사를 했다.

어, 어디서 봤더라. 눈에 익은 모습인데. 아, 바로 여행 떠나기 며칠 전 서울의 타이완 관광청에서 만나 이야기를 잠시 나눴던 이십 대 중반의 여자였다.

"여기서 만나다니."

"그러게요. 믿을 수가 없네요!"

반가웠다. 그녀는 나보다 일주일 먼저 타이완에 왔는데 일주일 더 여행하고선 돌아갈 예정이라고 했다.

"요기 앞에 있는 맥도날드에 가서 얘기나 할까요?"

"네, 그런데 가기 전에 게 튀긴 것 좀 사고요."

그녀는 가이드북에 소개된 것은 다 먹어 보았지만, 게 튀김은 아직 못 먹어 봤다고 했다. 게 튀김을 사 들고 맥도날드에 가서 이런저런 얘기를 나누었다.

"타이완 어때요?"

"와, 좋아요. 사람들이 친절하고 음식도 맛있어요."

그녀는 중국에서 언어 연수를 1년 해서 중국어 소통은 문제가 없다고 했다. 그래서 더 여유 있게 여행을 즐길 수 있었나 보다.

"타이완 사람들 친절하다는 얘긴 많이 들었지만 정말 그렇네요. 우린 너무 급하고 거친데, 여기 사람들 느긋하고 모두 잘 먹고 잘 사는 것 같아요. 전 타이완에서 먹는 것 즐기느라고 정신이 없어요!"

그녀는 할 말이 많아 보였지만 숙소가 타이베이에 있어서 곧 가야만 했다. 기차역에 가니 마침 바로 떠나는 기차가 있었다. 그렇게 이름도 모르고, 뭘 하는 사람인지도 모른 채 그냥 헤어졌다. 인연이 있으면 어디선가 또 만나겠지.

여행 잘하기를 마음속으로 기원했다. 아니, 당연히 잘했을 것이다. 중국어가 유창해서이기도 하지만 타이완 사람과 문화를 좋아하고 음식을 즐기는데, 그 여행이 즐겁지 않을 리 없다.

쑤아오
Su'ao

냉 천 탕

대개 사람들은 타이베이에서 화롄까지 기차를 타고 간다. 두어 시간만 달리면 되는 편하고 쾌적한 길이다. 그러나 나는 타이완 동부 해안에 있는 조그만 도시인 쑤아오蘇澳에 먼저 들렀다. 쑤화궁루蘇花公路를 가 보고 싶어서였다.

쑤화궁루는 쑤아오에서 화롄까지 100여 킬로미터에 걸친 동해안 도로로, 가파른 산맥을 폭약으로 부서뜨려 힘들게 절벽 위에 길을 냈다. 밑은 깎아지른 듯한 천길만길 절벽이라, 아차 하면 태평양으로 처박히거나 산 위에서 돌이 굴러떨어지는 사고를 당할 위험이 있다. 그럼에도 불구하고 그 길을 가고 싶었던 이유는 추억을 되살려 보고 싶어서였다.

나는 20여 년 전 그 길을 두 번 갔었다. 첫 번째 여행 때는 운 좋게 히치하이킹을 했고 두 번째에는 버스를 탔다. 그때 태평양 위를 둥둥 떠가는 것만 같았다. 이번에도 그 절벽 길의 스릴을 맛보고 싶었다.

그러나 막상 가 보니 그 길은 끊겨 있었다. 쑤아오 신역사新站에서 내려 버스를 타고 쑤아오 구역사舊站에 도착해 영어를 거의 못 하는 역무원과 필담을 통해 알아낸 정보는 허망했다.

"그 길을 가는 버스가 없어졌어요. 옛날에는 다녔지만 이제 버스 자체가 없어졌어요."

이유를 물어보고 싶었지만 의사소통이 잘 안 되니 알 수가 없었다. 그 길 자체가 폐쇄된 것일까, 버스만 안 다니는 것일까? 궁금하기도 하고 아쉽기도 했다.

"기차를 타세요. 여기서 구간차를 타고 쑤아오 신역사로 가서 화렌 가는 기차를 타세요."

기차표를 사는 수밖에 없었다. 쑤아오는 평범한 어촌이었고 외줄기 도로 양쪽에 여관, 음식점, 가게들이 있는 조그만 마을이었지만 꼭 가 보고 싶은 곳이 있었다. 예전에 왔을 때는 모르고 지나쳤는데 쑤아오에는 온천이 아니라 차가운 탄산수가 나오는 냉천탕이 있다. 매표소에서는 여러 종류의 표를 팔고 있었는데 나는 더운물이 준비된 개인 욕탕을 이용하기로 했다. 들어가 보니 넓은 야외 풀장에서 수영복을 입은 사람들이 놀고 있었고, 안내원이 가르쳐 준 대로 끝으로 가니 개인 욕

탕이 갖춰진 곳이 나왔다. 그곳에 있는 여직원은 나를 욕탕으로 안내하며 40분 동안 쓸 수 있다고 말했다.

안은 그리 넓은 공간이 아니었다. 나무로 된 욕탕에는 찬물이 있었고 오른쪽의 나무통에는 뜨거운 물이 담겨 있었다. 한쪽 구석에는 옷도 걸 수 있고 배낭도 놓을 수 있게 만든 나무 선반이 있었다. 몸을 씻고 탕으로 들어갔는데, 으아아! 살결이 약한 불알이 뜨끔거려 왔다. 뛰쳐나가려다 꾹 참았다. 다행히 잠시 후 고통은 사라졌다. 탄산수여서 그랬나 보다. 한모금 마셔 보니 설악산 오색약수의 맛이었다. 아마 설탕을 타지 않은 사이다가 이런 맛이 날 것 같았다. 밑에서는 보글거리며 차가운 온천물이 솟아오르고 있었다.

뜨거운 날씨에 시달리다가 차가운 물속에 있으니 기분이 좋아졌다. 음악이 흘러나오는데 부드러운 팝송, 경음악들이다. 예를 들면 〈Rain drops falling on my head〉 같은 것. 콧노래를 흥얼거리며 앗싸, 몸을 이리저리 비틀고 발버둥도 치고 몸부림도 쳤다. 한참을 그러다 보니 좀 추워졌다. 냉탕에서 나와 뜨거운 물을 몸에 끼얹었는데, 살을 데는 줄 알았다. 너무 뜨거워서 찬물을 섞어 뿌렸다. 그리고 다시 냉탕으로 들어가 몸부림을 쳤다. 내가 생각해도 좀 웃겼다. 어린아이가 된 기분이었다. 날씨가 더워서 한국에서부터 팔다리에 난 부스럼이 타이완에 와서 더 심해졌는데 낫기를 바라며 부스럼을 마구 문질러 댔다. 그렇게 온갖 쇼를 하는데 누군가 문을 두드렸다. 아까 들어오기 전에 안내원이 30분 뭐라고 했는데 나오기 10분 전에 미리 시간을 알려 주는 것 같았다. 벌

써 그렇게 시간이 흘렀나. 조금 더 몸부림을 치다가 나오니 날아갈 것
같았다.

커 피 와 소 원

온천을 마치고선 역 근처의 식당에서 밥을 먹었다. 그리고 세븐일레븐
에서 쥐나송具納頌이란 브랜드의 캔 커피를 마시다 거기에 적힌 광고 문
구를 한참 들여다보았다.

"나는 홀로 방랑하며 좋아하는 커피와 함께 낯선 세계를 자유롭
게 즐기는 것에 익숙해졌다."

커피를 마시며 간절히 염원했다. 이제는 정말…… 슬프고 힘든 과
거를 잊고, 앞만 보며 가고 싶구나.

74
75

화롄
Hualien

원주민의 고향

쑤아오에서 화롄花蓮까지는 기차로 1시간 남짓 걸렸다. 화롄은 신령한 기운이 감도는 도시였다. 하늘 중간까지 우뚝 솟은 거대한 산맥이 도시를 내려다보고 있었고 중간에는 구름이 걸쳐 있었다. 이런 동네에 살면 마음이 경건해질 것만 같았다.

거대한 산맥과 태평양 사이에 있는 이 작은 도시는 100년 전, 즉 일제강점기 전까지만 해도 외세의 손길이 쉽게 미치지 못하는 아늑한 땅이었다. 섬을 남북으로 가로지르는, 공룡 등뼈처럼 솟은 중앙의 산맥 때문에 네덜란드, 스페인, 명나라, 청나라 등의 지배력은 이곳까지 뻗치

지 않았다. 지금도 산속에는 고유한 문화와 정체성을 간직한 채 부락에서 살아가는 원주민들이 많은데, 원주민의 기원은 5,000년 전까지 거슬러 올라간다.

역 앞 여행 안내소는 시설이 잘돼 있었다. 지도와 타이루거太魯閣 쪽으로 가는 무료 셔틀버스 시간표를 얻어 들고, 평판이 좋은 아미고스 호스텔을 조금 헤매다 찾아냈다. 짐을 내려놓자마자 시내로 걸어 나갔다. 잎사귀가 널찍한 가로수들이 꽤 이국적이었다.

중산루中山路를 따라 시내 쪽으로 걷다가 젠궈루建國路를 지날 때쯤 무심코 오른쪽을 보다가 깜짝 놀랐다. 희미한 어둠 속에서 하늘 중간까지 솟아오른 거대한 산이 신성한 기운을 뿜어내고 있었다. 장엄한 산과 거리의 불빛과 선선한 바람과 어디선가 풍기는 고기 굽는 냄새 앞에서, 전기에 감전된 듯한 이 느낌을 사람들은 이해할 수 있을까? 강렬하게 덮쳐 오는 이 거대한 에너지의 정체는 무엇인가? 나는 수첩을 꺼내 메모했다.

"2010년 8월 5일 목요일 6시 34분, 화렌 젠궈루에서 맞은 희열. 언젠가 이곳에 다시 와 이 시간에, 이 희열을 느끼리라."

거리를 계속 걷다가 원주민 여인 두 명을 보았다. 여인 하나는 키가 크고 하나는 뚱뚱한데 골격이 크고 이목구비가 뚜렷했다. 아메이족阿美族일까? 타이완 동해안에 주로 사는 아메이족의 인구는 약 14만5천 명인데, 타이완 최대의 원주민이다. 그들을 보니 뉴질랜드에서 본 마오리족이 생각났다. 마오리족들은 골격이 매우 큰데 여기서 마주치는 그들의 체형과 얼굴 모습이 흡사했다. 이들은 과연 어디서 왔을까?

기록이 남지 않아 정확히 알 수는 없지만 언어를 통해 이들의 기원을 추정할 수 있다. 타이완 원주민들의 언어는 모두 오스트로네시안 또는 말레이-폴리네시안 어계에 속한다. 이 언어는 북쪽으로는 타이완, 동쪽으로는 이스터 섬, 남쪽으로는 뉴질랜드, 서쪽으로는 아프리카 옆의 마다가스카르 섬에 이르는 태평양과 인도양을 아우르는 거대한 지역에 분포되어 있으며, 그 지역에는 타이완, 필리핀, 말레이시아, 인도네시아, 하와이, 사모아 군도, 타이티 섬 등이 있다.

이런 언어를 쓰고 있는 부족의 기원에 대해서는 여러 설이 있다. 인도네시아와 뉴기니 섬 일대라는 얘기도 있고, 타이완이 기점이었다는 얘기도 있다. 이렇게 보면 타이완은 중국 대륙에 속한 변방의 섬을 넘어서 거대한 태평양 문명에 속한 다른 세계였다.*

조금 더 상상력을 발휘한다면, 어쩌면 태평양에는 거대한 대륙이 있었던 것은 아닐까? 그 대륙이 침몰한 뒤, 그 흔적들이 태평양의 섬에 남아 있는 것이고. 실제로 이스터 섬의 주변에 남아 있는 거대한 석상의 비밀은 여태껏 풀지 못했다. 인력도 별로 없었고 돌을 이동시킬 동물이나 운반 수단도 없던 섬에서 석상은 무엇을 의미하나? 이것이 사라진 대륙의 흔적이라면 아메이족 역시 단지 타이완의 소수 민족이 아니라 사라진 거대한 문명의 흔적들일 것이다. 그렇다면 나는 사라진 거대한 문명의 흔적을 이 거리에서 보고 있는 것이다. 물론 상상이다.

• 《대만, 아름다운 섬 슬픈 역사》, 주완요 지음, 손준식·신미정 옮김, 신구문화사, 2003.

흥겨운 밤거리

화롄의 밤거리를 정처 없이 걸었다. 추억의 흔적은 쉽게 찾을 수 없었다. 예전에는 바닷가 쪽의 길 끝에 기차 구역사와 버스 터미널도 있었는데 지금은 적막했다. 그나마 기억나는 작은 여관은 비즈니스 호텔로 변해 있었다. 모든 것은 세월에 휩쓸려 어디론가 가 버렸다.

계속 바닷가 쪽으로 걸어갔다. 차들만 씽씽 달리는 넓은 도로가 나왔는데, 거길 건너 계속 가면 한적한 바닷가가 나올 것이란 기대로 길을 건넜다. 몽유병자처럼 인적 끊긴 캄캄한 밤길을 조금씩 걸었다. 커다란 돌들이 굴러다니는 그 지역은 사람 다니는 길이 아닌 것 같았다. 기분 나쁜 길이었다.

그때 갑자기 개 두 마리가 어둠 속에서 불쑥 나타났다. 순간, 온몸에 소름이 돋았다. 집 없는 들개였다. 늑대 같은 느낌도 들었다. 발걸음을 멈추자 개들도 걸음을 멈춘 채 나를 노려보았다. 팽팽한 긴장감이 돌았다. 멀리서 개 짖는 소리들이 들려오고 있었다. 이놈들이 무슨 정탐병들인가. 저 바닷가 들판이 이들의 영역이고, 자기네 영역을 침범하지 못하도록 경비를 서는 놈들인가? 그 영역을 침범하면 수십 마리의 개떼가 달려들 것 같은 공포감이 몰려왔다. 돌아서기로 했다. 밤중 들판에서 만나는 개들은 섬뜩했다. 천천히 뒷걸음질 치는 나를 개들은 움직이지 않은 채 뚫어져라 보았다.

다시 시내로 돌아왔다. 불빛 밝은 거리가 반가웠다. 마치 오지에 갔다 문명 세계로 귀환한 것만 같았다. 흥겨운 마음으로 중화루^{中華路}로

접어들었는데 몇 사람이 유리창 앞에 모여서 안을 들여다보고 있었다. 안마하는 곳으로, 서양인 중년 사내가 누워 있고 남자 마사지사가 칼로 발뒤꿈치 각질을 벗겨 주고 있었다. 아, 나도 발뒤꿈치 각질이 어느 때부턴가 딱딱해져서 아무리 손으로 밀어도 안 되었는데, 저렇게 하는 방법이 있구나. 남의 발 각질이 툭툭 벗겨지는 것을 보니 시원했다. 안에 있던 사람들은 구경하는 사람들을 보고 웃었고 구경꾼들은 그들을 보고 또 웃었다.

조금 걷다가 노점에서 '지파이鷄排'라고 하는 닭갈비 튀김을 사 먹었다. 45위안(1,800원)이라는 싼 값에 양도 푸짐하고, 맛도 매콤하고 고소한 게 입에 착 달라붙었다. 패스트푸드점 닭보다 낫다. 조금 먹다가 들고 가려니까 닭 파는 여인이 "헬로!" 하며 비닐봉지를 주었다. 고마웠다. 그런 친절 때문일까? 젊은 여인이 아주 예뻐 보였다. 아메이족일까? 아닌 것 같았다. 골격이 작은 걸 보니 타이완 사람이었다. 그런데 눈이 큰 남방계로 보였다. 저 여인의 조상은 어떤 경로를 통해 이곳에 왔으며 어떤 사람들을 만나 씨를 퍼트려 왔을까? 그녀의 얼굴을 보며 작은 신비를 느꼈다. 사람의 얼굴이야말로 가장 신비스럽다.

길을 건너가니 아메이족 사진들이 크게 전시된 제과점들이 있었다. 종업원들이 호객 행위를 해서 들어가 시식해 보았다. 달콤한 게 맛있었다. 단것도 먹었겠다 조금 피곤하기도 해서 어디 들어가 쉬고 싶었는데 마침 옆에 'Coffee Goddess'라는 커피숍이 있었다. 커피 여신이라. 여신이 만들어 주시는 커피는 맛이 어떨까? 안을 들여다보니 아늑한 곳이었다.

그러나 나를 유혹하는 곳이 또 있었으니 길 건너의 '더우푸화청豆府花城'이란 빙수 집이었다. 난 두부를 좋아한다. 그런데 두부의 한자는 豆腐로 알고 있는데 豆府라고 쓰여 있었다. 왜 그럴까? 어쨌든 두부를 사용하는 빙수 집 같았다. 잠시 커피 여신인가, 빙수인가를 고민하다가 빙수 집으로 갔다. 들어가자마자 내가 좋아하는 망고 우유 빙수와 전주 나이차를 시켰다. 맛도 좋았지만 에어컨 바람 나오는 시원한 분위기와 외국인에게 넉넉하게 베푸는 종업원들의 마음이 더 고마웠다.

그곳에 앉아서 일기를 썼다. 여행의 즐거움이란 이런 것이다. 사람들의 살아가는 모습을 본다는 것은 얼마나 흥겨운가. 삶은 결코 대단하지 않으며 평범한 사람들의 사소한 몸짓과 눈빛들로 이루어져 있다. 음식을 먹고, 커피를 마시고, 빙수를 먹고, 오가는 사람들의 눈빛을 보며 가슴이 설레고, 사랑하고, 상상하고……. 가끔 발뒤꿈치의 각질을 벗기며 살아가는 것이다. 이런 모습들로 가득 찬 평범해 보이는 화롄의 밤거리가 나는 현란한 관광지보다 더 좋았다.

한동안 휴식을 취한 뒤 숙소로 돌아오는 길에 궁정제公正街에 있는 만둣집에 들렀다. 이 근처에는 만둣집, 과일, 주스, 옷 등을 파는 상점들이 있어서 야시장 분위기가 났는데 특히 골목길 입구의 만둣집은 길게 줄을 서 있었다. 다행히 자리 하나가 비어서 끼어 앉을 수 있었다. 샤오롱바오를 시켰다. 딘타이펑에서 먹는 샤오롱바오보다 더 큰데 한 개의 가격은 5위안(200원)이니 매우 쌌다. 한입 베어 무는 순간 "아, 정말 맛있네!" 하는 감탄이 절로 나왔다. 고소하고 달짝지근하면서 입에 착 달라붙는데 환상적이었다. 다음에는 수이자오, 즉 물만두 열 개를 시켰다. 한 개에 3위안으로 이것도 넣자마자 꿀꺽꿀꺽 넘어갔다. 역시 사람들이 줄 선 집은 뭐가 달라도 다르다. 한국 돈으로 2,200원에 기가 막히게 맛 좋은 샤오롱바오 다섯 개와 작은 물만두를 열 개나 먹을 수 있다니, 행복해서 자꾸자꾸 웃음이 나왔다.

타이루거 협곡을 걷다

화렌 근처에 있는 타이루거 협곡은 타이완의 대표적인 관광지다. 수십억 톤의 대리석을 품은 산이 침식되면서 만들어진 약 19킬로미터의 거대한 협곡으로, 타이완 사람들은 온갖 어려움을 극복하고 여기에 길을 냈다. 그 길을 따라 협곡 끝의 높은 고지로 올라가면 톈샹天祥이란 마을이 나오고, 거기서 동서를 관통하는 둥시헝관궁루東西橫貫公路라는 산길을 따라 서쪽으로 여덟 시간 정도 달리면 타이중이 나온다.

화렌에서 온 당일치기 관광객들은 타이루거 협곡을 구경한 뒤 다시 화렌으로 돌아가지만, 예전에 나는 협곡을 걸어서 구경하고, 톈샹에서 버스를 타고 타이중으로 넘어갔었다. 굽이굽이 이어지는 산길 풍경은 장관이었다.

타이루거 협곡은 걸어야 진가를 맛볼 수 있다. 차를 타고 휙 지나가면 컴컴한 터널만 구경할 뿐이다. 그러나 19킬로미터나 되는 구간을 다 걸을 수는 없고, 또 그 길이 모두 멋있지도 않다. 그래서 택시나 관광 버스를 이용하는 사람들은 경치 좋은 곳에서 내려 구경하다가 이동하고, 일반 버스를 이용하는 경우에는 중간에서 내려 걷기도 한다. 그런데 이번에 와 보니 오전 6시 50분부터 늦은 오후까지 거의 1시간 간격으로 무료 셔틀버스가 운행되어 편했다.

관광객이 많은 여름철에만 운행되는지 몰라도, 어쨌든 타이완 정부에서 관광객들에게 신경을 쓰고 있음을 알 수 있었다.

오전 6시 50분, 역 앞에서 첫 번째 무료 셔틀버스를 탔다. 나는 옌쯔커우燕子口란 곳에 내려 주취둥九曲洞까지 천천히 걸으며 구경한 뒤 다시 셔틀버스를 타고 종점인 톈샹까지 갈 계획을 세웠다. 이 구간의 풍경이 가장 멋지기 때문이다.

시내를 빠져나오자 창밖으로 멀리 높이 솟아오른 산맥과 들판이 펼쳐졌다. 드디어 산맥 쪽으로 접어든 버스는 산길을 올라가기 시작했다. 그러다 중간에 샛길로 들어갔다. 그곳에는 부뤄완布洛灣이란 사원이 있었는데 웬 중년 부부가 내렸다. 그리고 버스는 왔던 길을 되돌아 다시 도로를 따라 계속 올라갔다. 얼마 안 가 절벽을 깎아서 만든 길이 나타나기 시작했다.

"옌쯔커우?"

운전수에게 물어보니 맞다고 했다. 거기서 나 혼자만 내렸다. 조용했다.

계곡 물소리만 들리고 시원한 바람이 얼굴을 스쳐 갔다. 오른쪽에

절벽이 있었고 맞은편에는 하늘 높이 산이 솟구쳐 있었다. 깊은 산속으로 들어온 것처럼 공기가 매우 청량해서 머릿속까지 시원해지고 있었다. 계곡에서 콸콸 흐르는 물소리를 들으며 풍경을 감상하다 천천히 위를 향해 걸어갔다. 폭약을 터뜨려 만든 길이라 어떤 구간은 마치 동굴 같았다.

길 난간에 바짝 붙어서 계곡 사진을 찍다가 맞은편 절벽으로 작은 구멍들이 숭숭 뚫려 있는 모습을 보았다. 지금보다 강물의 수위가 더 높았을 때, 물살에 밀려 떠내려오는 돌들이 부딪쳐서 흔적을 남긴 것이다. 이 계곡에는 봄과 여름에 제비 무리가 날아다니기도 하는데, 여기에 착안해 제비 둥지와 비슷한 모양의 작은 구멍들을 옌쯔커우, 즉 '제비 동굴'이라고 부른다고 한다. 주위를 둘러보며 사진을 찍고 있는데, 저만치 오토바이를 세워 놓고 난간에 서 있던 청년들이 갑자기 소리치며 허공을 가리켰다. 제비 몇 마리가 계곡 위를 날아다니고 있었다.

그들을 보니 20여 년 전의 기억이 떠올랐다. 그때도 옌쯔커우에서 내린 나는 톈샹의 유스호스텔에서 숙박할 생각이었다. 무거운 배낭을 메고 있었지만 톈샹까지 약 10킬로미터의 길을 무작정 걸을 생각이었다. 곧 날이 어두워지려 했으나 외길이기에 길을 잃을 염려는 없었다. 그러다 오토바이를 타고 가던 타이완 경찰학교 학생들 세 명을 만났다. 그들은 길이 아주 멀다며 나를 오토바이 뒤에 태우더니 달리기 시작했다. 경찰학교 학생들은 흥분해서 "야호!" 소리를 지르다가 오토바이를 요리 비틀, 조리 비틀하며 묘기까지 부렸다. 아차 하면 황천행이라 아찔

했지만 나는 황홀했다. 낯선 외국, 우연히 만난 사내들, 아슬아슬한 절벽 길 등이 모두 꿈만 같았다.

옛 감흥에 젖어 길을 가다가 중간에 팻말에 적힌 안내문을 보았다. "이곳은 바위가 떨어지는 구간이니 헬멧을 쓰시오. 헬멧은 방문자 센터나 부뤄완 혹은 서비스 센터에서 빌려 줌."

왼쪽 위로 치솟은 절벽들을 보니 아슬아슬했다. 사실 도보 여행자들에게 위험한 것은 절벽 밑으로의 추락이 아니라 머리 위쪽의 낙석이다. 난감했다. 헬멧을 빌려 주는 곳은 걸어가기에 너무 멀었다. 이런 정보를 알았다면 올라올 때 준비했겠지만, 지금 와서 돌아갈 수는 없었다. 모든 것을 하늘에 맡기고 그냥 걷기로 했다.

천천히 가다 보니 다리에 못 미처 휴게소가 보였다. 휴게소 탁자에 앉아 사과 주스와 과자를 먹으며 일기를 쓰는데 그제야 단체 관광객을 실은 버스들이 나타나기 시작했다. 시계를 보니 9시 12분, 서서히 협곡이 붐빌 것 같다는 생각이 들었다.

충분한 휴식을 취하고선 천천히 20분 정도 위로 올라가니, 타이루거 협곡에서 가장 넓고 높은 절벽이라는 쥐루 대절벽雅麓大斷崖이 나타났다. 경치를 감상하는 전망대는 코앞에 있는 류팡차오流芳橋 다리 옆에 있었다. 관광객들이 전망대에서 사진을 찍고 있었다. 그곳에 서서 계곡을 살피는데 방금 지나쳤던 쥐루 대절벽이 보였다. 너비 1,200미터, 높이 100미터인 이 거대한 암벽은 밑에서 쳐다보면 타이완 섬처럼 생겼다고 한다. 잠시 뒤 관광객들이 떠나자 고요해졌다. 혼자 남은 나는 계곡 물소리를 들으며 거대한 절벽을 감상했다. 아, 좋구나. 좋아. 예전에 오토바이 타고 달리던 때와는 또 다른 기분이다.

잠시 후 주취동을 향해 출발했다. 7분쯤 더 걸어가자 드디어 주취동 입구가 나왔다. 왼쪽은 절벽 따라 난 보도였고 오른쪽의 터널은 차도였다. 당연히 절벽 쪽의 보도로 가려는데 웬 제복을 입은 사람이 스쿠터를 타고 그 길에서 나왔다. 나를 보고 중국말로 뭐라는데 알아들을 수가 없었다. 그는 어리둥절한 표정을 짓고 있는 나를 표지판으로 데려갔다.

"2010년 8월 6일, 오늘부터 이 길을 폐쇄한다." 그런 뜻의 한문이 적혀 있었다. 그는 위에서 돌이 굴러떨어지는 시늉을 했다. 낙석 때문에 위험하니 가지 말라는 것이었다. 만약 그 사람이 나타나지 않았다면 나는 표지판을 보고도 그냥 갔을지 모른다. 이 텅 빈 길에서 제지하는 사람은 없었을 테니까. 그러나 사람이 나타나 말리니 들을 수밖에 없었다. 할 수 없이 차가 다니는 터널을 걷기로 했다. 25분쯤 걸어야 하는 캄캄한 터널 길은 유쾌하지 않았다. 조명도 밝지 않아서 발걸음을 시원스럽게 내딛지 못했다.

그런데 터널 중간쯤에서 주취동 보도 쪽으로 나가는 공간이 보이자 슬그머니 꾀가 머리를 스쳤다. 저기로 나가 볼까? 아홉 개의 구불구불한 길이 창자처럼 휘어지는 협곡 최고의 절경이 펼쳐질 텐데. 전에 보니 관광객들이 찢어 던진 종이가 밑에서 올라오는 공기를 타고 계곡에서 새처럼 날아다녔는데, 그걸 재연해 볼까? 내가 나간다고 말릴 사람도 없고 아무도 모를 것이다. 그동안 여행하며 하지 말라는 짓을 얼마나 했고, 위험하다는 곳을 얼마나 갔던가. 그래도 항상 잘 헤쳐 나오지 않았는가?

한동안 밝은 빛이 들어오는 보도로 넘어가는 길 앞에서 망설였다. 그러나 발길을 돌렸다. 하라는 대로 하자. 여기서 일하는 사람들이 이유 없이 그런 팻말을 붙였을 리는 없다. 아까 그 사람의 얼굴은 상당히 긴장되어 있었다. 나 하나만 생각하고 살던 젊은 시절이 아니다. 이제 나의 건강과 목숨이 내 것만은 아니다.

나는 말 잘 듣는 모범생처럼 마음을 고쳐먹고 부지런히 터널을 걸었다. 그렇게 걸어서 터널을 빠져나온 순간 경악하고 말았다. 터널 옆의 넓은 공간에 모인 단체 관광객 수십 명이 주취등 쪽 보도를 잔뜩 긴장한 표정으로 바라보고 있었다. 산 위에서 바위 돌들이 우르릉 쾅쾅 굴러 떨어지며 폭탄 터진 것처럼 부연 연기를 내뿜고 있었다. 한 번이 아니라 계속 떨어지는데 계곡은 쿵쿵쿵 하는 무시무시하고 음산한 소리로 가득 찼다. 소름이 쪽 끼쳤다. 만용을 부리며 저 길로 나왔다면? 아마 내 머리통은 수박 깨지듯 박살이 났을 것이다. 저런 상황에서는 헬멧을 썼다 해도 소용없었을 게 분명했다. 몸 자체가 짜부라지거나 바위에 맞아 계곡으로 튕겨져 나갔을 것이다.

그곳을 쉽게 뜰 수가 없었다. 가슴을 쓸어내리며, 마침 경비를 서고 있는 사내에게 "언제 길이 다시 열릴 것 같냐?"라고 영어로 묻자, 사내는 "아무도 알 수 없다."라며 웃었다. 하긴 자연의 조화를 어찌 알겠는가? 아마 우기에는 이런 일이 더 자주 일어날 것 같았다.

　무료 셔틀버스가 서는 넓은 공터에서 톈샹으로 가는 버스를 탈까 하다 계속 걷기로 했다. 거기서부터는 사실 멋진 경치는 없었지만 그냥 끝까지 가고 싶었다. 걷는 동안 길바닥에 '낙석 주의'라는 글자가 보여 조마조마했다. 11시를 넘어가자 날씨는 본격적으로 더워지기 시작했다. 땀은 빗물처럼 흐르는데 가지고 갔던 물도 다 떨어졌다.

　그 후부터 츠무차오慈母橋, 허류合流, 뤼수이綠水를 지나 1시간 10분 정도를 걸으니 드디어 톈샹이었다. 허기졌으나 뿌듯했다. 톈샹은 많이 달라져 있었다. 공원처럼 잘 꾸며진 곳에 주차장이 생겼고 상점과 음식점들은 더 많이 들어섰다. 잠시 기억을 더듬다 예전에 묵었던 톈샹칭녠휘둥중신天祥青年活動中心으로 가 보았다. 그때 경찰학교 학생들과 함께 묵으며 노래 부르고 춤췄던 곳이다. 변함없는 모습을 보니 반가웠다.

　찾아보고 싶은 곳이 또 있었다. 찐빵 가게였다. 경찰학교 학생들은 아침에 헤어질 때 이 근처의 가게에서 내게 찐빵을 사 주고는 "짜이젠再見.[다시 만나요.]"을 외치며 떠났었다. 타이중으로 가는 버스 안에서 찐빵을 먹는데 가슴이 뭉클했다. 나보다 어린 이십 대 중반의 그들이 외국에서 온 여행자에게 찐빵을 사 주었으니, 그런 인정들은 어디서 나왔을까? 지금은 사십 대 중반이 되어 타이완 어딘가에서 경찰관으로 근무할 그들. 그래서 나는 타이완에서 경찰관을 보면 반갑고 정이 갔다. 그런데 도무지 그 찐빵 가게를 찾을 수가 없었다. 언덕에 있는 낡은 가겟집 같은데 확실치 않았다.

추억과 현실 사이를 왔다 갔다 하는데 화롄으로 돌아가는 미니버스가 왔다. 고마운 무료 셔틀버스였다.

치싱탄

버스를 타니 잠이 쏟아졌다. 타이완에 도착해서 잠을 푹 자 본 적이 없었다. 특히 어젯밤은 조금 더웠고 여러 사람들과 함께 쓰는 방에서 묵다 보니 잠을 설쳤다. 또 오전 내내 타이루거 협곡을 계속 걸어온 데다가, 아침을 부실하게 먹어서 힘이 빠졌다. 한창 자는데 운전수가 "치싱탄七星潭!"이라고 소리쳤다. 사람들 두어 명이 내렸는데 버스가 다시 출발한 뒤 갑자기 정신이 들었다.

치싱탄? 원래 내가 들르려고 했던 곳이잖아? 이 버스가 거길 가는구나! 아름답다고 소문난 바닷가인데.

그러나 버스는 벌써 떠난 뒤였다. 그곳에서 화롄 역까지는 10분밖에 걸리지 않았다. 화롄 역에 도착하자마자 치싱탄 가는 버스를 알아보았다. 무료 셔틀버스뿐만 아니라, 여행 안내소 맞은편의 화롄 버스 터미널에도 치싱탄으로 가는 버스가 있었다. 마침 시간이 맞아 바로 버스를 탈 수 있었다. 버스는 주택가를 돌고 돌아 35분 정도 걸려서 치싱탄에 도착했다. 언덕 위의 공원으로 가니 가슴이 확 트이는 풍경이 펼쳐졌다. 언덕 아래쪽으로 해변이 보였고, 멀리 산맥 중턱에 하얀 구름이 길게 펼쳐져 있었다. 마치 몇 년 전에 갔던 뉴질랜드 퀸스타운의 호숫가의 평화로운 풍경이 연상됐다.

비탈길을 따라 잠시 걸어가자 마을이 나왔다. 번듯한 호텔, 소박한 민박집, 카페, 옛날 주택들이 어우러진 아담한 마을이었다. 작은 자갈들이 쌓인 바닷가에는 파도를 넘나들며 장난치는 아이들, 낚시하는 소년, 빛을 가린 양산 아래서 얘기를 나누는 소녀들, 그리고 사진 촬영하는 분홍색 웨딩드레스를 입은 신부와 멋진 신랑이 보였다. 이곳은 선탠을 즐기며 해수욕을 하는 곳이 아니라 여행자들이나 가족 단위로 쉬는 한적한 분위기였다.

바닷가에 앉아 파란 바다를 바라보다 누웠다. 눈을 감자 철썩거리는 파도 소리가 기분 좋게 들려왔다. 아이들 뛰노는 소리가 멀리서 들려오며 잠이 스르르 왔다. 하루 종일 걷다가 이렇게 편안하고 평화스러운 곳에 오니 다 잊은 채 쉬고 싶었다.

아, 여행을 여기서 멈출까? 그냥 모든 것 다 잊고, 이렇게 바닷가에서 빈둥거리며 시간을 보낼까? 그래, 하루만이라도 자고 가자. 누가 날 기다리는 것도 아닌데. 이 좋은 곳에서 안 묵고 가면 바보지. 배낭은 시내의 호스텔에 있어 방 값을 이중으로 내게 되겠지만 그래도 괜찮다. 이곳에서 묵으며 낮에는 낮잠을 자고, 저녁에는 바닷가를 거닐고, 새벽에는 바닷가를 달리는 거야.

그러나 안타깝게도 괜찮은 호텔 두 곳과 민박집 모두 방이 없다고 했다. 여름 휴가철에다 금요일 오후라 당연한 건지도 몰랐다. 결국 포기할 수밖에 없었다. 대신 허성후이관和昇會館이란 호텔의 카페에서 차를 마셨다. 창밖으로는 멋진 산, 구름, 바다 풍경이 펼쳐지고, 달콤한 팝송 〈Ticket to the moon〉이 흘러나오고 있었다. 고등학교 시절 좋아했던 노래였다.

쉴 곳을 또 하나 마련했구나. 언젠가 삶이 피곤해질 때, 관광지도 싫고 여행도 힘들어질 때, 이곳에 와서 쉴 것이다. 특별히 하는 일 없이 밥 먹고, 산책하고, 커피 마시고, 낮잠 자고, 파도 소리 듣고, 산과 구름을 보고, 아침이면 바다에서 해가 뜨는 것을, 밤이면 바다에서 달이 뜨는 것을 보리라.

아쉬움을 뒤로하고 언덕길을 올라오는데 사이클을 탄 소녀들이 줄을 지어 치싱탄으로 내려가고 있었다. 그 뒷모습들이 보기 좋았다.

호스텔에서 만난 사람들

2층짜리 침대 다섯 개가 있는 아미고스 호스텔의 도미토리 방에는 타이완은 물론 싱가포르, 독일, 캐나다 등에서 온 여행자들이 있었다. 모두들 첫날에는 서먹서먹했지만 둘째 날이 되자 친해졌다. 나는 그날 타이루거 협곡에 갔다 온 싱가포르 여인과 독일 남자와 함께 주취둥 낙석 현장 얘기를 하며 다시 한 번 가슴을 쓸어내렸다. 한창 얘기하고 있는데 키가 큰 타이완 청년 둘이 들어왔다. 그들은 타이루거 협곡 주도로를 벗어나 다른 샛길을 트래킹하고 왔다고 했다. 생명공학 석사 과정에 있는 이 학생들의 성은 장과 마오였다.

"장궈렁張國榮(장국영)의 장, 마오쩌둥毛澤東(모택동)의 마오예요?"

내가 웃으며 농담하자 뜻밖에도 정말 그렇다며 웃었다. 매우 열정적으로 타이완을 사랑하는 그들은 타이완 사람과 중국인을 분명히 구분하고 있었다.

"내가 태어난 곳은 룽산쓰 근처예요. 거길 망카라고 하는데 옛날에 번성했던 곳이지요."

"아, 망카! 〈망카〉라는 영화 봤어요? 난 못 봤는데 한국 영화 〈친구〉와 비슷하다는 얘길 들었어요."

"아, 그래요? 그런데 〈망카〉는 진짜 타이완 영화가 아니에요. 왜냐하면 〈망카〉에 나오는 말은 만다린, 즉 차이니스였어요. 진짜 망카 영화를 만들었다면 우리 타이완 말을 썼어야지요."

"타이완 말이라면?"

"민난어를 말하지요."

"그런데 망카가 무슨 뜻이에요?"

"망카는 룽산쓰를 중심으로 한 지역 이름인데, 원래 작은 배 이름이었어요. 중국 대륙과 타이완 단수이를 오가며 물건을 나르던 작은 배를 망카라고 부르다가 그게 나중에 지역 이름이 된 거지요."

망카는 표준어인 푸퉁화로는 '멍샤'라는 발음이었다. 타이베이 호스텔의 매니저는 내가 영화 〈망카〉에 대해 묻자 망카가 아니라 '멍샤'가 바른 발음이라며 고쳐 준 적이 있었다. 그녀는 아마 대륙 출신이었나 보다. 이렇게 발음 하나에도 출신에 따라 사람들의 시각이 첨예하게 맞서고 있었다.

그때 웬 키 작은 서양 여자가 배낭을 메고 방으로 들어와 대화가 끊겼다. 그녀는 행동이 아주 부산했다. 배낭을 탁 풀어 놓더니 한 바퀴 휘 둘러보다가 나와 눈이 마주쳤다.

"하이!"

"하이! 어디서 왔어요?"

"한국이요."

"아, 한국. 안녕하세요!"

한국어 인사말도 할 줄 아는 그녀는 캐나다인이었는데 대구에서 초등학생들에게 영어를 가르치고 있다고 했다. 그러면서 나에게 영어로 따지듯이 질문을 퍼붓기 시작했다.

"한국 남자들은 왜 그렇게 보수적이고 거칠지요?"

"안 그런데요."

"안 그렇긴요. 내가 직접 목격한 건데 한국 남자들은 여자들에게 거칠어요."

문득 사나이다움을 내세우는 경상도 남자가 생각났다. 그러나 그건 옛날 얘기가 아닌가. 지금도 그런가?

"글쎄요, 오히려 요즘은 남자들이 너무 여성스러워져서 걱정이고, 여자들이 활발해요. 특히 젊은 학생들은 여자들이 더 활동적이에요."

하지만 그녀는 믿을 수 없다는 눈초리로 나를 쳐다보았다. 그녀는 어딘지 한국에 대한, 혹은 한국 남자들에 대한 불만과 반감이 있는 것 같았다. 짧은 휴가를 얻어 뤼다오綠島에서 스킨스쿠버를 하고 왔다는 그녀는 나에게 얼마 동안 여행하느냐고 물었다.

"한 달 정도인데 이제 닷새쯤 되었네요."

"한 달이요?"

그녀는 놀라면서 그때부터 나를 조금 다르게 보았다. 사실 여행자들 사이에 한 달은 아무것도 아니다. 특히 중국, 인도 혹은 동남아 등지에서는 장기 여행자들이 수두룩하기에 한 달은 매우 짧은 기간에 속한다. 그런데 타이완 와서 한 달 동안 여행한다고 하면 다들 "한 달씩이나!"하면서 놀라곤 해서 쑥스러웠다. 어쨌거나 그녀가 그때부터 나를 너무 반감을 갖고 보지 않아서 다행이었다.

짜이젠, 아미고스

다음 행선지는 타이둥台東이었지만 나는 망설였다. 원래는 오후에 해안 도로 화둥하이안궁루花東海岸公路를 달려 타이둥까지 가는 딩둥커윈鼎東客運 해안 버스를 탈까 했었다. 그런데 오전에 난빈 공원南濱公園에 갔다가 그만 마음이 흔들렸다. 허핑루和平路를 걸어서 바닷가로 오면 바로 난빈 공원이 나오는데, 이곳은 밤이면 야시장이 열리지만 오전이라 조용했 다. 해변에는 남국의 정취가 물씬 풍기는 나무들이 늘어서 있었고 인적 이 드물었다. 거기서 파란 바다를 따라 북쪽으로 뻗어 나간 길을 바라 보니 떠나기가 싫어졌다.

어떻게 하나. 화롄에서 하루 더 묵을까? 자전거를 타고 이 파란 바닷길, 하얀 구름 밑을 달려 아름다운 바닷가 치싱탄까지 달려 볼까? 겨우 8킬로미터 남짓인데.

길게 이어진 바닷가 자전거 길이 자꾸 유혹하고 있었다. 후텁지근 한 바닷바람을 타고 몸과 마음은 둥둥 떠올랐다. 야자나무 그늘 밑의 벤치에 길게 누워 일정을 계산해 보았다. 문제는 북방의 섬들이었다. 마 쭈 열도를 안 가면 모르겠지만 거길 가자니 여유가 없었다. 게다가 앞 으로 여행하다 더 묵고 싶은 곳이 생기거나, 예상치 않게 시간을 더 보낼 일도 생길지 몰라서 다음을 기약하기로 했다.

이번에는 두루두루 여행하지만, 다음번에는 가장 좋았던 곳만 콕 집어서 다닐 것이다. 그중 가장 강력한 후보지는 화롄이다. 대부분 여행자들은 타이루거에 가려고 잠시 들르는 곳이지만 내게는 많은 즐거움이 숨어 있는 도시다. 다음을 기약하며 나는 훗날 화롄에서 꼭 해 보고 싶은 것들을 수첩에 적었다.

"밤에 난빈 공원 야시장에서 타이완 비어를 마신 후 바닷가 거닐기. 시원한 이른 아침에 난빈 공원에서 치싱탄까지 자전거 타고 바닷길 따라 달리기. 치싱탄의 호텔에 묵으며 바닷가에서 아침에 일출 보고 저녁에 월출 보며 산맥 밑으로 깔리는 신비한 구름 감상하기. 지금은 아쉽게도 중단되었지만 다시 시작될 아메이족 학생들의 춤 공연 보기. 타이루거에서 사진 안 찍고, 기록 안 하며 가벼운 마음으로 천천히 걷기. 궁정제의 유명한 만둣집에서 기가 막힌 샤오롱바오와 물만두 다시 먹기. 8월 어느 날 6시 34분에 젠궈루에서 나를 전율시키던 어둠 속의 산맥 다시 바라보기. 커피 여신 찻집에서 커피 마시기. 그리고 뒤꿈치 각질 깎기."

화롄은 내게 여행을 마친 도시가 아니라 다시 시작해야 할 가슴 설레는 도시가 되었다. 한번 떠나면 '끝났다.'라는 생각이 드는 여행지는 아무리 멋지고 웅장해도 그리 좋은 여행지는 아니다. 언제나 다시 오고 싶은 추억이 남는 곳이야말로 좋은 여행지다. 화롄은 좋은 여행지였다.

타이둥
Taitung

네 버 엔 딩 스 토 리

오후 1시 10분 타이둥으로 향하는 버스를 탔다. 버스 안에는 달랑 네 사람만 탔다. 조용한 할아버지, 기침을 심하게 하는 할머니, 중년 사내, 그리고 나였다. 토요일 오후인데도 이렇게 사람이 적으니 적자가 나겠구나 하는 걱정마저 들었다. 그만큼 사람들이 기차를 많이 이용한다는 얘기였다.

도시를 빠져나오자 길은 굽이굽이 휘어졌고 왼쪽 해안가에서 눈부시게 하얀 파도가 부서졌다. 한 30분쯤 달렸을 때 버스가 서더니 할머니가 내렸다. 집도 안 보이는 길에서 내리다니 할머니는 어디서 사시는 걸까?

그런데 버스는 떠나지 않고 서 있었다. 운전기사도, 승객들도 아무 말 없이 차창 밖의 바다만 바라보았는데 잠시 뒤, 내렸던 할머니가 다시 탔다. 눈치를 보니 길가에서 소변을 본 것 같았다. 사람 사는 맛이 났다.

버스가 달리는 동안 멋진 태평양 풍경이 쉼 없이 펼쳐졌다. 역시 이 버스를 타길 잘했다. 휴대 전화를 꺼내 아내에게 메시지를 보냈다. "화렌에서 타이둥으로 가는 버스 안이야. 여기 바닷가 정말 아름다워. 나중에 꼭 같이 이 길을 같이 가 보자고."

여행할 때 휴대 전화를 로밍해 온 것은 이번이 처음이다. 참 편한 세상이다.

1시간 40분 정도가 지나자 버스는 조그만 마을에 섰다. 5분간 휴식이었다. 가겟집도 없는 썰렁하고 한적한 휴게소에 화장실만 있었다. 다시 버스는 달렸다. 여전히 승객은 네 명이었다.

한동안 자다가 깨어 보니 도시로 들어와 있었다. 타이둥에 다 온 줄 알았다. 그러나 알고 보니 청궁成功이었다. 소녀들이 탔는데 체격이 좋고 골격이 뚜렷하며 얼굴이 검었다. 문득 필리핀의 어느 바닷가를 달리는 것만 같았다.

한참을 가던 버스는 다시 애매한 자리에 멈췄다. 이유를 설명해 주지 않아도 괜찮았다. 나는 이런 느긋한 시간이 좋았다. 한낮의 시간이 천천히 흐르고 있었다. 차창 밖 야자나무 사이로 태평양이 보였다. 나뭇

잎은 바람에 하늘거리고 태양은 눈부셨다. 몸이 녹작지근해지며 정신이 몽롱해졌다. 밝게 떠드는 원주민 소녀들의 말소리가 새소리처럼 들려왔다. 평화롭고 행복했다. 직선을 흘러가던 시간이 문득 이곳에서 맴맴 돌고 있는 것 같았다.

피곤한 여행길에 이런 꿀맛 같은 순간을 한 번이라도 맛본 사람에게 여행은 '결코 끝나지 않는 이야기Never ending story'다. 그때 여행은 한 겹의 차원을 넘어, 두 겹, 세 겹……. 무한히 이어지는 다른 차원 속으로 들어간다.

여행이 그렇듯 삶도 '결코 끝나지 않는 이야기'가 된다. 우리가 직선 위의 시간을 달릴 때 언젠가 우리의 생명, 우리의 삶은 직선 위에서 툭 끊어진다. 그 직선적 시간 위에서 미래는 죽음과 절망을 향해 달려갈 뿐이다. 그러나 삶의 한 순간, 한 사람, 한 사건 속에서 무한 순환하는 시간을 느낄 때, 삶은 다양한 차원으로 증식되며, 우리의 삶은 결코 끝나지 않는 이야기가 된다. 그때 답답한 현실로부터 해방되는 감정이 덮쳐 온다. 나는 이런 기분을 순간순간 느낄 수 있는 여행이 정말 좋다.

버스는 다시 달렸다. 다리를 건너는데 바짝 마른 개천에서 부연 안개가 솟구치고 있었다. 이런 풍경은 처음이었다. 예전에 읽었던 《삼국지》에 무슨 독 기운이 서린 안개가 등장하는 장면이 생각났다. 나중에 알고 보니 강에서 일어나는 풍사風沙라고 했다. 상당히 심해서 황사처럼 몸에 나쁜 게 아닐까 걱정했는데 정작 타이둥에 도착하니 아무도 신경 쓰지 않고 있었다.

어떤 도시에 도착하면 느낌이 온다. '음, 이 도시는 별로야. 빨리 뜨고
싶어.' 혹은 '이곳은 왠지 모르게 좋아져. 더 묵고 싶어.'라는 식으로. 그
런데 타이둥은 왠지 모르게 좋았다.

　　타이둥은 걸어서 한두 시간이면 다 돌아볼 수 있는 조그만 도시
다. 관광객이 많이 오지 않는 이곳에 들른 이유는 사람들의 살아가는
모습을 보고 싶어서였다.

　　이곳도 역시 화롄처럼 원주민이 많이 살고 있는데 만나는 사람마
다 친절했다. 내가 묵었던 저렴하고도 깔끔한 푸위안다판뎬富源大飯店의
여종업원은 쾌활했고 버스 시간표를 물으러 다니다 만났던 버스 터미
널, 매표소, 상점, 여행 안내소의 직원들도 친절했다.

　　저녁나절 거리에는 시원한 바닷바람이 불고 있었다. 발길 닿는 대
로 도시를 탐색하기로 했다. 중산루를 따라 가다 중정루中正路 쪽으로 꺾
어 들었는데 거리에 표지판이 없어서 잠시 헤맸다. 6시 50분인데 벌써
길은 캄캄해져 있었다. 마침 근처를 걷던 노인에게 길을 묻자 노인은
일본어로 물어 왔다.

　　"니혼진데스카?[일본인입니까?]"

　　"부스, 워 스 한궈런.[아니오, 전 한국인입니다.]"

　　그렇게 중국어로 말했건만 노인은 다시 일본어로 얘기했다.

　　"아, 조센, 조센.[아, 조선, 조선.]"

　　"부스, 한궈런.[아니요. 한국인이라니까요.]"

"아, 무가시, 조센, 조센.[아, 옛날에는 조선이었지요.]"

되풀이해 얘기해도 노인은 자신의 주장을 굽히려 하지 않았다. 갑자기 몇 십 년 전으로 돌아간 듯 기분이 묘해졌다. 일제강점기인 1930년 대쯤, 이 거리를 걷던 조선인이 있었을까? 나를 조선인으로 여기는 타이완 노인을 만나니, 마치 내가 그 시절을 여행하는 것만 같았다. 이곳은 한국인이 별로 여행을 하는 것 같지 않았다. 그렇지 않고서야 그 노인이 나를 보고 '조선인'이라고 했겠는가? 그만큼 이곳은 서부 지역과 다른 시간대에 속할지도 모른다. 어린 시절부터 여기 살아온 노인이라면 일본인, 일본어, 일본 문화는 옛 추억과 섞여 있고, 그 시절 관점으로는 한국도 '조선'일 것이다.

거리는 중산루를 비롯한 중심지만 환했지 몇 백 미터만 더 나가도 가로등이 부족해 컴컴했다. 중정루를 걷다가 광밍루光明路로 접어들었다.

상점들이 간간이 들어서서 조금 밝았는데 'A la carte'라는 간판이 걸린 조그만 음식점이 보였다. 밖에서 남자 요리사가 열심히 스테이크를 굽고 있었다. 간판에는 '牛排 100元. 飮料, 冰淇淋 無限'이라 적혀 있었다. 소갈비 100위안(4,000원)에 음료나 아이스크림은 무료 서비스란 얘기였다. 좌석이 네 개인 탁자가 열 개쯤 놓인 분식 센터풍 식당이었다. 시원한 에어컨이 나오고 반바지 차림의 동네 사람들이 찾는 소박한 분위기였다.

마침 영어 메뉴판도 있었다. 나는 소갈비를 먹기로 하고 그중에서

A코스를 주문했다. 310위안이니 한국 돈으로 약 12,400원이었다. 잠시 후 샐러드가 나왔다. 채소도 싱싱했고 고소한 소스가 입에 착 감겼다. 다음에 나온 크림수프는 또 얼마나 맛있는지. 거기다 수프 위를 덮은 얇은 피의 퍼프 페이스트리를 수프에 찍어 먹으니 쫄깃쫄깃하고 고소한 게 입에 짝짝 달라붙었다. 마늘빵도 맛있고 스테이크도 신선한 게 하나도 느끼하지 않았다. 그리고 무한 서비스로 주는 망고와 유자를 섞은 주스는 얼마나 맛나는지. 망고와 유자의 혼합은 절묘했다. 홍차 또한 약간 달면서 깊고 그윽한 맛을 풍겼다. 세상에 홍차가 이렇게 맛있었

나? 리필이 얼마든지 가능해서 자꾸 마셨다. 아침과 점심을 부실하게 먹은 대신 저녁 식사를 든든하게 하니 힘이 났다.

타이완에서 가장 활기찬 야시장

숙소 부근의 정치루正氣路에 야시장이 있었다. 약 500미터에 걸친 길가 양쪽에 상설 가게들이 들어선 야시장은 토요일에만 열린다는데 토요일에 왔으니 운이 좋은 셈이었다. 입구에 '台東觀光夜市태동관광야시'라고 적혀 있었지만 서양인 관광객 두서너 명만 눈에 띨 뿐 인파 대부분은 타이완 사람들이었다. 이 야시장이야말로 내가 돌아본 타이완의 야시장 중에서 가장 활기찼다. 이곳에서는 음식은 물론, 액세서리, 과일을 팔고 각종 놀이도 펼쳐져 어른부터 아이들까지 모두 몰려나와 먹고 놀면서 밤 시간을 한바탕 즐기고 있었다.

만두, 처우더우푸, 구운 소시지, 소스를 발라 통째로 익힌 오징어, 국수, 밥, 소라, 과일, 말린 과일, 각종 주스, 아이스크림, 빵, 땅콩, 나이차, 소갈비, 돼지갈비, 닭갈비, 삼겹살 구이, 거위 목 요리 등 음식들이 다양했는데, 특히 거위 목 구이가 인기여서 두세 군데의 노점상에 줄이 길게 늘어서 있었다.

음식을 한참 구경하고 다른 가게로 눈을 돌렸는데, 목걸이, 반지, 시계, 머리핀, 헤어밴드 등의 액세서리를 파는 곳에 '韓國風^{한국풍}'이란 글자가 보였다. 한국에서 유행하는 액세서리라! 사진을 찍으니 주인 여자가 밝게 웃어 주었다. 그 옆은 화장품 상점으로 손님들에게 직접 화장품을 발라 주기도 했다.

작은 물고기를 망으로 잡는 곳도 신기했다. 둥근 테에 걸쳐진 망이 밀가루인지, 쌀가루인지 5분 정도가 지나자 흐물흐물 녹아 버렸다. 그러니까 한 번에 20위안(800원)을 내고 망을 빌려 물고기를 잡는 것인데, 빨리 잡지 못하면 망이 다 사라지는 것이다. 한쪽에서는 돈을 내고 마작을 판 위에 놓아 맞추면 인형을 주고 있었다. 고등학생으로 보이는 여자아이들이 손님을 맞는 모습이 활기찼다.

바쁜 상인들도 있었지만 과일 상점의 할머니는 느긋하게 앉아서 옆 상인과 잡담을 나누었고, 원주민 복장의 중년 여인도 하나 급할 것 없는 표정으로 다른 사람들과 웃어 가며 소시지를 구웠다. 일주일에 한 번 토요일 밤만큼은 몽땅 이곳으로 쏟아져 나와 흥청거리는 것 같았다. 마치 우리 오일장처럼 파는 사람이건 사는 사람이건 웃고 여유가 있었다.

그런 분위기 속에 있다 보니 나도 공연히 흥분되고 기분이 좋아졌다. 소시지를 파는 원주민 복장을 한 여인에게 다가가 사진을 찍어도 되겠느냐는 몸짓을 취하자 아줌마가 부끄러운 듯 웃으며 피했다. 그렇다고 싫지는 않은 표정이었고 주변 사람들도 찍으라고 권했다. 여인은 카메라 앞에 섰는데 하도 웃어서 초점이 안 잡힌 사진이 나왔다. 그러나 나는 그것으로 족했다. 그녀의 반듯한 모습보다 그렇게 수줍어하는 모습, 움직이는 분위기면 된 것이다. 나는 사진에 큰 욕심이 없다. 다만 그 행위로 그들과 소통이 이루어지면 만족한다. 사진을 찍은 후, 큰 소리로 "셰셰 니謝謝你![고맙습니다!]"라고 외치며 절을 꾸벅하자 근처에 있던 사람들이 모두 웃었다.

그 혼잡한 인파 속에서 깃발을 흔드는 중년 사내가 있었다. 한 사십 대 중반? 다가가 보니 아이스크림 장수였다. 젊은 사내는 아이스크림을 열심히 팔고, 중년 사내는 깃발을 죽어라 흔들며 목에 핏줄이 설 정도로 무어라 외치고 있었다.

깃발의 글자는 '夜市人生야시인생'.

그걸 보는 순간 가슴이 뭉클해졌다. 야시인생. 야시장에서 커 온

사람인지, 혹은 앞으로 자신의 생을 야시장에 한번 걸어 보겠다는 각오인지 모르겠다. 대단한 것도 아닌 아이스크림을 팔면서 깃발을 죽어라 흔드는 저 사내의 인생에 뒷얘기가 없을 리 없다. 그의 가슴속에 맺힌 슬픔, 좌절, 각오, 희망이 궁금했다.

야시장을 걸어 나오며 잠시 내게 물었다. 나는 무슨 인생이지? 여행인생? 작가인생? 저이처럼 죽을힘을 다해, 시장 한가운데서 '무슨 무슨 인생' 하면서 깃발을 휘두를 수 있는가? 세상 속에서 살며 세상 밖을 기웃거리는 경계인으로 살아온 나는 열정을 속에 삭이고 산다. 그래서 남에게 드러내 놓고 깃발을 휘두르는 사람은 아니다. 그러나 가끔은 그런 열정이 부럽기도 했다.

원주민 회관

몸에 탈이 났다. 그동안 잠을 푹 자지 못한 데다가 매일 뙤약볕 밑을 오랫동안 걸어서 그런지 몸 상태가 말이 아니었다. 거기다 날마다 일기를 두세 시간씩 쓰다가 자정을 넘겨 잠자리에 들었다. 그래도 7, 8시면 일어났는데 이번에는 아침에 깨어 보니 9시 30분이었다. 간신히 일어나 KFC로 가서 아침 세트 메뉴를 먹고 멍하니 앉아 있었다. 어질어질하고 힘이 빠졌다. 호텔에서 잠이나 잘까 했지만 그렇게 시간을 보내기는 싫었다.

버스를 타고 즈번知本 온천에 가려고 했으나 컨디션이 안 좋아 포기하고 대신 시내의 '원주민 회관'에 가기로 했다. 그런데 원주민 박물관인 줄 알고 갔던 원주민 회관은 원주민들의 나무 조각들이 전시되어 있는 호텔이었다. 그곳에서 일하는 아주머니는 골격이 굵직했는데, 자신은 루카이족魯凱族이라고 했다.

"타이둥에는 루카이족, 아메이족, 부눙족布農族, 파이완족排灣族, 야메이족雅美族, 베이난족卑南族 등 여섯 부족이 살아요."

나는 중국어를 잘하지 못하지만 눈치, 몸짓, 필담으로 뜻이 통했다. 예를 들면 이런 식이다. "당신은 원주민들을 다 구별할 수 있어요?"라고 묻고 싶다면 "루카이족, 아메이족, 부눙족."이라고 말한 뒤, 내 얼굴과 그녀의 얼굴을 번갈아 가리키며 "이양一樣?[같아요?]" 하고 묻는다. 그녀가 "이양 워 부즈 다오一樣 我不知道……." 하고 말이 이어지면 그건 "얼굴이 비슷해서 나도 잘 구별하지 못 해요."라는 식으로 이해가 된다. 그리고 손가락을 입을 대고 열었다 닫았다 하며 "화 선머話其麼?[말은 어때요?]" 하니, 그녀가 "부이양不一樣.[달라요.]" 한다. 이런 식으로 대화를 나누다 우린 한참을 웃었다.

사실 궁금증을 해결하는 게 중요하다기보다 눈빛을 나누며 소통하는 순간을 나는 즐겼다.

얘기가 끝난 후, 정중하게 사진을 찍어도 되겠느냐고 묻자 그녀는 옷매무새를 바로 하고 포즈를 취하며 옆에 있는 손녀까지 불렀다. 소녀는 시키지 않아도 밝게 웃으며 손가락으로 브이 자를 그렸다. 그들의 그런 태도가 정말 고맙고 또 고마웠다.

원주민 회관에서 나와 다시 시내로 가는데 바로 옆에서 구성진 노랫소리가 들려왔다. 자전거 수백 대가 꽉 들어찬 곳에서 비디오를 틀어 놓은 할머니가 발을 의자에 떡 걸친 채 혼자 마이크를 잡고 노래를 부르고 있었다. 자전거 대여점이었는데, 할머니는 세상에서 가장 한가한 모습이었다. 밖은 태양이 뜨겁고 손님도 없고 시간은 천천히 흐르는데 할머니는 홀로 노래 삼매경에 빠져 있었다.

우리가 저렇게 살아야 하는 것 아닌가. 이 짧은 인생길 끝에 뭐가 있다고 늙어서까지 바쁘게 살아야 하는가. 놀아야 하는 것이다. 혼자 놀든, 같이 놀든.

꿈

몸이 점점 이상해지기 시작했다. 속이 메슥거리고 힘이 빠졌다. 거리에서 점심으로 국수를 먹은 다음, 호텔에 들어와 쓰러지듯 누웠다.

얼마나 잤을까? 꿈을 꾸었다. 아버지가 가출했다고 해서 찾으러 다녔다. 아버지를 찾았는데 어느새 어머니로 바뀌었다. 기억들은 토막나 있는데 선명한 부분은 어머니를 병원에 모시고 다녀왔다가 방문을 열어 보니 어머니가 안 계신 장면이었다. 텅 빈 방을 보자 가슴이 쿵 내려앉았다. 어머니가 어디 가셨을까? 밖에서 집을 못 찾고 헤매시는 것은 아닐까? 허겁지겁 달려가 부엌에서 요리를 하고 있는 아내에게 어머니를 봤느냐고 물으니 아내는 시선을 피하며 대답을 안 했다. 다시 또

문자 한참 만에 대답했다.

"어머니 돌아가셨잖아."

그 말을 듣는 순간, 갑자기 미끄럼틀을 타고 끝없이 밑으로 추락하는 느낌이 들며 잠에서 깨었다. 가슴이 뻥 뚫리며 슬픔이 밀려왔다.

그렇지, 어머닌 돌아가셨잖아. 침대에 누워 멍하니 천장을 바라보는데, 여기가 어딘지 헷갈렸다. 잠시 후 내가 타이둥이란 도시의 어느 여관에 묵고 있다는 사실을 기억해 냈다. 기분이 묘했다. 갑자기 다른 세상으로 떨어진 것만 같았다.

자고 나니 컨디션이 조금 좋아졌다. 시계를 보니 오후 5시. 바닷가를 향해 걸었다. 다퉁루大同路를 따라 10여 분 걸어가니 바다가 나왔다. 제방에 앉아 푸른 바다를 보았다. 날은 어두워졌고 바람은 거셌다. 모래가 아닌 자갈이 깔린 바닷가에 가족으로 보이는 할머니와 중년 여인들이 얘기를 나누고 있었고 아이가 작은 바위에 올라가 손짓 발짓을 하며 까불었다. 타이둥의 해변은 관광객이나 화려한 음식점들이 점령한 곳이 아니었다. 지역 주민들의 자연스러운 일상이 펼쳐지고 있었다.

그 평범한 풍경이 우울했던 마음을 위로해 주었다. 타이완에 온 이후 계속 되풀이되는 과정이었다. 우울했다 행복해지고, 허전했다가 또 생의 기운이 솟아나는 과정이 반복됐다. 돌아가신 어머니 생각은 끊이질 않았지만 모든 것을 받아들이자는 다짐을 했다. 결국 우리 모두 저 바닷가의 물거품처럼 사라져 간다. 모든 것은 허상이다. 허상들이 살아가는 방법은 허상끼리 서로 불쌍히 여기고 사랑하며 살아가는 수밖에 없다. 우리 모두가 영원불멸하는 실체가 아님을 너무 애통해하지 말며, 있는 그대로를 불쌍히 여기고 서로 사랑하는 방법밖에 없는 것이다.

해 저무는 바닷가의 제방에 망부석처럼 앉아 그런 생각을 했다.

우리를 행복하게 하는 것들

저녁이 되어도 배가 고프지 않았다. 다퉁루 거리에 해산물을 구워 파는 음식점이 보였지만 그냥 지나쳤다. 그 대신 맞은편 카페로 들어갔다. 'Sea breeze'라는 이름이 좋아서였다. 바닷바람이라니. 저녁을 먹으려면 2층으로 올라갔겠지만 좁은 1층에서 생과일주스를 마시기로 했다. 손님을 맞이한 여인은 참 친절하게 대해 주었다. 주스 하나 팔려는 친절이 아니라 인간적인 정을 느낄 수 있는 따스한 친절이었다. 좁은 카페의 구석에 앉아 주스를 마시는 동안 주방에서는 도마질 소리가 들려왔다. 어릴 적부터 익숙한 그 소리는 나를 편안하게 해 주었다. 달콤한 올드 팝송도 잔잔히 흘렀다. 시원한 바닷바람이 가슴을 스쳐 지나가는 듯했다.

어떤 가족이 음식을 먹고 주스를 마시고 있었다. 주인 여자는 사람들을 반겼다. 평범하지만 행복한 모습이었다. 유명 관광지에는 돈이 상인과 사람들의 관계에서 중심 역할을 한다. 그러나 주민들이 드나드는 곳에서는 이방인이 나타났을 때 가식 없는 친절이 드러난다. 나오며 돈을 내다가 여인과 눈이 마주쳤다. 눈빛이 따스했다. 순수한 눈빛의 교

환 속에서 나는 우리를 초월하는 신성한 힘을 느낀다. 그 순간이야 말로 내가 여행 중 가장 좋아하는 순간이다.

숙소로 돌아오다 '高冷茶고냉차'라고 적힌 찻집을 발견했다. 아리산 1,200미터에서 재배했다는 고냉차를 주문했다. 차를 파는 청년은 말이 잘 안 통하는 나를 호기심 어린 눈초리와 정중함으로 맞았다. 아주 먼 옛날 이 섬에서 살던 원주민과 고려, 혹은 조선에서 온 나그네가 서로 긴장한 채 물물교환을 하는 것 같은 분위기였다. 그 집에서 파는 차 종류를 보니 90여 가지나 되었다. 정말 타이완은 차의 천국이다.

식욕이 전혀 없어서 차만 마시려다 호텔 맞은편에 있는 제과점에서 빵을 샀다. 그 집은 유명한 곳 같았다. 오전 10시쯤 문을 열 때부터 낮에도, 저녁에도, 밤에도 항상 사람들은 줄을 섰다. 아니 도대체 얼마나 맛있기에 저렇단 말인가. 한 덩어리가 꽤 큰데 82위안(3,300원)이었다. 그걸 사 갖고 호텔로 들어왔다. 처음에는 맛만 보려고 했다. 한입 살짝 베어 먹어 보니 뭐 별로인 것 같았다.

거친 겉은 그저 그랬다. 그런데 속을 씹는데 기가 막혔다. 스펀지처럼 부드럽고 달콤하면서 달걀 맛이 풍기는데 입속에 화악 퍼지는 느낌이었다. 마치 빵이 입속에서 불어나는 듯했다. 빵 안의 공기구멍이 적절하게 만들어져 있어서 그런 감촉을 만드는 것 같았다. 와, 탄성을 지르며 먹고 또 먹다 보니 그 큰 걸 다 먹었고 고냉차도 다 마셔 버렸다.

아, 타이완 사람들 정말, 뭘 만들어도 맛있게 만드네.

헝춘과 컨딩
Heunchun & Kenting

하 이 자 오 7 번 지

헝춘^{恒春}은 타이완 남서부의 조그만 도시로, 대부분의 가이드북에서는 타이완 최고의 해변이라는 컨딩^{墾丁}에 가기 위해 들르는 곳으로 잠깐 언급될 뿐이다. 나 역시 예전에 그냥 스쳐 지나갔는데 이번에는 헝춘에서 하룻밤 자려고 마음을 먹었다. 타이완 영화 〈하이자오 7번지^{海角七號}〉 때문이었다. 주인공이 스쿠터를 타고 돌아다니던 번잡한 거리, 오래된 성, 예스러운 집들이 들어선 골목길 그리고 영화 속에서 재미있게 묘사된 '헝춘의 보통 사람들'의 삶을 느끼고 싶었다.

타이둥에서 헝춘으로 가기 위해서는 일단 내륙을 횡단해야 했다.

나를 실은 가오슝행 버스는 산을 넘어 평지를 2시간 동안 달렸다. 그러다 평강風港이란 지역에서 버스는 나를 내려놓고 북쪽의 가오슝으로 올라갔고, 나는 버스와 반대로 남쪽의 컨딩 방향으로 가는 버스를 기다렸다. 가게나 주유소도 없는 벌판의 삼거리에는 달랑 버스 정류장 표지만 있었고 사람도 없었다. 하늘이 잔뜩 흐려 비가 내릴까 봐 걱정했는데 다행히 버스가 금방 왔다. 버스 안 풍경은 이제까지 봤던 동부 지방의 버스와는 달랐다. 동부의 버스들은 텅텅 비었거나 승객이 있다 해도 대개 노인들이었다. 반면 이 버스는 피서를 떠나는 화려한 차림의 젊은이들이나 가족 단위의 사람들로 가득 차 있었다. 타이완의 인구 가운데 약 80퍼센트가 서부 평원에 집중돼 있어서인지 이쪽 지방으로 오니 확실히 버스도, 승객도 많았으며 거리에도 활기가 넘쳤다. 비가 부슬부슬 내리기 시작하더니 빗물 어린 창밖으로 서쪽 바다가 나타났다. 비가 자꾸 와서 어떻게 하나 싶었는데 하늘이 도왔다. 10분도 안 되어서 헝춘에 도착하니 비가 그쳤다.

버스에서 내리니 한쪽에 낮은 성문이 보였다. 영화에서 보았던 헝춘 구성恒春古城이었다. 영화가 시작될 때 버스가 그곳에 서면 사람들이 내리는 장면이 나온다. 그래서 반갑고 익숙한 느낌이 들었다.

우선 숙소를 찾아야 했다. 대로에서 골목길로 들어가니 구시가지의 중산라오제中山老街였다. 상점이나 음식점들이 목조였고 고풍스러워 푸근한 분위기였다. 상점들이 작아서 아늑해 보였고 한자 간판들이 예뻤다. 이런 동네에 옛날식 여관이 있다면 얼마나 좋을까? 기대를 갖고 골목길을 한참 돌아보았지만 그런 숙소를 발견할 수는 없었다. 다시 대로로 나와 좌우를 살피다가 '룽더 여행자의 집'이란 의미의 '隆德旅客之家용덕여객지가'란 구절과 'HOTEL'이라고 쓰인 간판을 발견했다. 들어가 보니 털털한 인상의 젊은 사내가 나를 맞았다. 특이하게도 주인이 안내한 2층 방에는 온돌도 아닌 방바닥에 침대 대신 큰 매트리스가 깔려져 있었다. 짐을 풀고 나오자마자 주인 사내로부터 시내 지도를 얻었다.

"예전에도 여기에 왔었는데, 그때는 컨딩으로 가는 버스가 많지 않았어요. 지금은 사정이 달라졌나 봐요?"

"아, 여름이니까요. 여름에는 자정까지도 헝춘에서 컨딩 해변까지 가는 버스들이 오가고 겨울에는 오후 3시면 버스가 끊겨요."

하긴 일전에 이곳에 방문했던 계절은 겨울이었다. 사실 나는 해변보다도 영화 〈하이자오 7번지〉 촬영지가 더 궁금했다. 주인이 촬영 장소를 표시해 준 지도를 들고 길을 나섰다.

구시가지에 있는 촬영지는 그리 멀지 않았다. 그곳은 개인 주택이었다. 조그만 2층 건물 앞에서 주인으로 보이는 아주머니가 기념품도 팔고 건물을 구경할 수 있는 입장료도 받고 있었는데, 본인 집이 유명해지자 본격적으로 영업을 시작한 것 같았다. 마치 드라마 〈겨울 연가〉를 촬영한 집이 관광 명소가 됐듯이. 타이완 사람은 물론 일본이나 홍콩에서도 이곳을 종종 구경하러 온다고 했다.

타이완에서 크게 히트했다는 〈하이자오 7번지〉는 여행을 준비하며 DVD로 봤었다.

영화는 크게 두 가지 이야기로 전개된다. 첫 번째는 1945년 12월 25일, 일본이 패망한 뒤 타이완을 떠나는 일본 남자와 그를 사랑하던 타이완 여자 '토모코'의 이야기다. 세월이 흘러 일본 남자가 죽자, 그의 딸은 아버지가 60년 전에 옛 애인에게 썼던 편지 일곱 통을 헝춘의 하이자오 7번지로 보낸다. 두 번째는 현재의 사건으로, 실패한 록 뮤지션 '아가'의 얘기다. 타이베이에서 고향 헝춘으로 돌아온 그는 빈둥거리다 우연히 우편배달부로 일하게 되는데 편지들을 배달하지 않고 자기 집에 처박아 놓곤 한다. 그중 일본에서 온 편지들도 있었다. 여기에서 등장하는 인물이 젊은 일본 여자 '토모코'로 그녀의 이름은 60년 전의 타이완 여자 '토모코'와 같다. 그녀는 일본과 타이완을 오가며 음악 축제를 기획하는데, 헝춘 음악제에서 일본 가수를 초청하는 일을 맡았다.

이 두 가지 줄거리가 얽히고설키며 진행된다. 아가와 헝춘의 아마추어 음악가들이 모인 밴드는 헝춘 음악제에 출전하고, 그 과정에서 아가와 토모코는 옥신각신하다 사랑에 빠진다. 이로써 오래전에 이루어지지 못한 남녀의 사랑이 현재에 완성되는 암시를 주며 영화는 끝난다.

사실 두 가지 줄거리가 잘 어우러지지 않는 느낌이라 큰 감동을 받지는 못했지만, 그래도 음악제에 출전하는 과정에서 벌어지는 에피소드 덕분에 재밌게 봤다.

내가 찾아간 주택은 주인공 아가의 집이다. 문을 열고 들어가니 조그만 방과 2층으로 올라가는 폭이 매우 좁은 계단이 보였다. 계단을 오르자 대여섯 평 되는 작은 방에 깔끔한 침대가 눈에 띄었다. 술 취한

토모코가 아가 집에 찾아왔다가 하룻밤을 같이 보낸 그 침대였다. 벽에
는 영화 포스터 및 촬영 당시의 사진들이 붙어 있었다. 사진을 찍다 마
침 들어온 홍콩 여행자들 두 명과 타이완 남자와 얘기를 나누게 되었다.

"아, 한국에서도 이 영화가 개봉됐나요?"

"네, 나도 보고 왔어요."

"그런데 여기 실제로 사는 남자의 이름도 '아가'래요. 영화 주인공
이름처럼요."

"예? 그래서 영화 주인공 이름이 '아가'가 되었나 봐요?"

"아니요. 영화 시나리오 쓸 때는 촬영지를 몰랐는데 나중에 알고
보니까 그랬대요."

참 묘한 우연이었다.

"그 청년은 어디 있나요?"

"지금은 군대를 갔고 그 청년 동생이 이 아이예요."

언제 들어왔는지 열두 살쯤 되는 여자아이가 방 안에 있었다. 그
런데 다운증후군에 걸린 얼굴이었다. 아이는 먼저 홍콩 여행자들의 카
메라를 달라고 하더니 그들을 찍어 주기 시작했다.

"이 아이 유명해요. 사진에 관심이 많아서 손님들에게 이렇게 사
진도 찍어 준대요."

내게도 카메라를 달라고 했다. 그리고 침대에 앉아라, 서라 하며
찍더니 옆의 기타를 들라고 시켰다. 졸지에 뮤지션이 된 나는 포즈를
잡았다. 모두들 웃는데 여자아이만큼은 진지하게 사진을 찍었다. 아마

입장료를 내고 들어온 사람들에게 베푸는 자신의 서비스라고 생각하는 것 같았다.

사실 헝춘은 영화 덕을 톡톡히 본 도시다. 영화를 안 보고 왔다면 그냥 작고 평범한 도시일 뿐이다. 그러나 꼭 영화가 아니더라도 혼자 여행하는 나 같은 사람에게는 번잡한 컨딩의 해변보다 이런 작은 마을이 더 좋았다.

컨 딩 해 변

저녁에 컨딩을 다녀왔다. 헝춘에서 컨딩까지는 버스로 30분밖에 안 걸리는 거리라 부담이 없었다. 중간에 해수욕객이 많은 난완南灣이란 해변을 지나치자 곧 컨딩이 나왔다. 내리자마자 옛 기억을 더듬어 보았으나 너무 변해 버려 가늠조차 할 수 없었다. 거리는 번잡했지만 기분은 쓸쓸해졌다. 그때 교사회관이란 곳에서 묵었었는데 실내가 마치 군대 내무반 같았다. 비바람이 몰아치는 을씨년스러운 밤에 젊은 타이완 사람과 이런저런 얘기를 나눈 기억이 났다. 밤에는 추웠지만 낮에는 따스해서 혼자 해변을 뒹굴며 놀았었다. 그런데 교사회관은 어디 있는지 찾아볼 수도 없었고 풍경도 싹 바뀌어 있었다.

바닷가로 내려가는 길에는 화려한 호텔들이 빽빽하게 들어선 데다 컨딩제墾丁街 대로에도 온갖 상점이 꽉 차 있었다.

지름길을 택해 가다 민박집을 거쳐 해변으로 내려갔다. 파도가 엄청나게 높아서 사람들은 바닷가에 멀찍이 서서 구경만 하고 있었다. 바닷가 모래는 검고 굵었으며 쓰레기들도 보였다. 내가 서 있던 자리는 약 1킬로미터에 걸친 해변의 끝부분이었는데 중앙 쪽으로 갈수록 상황이 나아 보였다. 쓸쓸한 마음으로 예전의 한적하고 평화로운 바닷가를 떠올렸다. 그때도 해변이 썩 좋지는 않았지만 그래도 더 넓었고 누울 수도 있었다. 여름에 와서 그런 걸까? 겨울에 오면 더 좋을까?

물론 컨딩 해변이 다 이런 것은 아니었다. 사실 좋은 곳은 따로 있다. 오른쪽으로 몇 백 미터 걸어가다 보면 모래가 고운 해변이 있다. 오래전 이곳에 왔을 때, 줄이 둘러져 있긴 해도 아무도 없어서 들어가 선탠을 했었다. 그러다 웬 사내가 쫓아내서 머쓱한 기분으로 나온 기억이 있는데, 지금 보니 바로 그곳이 〈하이자오 7번지〉를 촬영한 '샤토 비치 리조트 호텔' 앞 해변이었다. 여전히 호텔 앞 백사장은 고왔다. 가족이나 친구와 같이 방문했다면 바닷가 좋은 호텔에 묵으며 쉬겠지만 혼자인 나로서는 그러고 싶지 않았다.

타이완 관광객들이 이곳 컨딩에 오는 이유는 다양하다. 이 근처에는 수많은 희귀한 나무와 동굴이 있는 컨딩 삼림유락구와 일몰을 보고 철새를 관찰하며 탁 트인 바다를 감상할 수 있는 컨딩 국립공원이 있고, 남쪽으로 더 내려가면 타이완 최남단인 어환비鵝鑾鼻가 나온다. 예전에 갔을 때, 남단의 절벽에서 바라보는 드넓은 바다가 장관이었다.

저녁이 되니 음식점과 술집이 들어서서 흥청거리는 컨딩제 거리로 사람들이 모여들었다. 5시가 조금 넘어가는데 가게들은 불을 밝혔고 거리에서는 야시장을 열 준비가 한창이었다. 여행자들은 종종 이곳을 컨딩의 '카오산'이라고 부른다. 여행자의 천국인 방콕의 카오산 로드처럼 흥청거린다는 얘기다. 다만 카오산이 외국 여행자들로 들썩거린다면 컨딩제는 타이완 관광객들로 흥청거린다는 점이 좀 다를 뿐.

그런데 일행이 없는 나는 이런 데일수록 조금 난감했다. 식당에 들어가 자리를 다 차지할 수도 없고, 남들 먹는데 끼어 앉을 수도 없으니 영 마땅치가 않았다. 이런 곳은 사람들과 같이 와서 어울려야 제격인데, 그렇다고 아무에게나 끼워 달라고 할 수도 없는 노릇이었다. 결국 거리 구경만 실컷 하다가 형춘으로 돌아왔다.

가오슝
Kaohsiung

별난 호텔

컨딩에서 가오슝^{高雄}으로 향하는 버스를 타니 마치 타이완 여행 1막을 마치고 2막을 시작하는 기분이 들었다. 동부 여행을 마치고 서부 여행을 시작하는 것이다.

    곧 왼편으로 바다가 나타났고 짙은 구름이 동쪽 산맥에서 무섭게 몰려왔다. 동해안이 파란색이었다면 서해안은 녹색 빛깔이었다. 파도는 경기 들린 듯 날뛰었고 바다 쪽 하늘이 새카만 구름으로 뒤덮이면서 기어코 폭우가 쏟아지기 시작했다. 태풍이 온다는 소리는 없었지만 걱정스러웠다. 그러나 쾌적한 버스 안에서 달콤한 타이완 여자 가수의 노랫

소리를 듣노라니 마음이 놓였다.

　다행히 비는 오다 말다 했다. 논에 가득 찬 물을 발전기를 통해 뿜
이 올리는 광경도 보였다. 야자나무, 바나나 나무가 길게 이어진 들판은
동남아 분위기였다. 필리핀 여자가 가겟집을 청소하는 모습도 보였고
'越南食品월남식품'이란 간판도 보였다. 타이완도 농촌에 베트남, 인도네
시아, 필리핀 사람들이 많이 시집 와서 다문화 가정들이 많다더니 그런
모양이었다. 헝춘을 떠난 지 2시간이 안 되어서 버스는 가오슝에 도착
했다. 그쳤던 비가 다시 심하게 내려서 버스 안에서 배낭 덮개를 씌우
고 우산을 꺼내 준비했다. 언제나 그렇듯 버스 터미널이나 기차역 부근

의 호텔에 묵기로 했다. 가이드북을 보니 근처에 화홍호텔Hwa Hong Hotel
이 있었다. 비 때문에 은근히 걱정이 되었지만 운 좋게도 버스 종점에
서 내리니 바로 건너편에 있었다.

문을 열고 들어서니 여종업원이 "환잉 광린歡迎光臨![환영합니다!]"
하며 친절하게 맞아 주었다. 그런데 이 호텔은 좀 특이했다. 호텔 엘리
베이터 벽에는 서양 만화가, 복도 벽에는 꽃 그림이 온통 그려져 있었
다. 이런 호텔은 처음이었다. 내 방은 202호였는데 문에 방 번호가 없
었다. 잠시 헤매는데 뒤따라 올라온 여종업원이 바닥을 가리키며 웃었
다. 세상에, 호텔을 만든 사람이 독특한 사람 같았다. 바닥에 방 번호가
새겨져 있다니. 방은 그리 넓지 않았지만 깔끔했고 텔레비전, 냉장고,
에어컨 등 필요한 건 다 있었다. 가끔은 이렇게 다른 모습이 사람을 즐
겁게 해 준다.

유령의 달

가오슝은 타이완 제2의 도시로 한국으로 치면 부산과 같은 곳이다. 항
구가 있고 사람들로 북적거리는 활기찬 도시인데, 예전에 웬만한 구경
을 다했던 나는 이번에는 편하게 거리 분위기를 느끼고 싶었다.

밖으로 나오니 비가 여전히 내리고 있었다. 거리를 어슬렁거리며
구경하다 치진旗津 섬에 가 보았다. 지하철 시쯔완西子灣 역에서 내려 근
처 항구에서 페리를 타고 섬으로 갔다. 부두 근처에는 해산물 식당들이

들어서 있었는데 날씨가 더워서인지 점심때인데도 인적이 드물었다. 아마 시원한 밤이 되면 흥청거릴 것 같았다. 조수 간만의 차가 큰 이곳 해변의 모래는 진흙처럼 상태가 안 좋았다. 근처에서 파는 구운 오징어를 씹으며 바닷가에서 수영복을 입은 남학생들이 원반을 들고 파도타기 하는 것을 구경하다 시내로 돌아왔다.

그런데 더위를 먹었는지 냉방병에 걸렸는지 도무지 몸 상태가 안 좋았다. 8월의 타이완은 엄청 더웠지만 버스나 실내는 에어컨을 심하게 틀어 놓아 열탕과 냉탕을 들락날락하는 것 같았다.

시내를 걷다가 커다란 쇼핑몰에서 이상한 풍경을 마주했다. 상 위에 음식, 과일, 음료수 등이 차려져 있었고 옆에 놓인 커다란 드럼통에서는 종이로 만든 돈이 불타고 있었다. 생각해 보니 아침에도 그런 광경이 여기저기 벌어졌었다. 무슨 날일까? 나중에 타이완 풍습에 대한 책을 보고서야 알게 되었는데 그날은 음력 7월 1일로 '고스트 페스티벌'이 시작되는 날이었다.

타이완에서는 음력 7월을 '鬼月귀월[유령의 달]'이라 한다. 영어로 표현하면 'Ghost Month'다. 타이완 사람들은 음력 7월에 죽은 사람의 영혼이 땅으로 내려온다고 믿는다. 특히 하늘의 문이 열려 영혼들이 사람 사는 세상으로 내려오는 음력 7월 1일에 맞춰 많은 음식을 차려 놓고, 영혼들이 저세상에서 쓸 수 있도록 종이로 만든 돈을 태운다. 이것은 중국 본토에서 유래된 관습으로, 타이완에서도 매우 중요하게 여긴다.

1600년경부터 중국 대륙에서 건너온 타이완 사람들은 험한 자연 환경, 지진, 태풍, 질병, 맹수들에 맞서 왔으며 목숨도 많이 잃었다. 그래서 자신들의 조상은 물론, 자손 없이 방황하는 영혼들까지도 이런 관습을 통해 위로한다. 이 행사의 절정은 음력 7월 15일로 이를 중위안中原축제, 혹은 중위안푸두中原普渡 축제라고 부르는데 푸두普渡는 '우주적 구원'을 의미하며 불교도들은 이날 지옥에서 고통받던 목련존자의 어머니와 고통받는 중생들의 영혼을 위해 성대한 의식을 치른다. 목련존자는 부처의 제자였다. 또한 도교 신자들은 음력 7월 15일을 땅을 다스리고 인간들의 죄를 심판하는 지관地官의 생일로 보고 성대한 의식을 치른다. 이렇게 절정이 지나고 나서 음력 7월의 마지막 날인 7월 29일 저녁에 마지막 만찬을 차려 놓고 제를 지낸다.

　　더운 여름날 길가에 음식을 차려 놓고 진지한 표정으로 종이돈을 태우는 행위를 미신이라 여기는 사람들도 있겠지만, 미신과 정통 종교의 차이는 무엇일까? 깊이깊이 들어가면 원초적인 시발점은 같지 않을까? 어쨌든 그런 논의를 떠나서 '산 사람들만 잘 먹고 잘 살면 된다.'라는 사고방식을 가진 사람들과 죽은 이들의 영혼까지 위로하며 '같이 살아가자.'라는 마음을 갖고 사는 사람들의 세상을 대하는 태도에는 차이가 있다. 타이완 사람들의 어딘지 온순하고 부드러우며 남을 배려하는 태도는 이런 전통과 관습 덕분인지도 모른다.

걸자가 되어

부두에서부터 시내까지 걷는데 거리에서 털이 수북한 소처럼 큰 개가 게슴츠레한 눈빛으로 따라와 혼이 났다. 다행히 주인 여자가 불러 대자 돌아섰다. 이상하게 더운 나라인데도 털이 수북한 개들이 종종 보였다. 털갈이를 안 하나?

"개들도 자살하는 게 틀림없어."

예전에 타이베이에서 만난 한 화교는 그렇게 말했다. 그도 타이완 토박이가 아니어서 확신은 못 하지만, 너무 덥다 보니 집 없는 개들이 세상이 지겨워서 자살하는 것 같다고 말했다. 아침에 나가 보면 개들이 차에 치여 죽은 것을 종종 보는데, 익숙한 거리에서 왜 치여 죽느냐는 얘기였다. 글쎄, 어디까지 믿어야 할지 모르겠지만 하여튼 타이완을 다니다 보면 축 늘어진 개들이 많이 보였다.

아이허愛河에 도착하니 불볕더위에 강변에서 조깅을 하는 중년 사내가 보였다. 대단한 사람이다. 이곳은 밤에 와야 좋다. 강변을 밝히는 불빛들이 화려하고 유람선이 강을 떠다녀 매우 낭만적인 곳인데 햇볕이 뜨거운 낮에는 있을 데가 없었다. 마침 근처에 그늘진 야외 카페가 보여 냉커피를 마셨다. 골이 지끈지끈 쑤셔 와 1시간 정도 쉬었다. 조금 나아지긴 했지만 여전히 현기증이 났다. 속도 울렁거렸으며 식욕도 딱 떨어졌다.

다시 걷다가 청궁루成功路 쪽으로 접어들었다. 불당이 보였는데 건물 모양이 마치 교회 같았다. 탑처럼 길쭉하게 올라간 건물 끝에 만卍자가 새겨진 양식의 절은 처음이었다. 그곳에서 신톈루^{新田路}로 꺾어지자 백화점과 간판들이 예쁜 찻집, 음식점, 노천카페들이 나타났다. 아주 예쁜 거리는 아니었지만 서서히 어두워지는 가운데 불빛이 새어 나오는 풍경이 아늑해 보였다.

그때 비가 오기 시작해서 마침 보이는 '羽樣^{우양}'이란 일식집으로 들어갔다. 고급은 아니었지만 널찍하고 깨끗했다. 자신이 직접 선택하는 셀프 시스템이었다. 밥과 돼지갈비와 채소, 두부, 계란 그리고 미소시루를 먹었다. 식욕이 없었지만 그런대로 맛있었다. 맛보다도 분위기가 좋았다. 실내에는 손님이 서너 명밖에 없었고 어린 여종업원들은 매우 친절했다. 창밖으로는 주룩주룩 비가 내리고 안에서는 부드러운 재즈 음악이 흘러나왔다. 밥을 먹은 다음 일기를 썼다.

"차창 밖의 어둠을 바라보며 밥을 먹는다. 재즈 음악은 감미롭고 실내는 아늑하다. 사람에게 먹고 마시고 쉰다는 것이 얼마나 중요한가. 길을 가는 나그네들은 자유로워 보이지만 늘 묻고 걸으며 심신이 지쳐 있다. 그 과정이 재미있고 흥분되기도 하지만 어쩔 때는 힘들고 지겹고 스스로가 초췌하게 느껴진다.

그때 나를 위로해 주는 것은 바로 이런 순간들이다. 이 미소시루의 냄새와 밤의 어둠과 재즈는 나를 다른 세계로 인도한다. 다른 세계는 원한다고 찾아지는 게 아니다. 힘들게 길을 가다 우연히 내부에서 솟구치는 그 무엇이 외부의 사소한 것과 접속되는 순간 번쩍이며 나타난다. 나는 시인 랭보가 말한 대로 평범한 것에서 다른 세계를 보는 견

자見子가 되고 싶었다. 그것은 고통의 순간을 피하지 않은 채, 길을 가다가 문득 만나는 것이 아닐까?"

이곳은 특별하지 않은 평범한 대중음식점이기에 남들도 똑같은 느낌을 받지는 않을 것이다. 내가 맛본 행복은 나의 주관적인 것일 뿐. 우리 앞에는 사람 수만큼 다른 세상들이 존재한다. 획일화시키는 '하나'의 세상을 탈피하면 수많은 세상이 우리를 즐겁게 한다.

일 사 병

잘 먹고 잘 쉬었지만 여전히 몸 상태는 안 좋았다. 그래도 걸으며 구경했다.

85층짜리 초고층 빌딩인 둥디스바우다러우東帝士85大樓에도 올라갔다. 전망대는 74층에 있었는데 일단 75층으로 올라갔다가 한 층을 내려와야만 했다. 밖은 덥고 안은 시원하니 전망대 창문에 이슬이 맺혀 있었다. 물기가 어리는 창문 밖의 가오슝 야경은 마치 길에 금싸라기를 뿌려 놓은 듯했다. 전망대에는 음료수 파는 곳 외에 아무것도 없었다. 그래도 젊은 커플들은 구석에 앉아 밀어를 속삭였다.

실내에는 부드럽고 감미로운 음악이 흐르고 있었지만 나는 쓸쓸했다. 화려한 풍경도 환상 같았다. 몸도 안 좋고 어머니 생각과 지나온 과거의 상처들이 생각나서였다.

생로병사의 고통에 시달리며 살아가는 우리들. 젊을 때는 죽음도 관념이더니 나이가 드니 지독한 현실이구나. 병과 죽음이란 함정은 지뢰처럼 도처에 깔려 있다. 정신을 바짝 차리고 허무와 불안을 극복하려고 노력하지만, 문득 드는 쓸쓸함은 어쩔 수가 없다. 또 IMF를 겪고, 10년 뒤에 터진 세계 금융 위기 앞에서 우리는 늘 추락의 공포감을 느낀다. 그걸 이겨 내려고 마음을 다잡으며 싸워 왔다. 그런데 솔직히 이제 피곤하다. 생로병사의 고민과 현실적인 고민들이 덮쳐 오는 이 중년의 나이는 고갯길처럼 힘들다.

우울한 나는 행복해 보이는 젊은 커플들을 뒤로하고 전망대에서 내려왔다. 지하철역으로 오다가 세븐일레븐에서 컵라면 하나를 사 먹었다. 대충 허기는 가셨으나 또 타이완의 대표적인 야시장인 리우허六合 야시장을 안 들를 수 없었다. 거기서 닭꼬치도 먹고 새우도 먹었으며 사탕수수와 타이난의 명물이라는 단짜이몐擔仔麵도 먹었다. 식욕은 별로 없었지만 우울한 기분을 달래고, 또 영양 보충을 위해서 억지로 먹었다. 그런데 그게 잘못이었다. 숙소에 돌아와 일기를 쓰는데 골이 지끈거리고 속이 울렁거리며 식은땀이 흘렀다. 결국 화장실로 가 토했다. 변기를 끌어안고 토한 다음 물을 내리고, 또 토하고 물을 내리고. 세 번씩이나 그렇게 한 다음에야 진정이 되었다. 기진맥진해진 상태로 침대에 널브러졌다. 예전에 아프리카 탄자니아의 잔지바르 섬에서도 이런 적이 있었다. 폭염에 많이 걷다 보니 몸의 체계가 교란되면서 골이 지끈거리고 토하고 식은땀을 흘렸었다. 그때와 증세가 비슷했다.

하긴 타이완에 와서 계속 무리를 했지. 먹는 것은 부족하지 않았지만 잠도 부족했고 뜨거운 햇볕 아래서 너무 걸었다. 거기다 늘 열탕과 냉탕을 오갔으니 몸이 비명을 지르는 것이다. 다행히 토하고 나니 속은 편해졌는데, 문득 서글펐다.

앞으로 여행을 어떻게 하지? 젊을 때에는 얼마나 많이 걸었었나. 못 먹고 그렇게 걸어도 거뜬했는데 나이를 먹은 건가? 하긴, 영화배우 허장강 선생이 축구하다 세상을 떴지. 확실치는 않지만 내 나이 정도였을 것이다. 젊은 기분에 뛰다가 그만 심장이 마비된 것이다.

사람들은 '여행 작가'라는 타이틀에서 '여행'의 이미지를 떠올리며 늘 씩씩하게 다니는 모습을 연상할지 모르지만 '작가' 쪽으로 오면 그렇지 않다. 그것은 하루 종일 컴퓨터 앞에서 자판을 두드리는 생활이다. 더구나 집필 기간 동안에는 특별히 신경을 쓰지 않으면 몸 상태가 안 좋아진다. 그래서 늘 열심히 걷고, 요가도 하고 그랬는데 어머니가 발병하시면서 생활이 많이 흔들렸다. 거기다 솔직히 타이완의 8월 더위는 장난이 아니었다. 아무리 건강한 젊은 사람이라도 당해 낼 재간이 없다. 하물며 난 이제 중년이 아닌가.

식은땀을 흘리는 내 몸은 새우처럼 쪼그라들었고 마음은 한없이 가라앉았다.

타이난
Tainan

정 성 공 이 야 기

아침이 되자 신기할 정도로 몸이 거뜬해졌다. 그래도 조심해야 했다. 가오슝에서 하루를 더 묵으며 당일치기로 타이난台南을 다녀오기로 마음먹었다. 타이난은 예전에 샅샅이 돌아본 적이 있어서 이번엔 바람 쐬는 기분으로 돌기로 했다. 마침 숙소 근처에 버스가 있어서 탔다. 1시간 10분 뒤 버스는 타이난에 도착했다.

고풍스럽고 아담한 건물들, 열대 나무들이 곳곳에 들어선 타이난은 평화로운 남국의 도시였다. 타이난은 타이완의 가장 오래된 도시로 우리나라의 경주와 같은 곳이다. 이곳은 1624년부터 네덜란드인들이 지배하고 있었는데, 1662년에 명나라 장수 정성공의 군대가 네덜란드인들을 물리치면서 타이완인들의 나라를 만들었다.

역 안의 안내 센터에서 지도를 얻은 후 걷기 시작했다. 타이난은 천천히 걷고 쉬어 가며 구경해도 너덧 시간이면 충분할 정도로 그리 큰 도시는 아니다. 나는 우선 츠칸러우赤嵌樓로 향했다. 이곳은 원래 네덜란드인들이 세운 프로방시아 성으로, 훗날 정성공이 정무를 보는 장소로 썼다. 안으로 들어가니 2층 누각과 정성공이 네덜란드인들에게 말하는 모습의 동상이 세워져 있었다. 영어 표지판에는 '정성공과 협상하는 네덜란드인들'이란 표현이 보였다. 갖고 있던 예전의 취재 원고를 읽어 보니, '정성공에게 항복하는 네덜란드인들'이라고 기록돼 있었다. 내가 협상과 항복이란 영어 단어를 구별 못 할 리는 없으니, 옛날의 '항복'이 란 단어가 요즘 들어서 '협상'으로 바뀐 것 같았다. 표지판을 살펴보니 뭔가를 지우고 그 위에 '협상'이란 문구를 새긴 듯했다.

어찌된 일일까? 나중에 한국으로 돌아와 여러 자료를 찾아보다가 그럴 만한 이유가 있었다는 것을 알았다. 1661년 중국 대륙에서 정성공을 따라온 군사와 백성들은 2만5천여 명으로, 네덜란드 병사들에 비해 수적으로 월등히 많았다. 그래서 프로방시아 성을 쉽게 공략했지만 근처의 질란디아 성은 쉽게 함락되지 않았다. 결국 9개월간의 대치 끝에 네덜란드인들은 자신들이 물러가는 대신 명예로운 철수를 조건으로 내세웠고 정성공은 이를 받아들였다. 네덜란드 군은 철수할 때 자신들은 항복하지 않았다는 것을 자랑이라도 하듯 기세 좋게 나팔을 불고 북

을 치며 행진했다고 한다.

이 지점에서 입장 차이가 생기는 것 같다. 하나의 사건을 두고, 타이완 측에서는 '항복'으로, 네덜란드 측은 '협상'으로 해석한 것 아닐까? 처음에는 타이완에서 네덜란드 군이 '항복'했다고 썼다가, 훗날 네덜란드 측의 의견에 따라 '협상'이라고 고쳐 썼거나, 네덜란드 군이 명예롭게 철수한 사실을 인정해서 타이완 측이 스스로 그렇게 고쳤거나. 분명한 것은 예전과 달리 문자가 고쳤다는 것이고, 과정이야 어쨌든 네덜란드인들은 정성공에 의해 물러갔다는 것이다.

정성공에 대한 평가도 타이완과 네덜란드의 의견이 엇갈린다. 정성공은 명나라의 충신으로 타이완 사람들에게는 영웅이다. 그런데 여행 중 우연히 텔레비전 프로그램에서 어떤 네덜란드 학자가 정성공이 해적이었다고 주장하는 장면을 보았다.

하지만 사실 정성공이 아니라, 정성공의 아버지 정지룡鄭芝龍이 해적이었다. 《해적왕 정성공》*이라는 책에 따르면 정지룡은 푸젠 성을 근거지로 해적질을 했다. 그는 일본 큐슈의 히라도에서 다가와田川라는 일본인 여자와의 사이에 아이를 낳았는데, 그가 바로 정성공이다.(다가와가 일본인이 아니라 화교라는 설도 있다.)

일본에서 자라던 정성공은 어린 시절에 푸젠 성으로 건너와 공부를 해서 명나라 관리가 된다. 정성공은 명나라를 압박해 오는 청나라에 투항한 아버지 정지룡과 달리, 청나라와 맞서 싸우며 명나라에 충성을 다했다. 그 바람에 정지룡은 청나라에 의해 능지처참을 당한다. 푸젠 성

---

*　《해적왕 정성공》, 조너선 클레멘츠 지음, 허강 옮김, 삼우반, 2004.

에서 끝까지 싸우던 정성공은 명나라의 마지막 황제가 잡히면서 청에게 멸망당하자, 많은 부하와 이주민을 데리고 타이완으로 건너와 최초의 타이완 한족 정권을 세웠다.

마음의 고향

츠칸러우는 한편으로는 사람들이 소원을 빌러 오는 곳이기도 했다. 안의 누각으로 들어가니 한 남학생이 인상이 험악한 상 앞에서 절을 하고 있었다. 이 상의 이름은 구이싱샹鬼星象으로 오른손에는 붓, 왼손에는 벼루를 들고, 오른발로는 바다거북의 목을 밟고, 왼발은 별을 걷어차고 있는데, 시험을 통해 높은 지위를 얻는 모습을 형상화했다고 한다.

타이완의 교육열도 한국 못지않게 대단하다던데, 보아하니 부모가 아이들을 데려와 좋은 점수를 받게 해 달라고 억지로 기도를 시키는 것 같았다. 학생들은 쑥스러운 듯 쭈뼛거리거나 진지한 표정으로 기도하거나 제각각이었다. 그들 뒤편에는 소원을 적는 팻말이나 수험표, 쪽지 등이 빽빽하게 걸려 있었다.

그 옆에는 학문의 신 '원창文昌'을 모신 원창거文昌閣와 바다의 신을 모신 곳이 있었는데 사실 외국인으로서는 이런 것들이 인상적이지 않을 수 있다. 그러나 타이완 사람들에게는 역사적으로 큰 의미가 있다. 비록 정성공이 갑작스러운 죽음을 맞이한 뒤, 내분과 청나라의 공격으로 22년 만에 나라가 멸망했지만, 여기에서 타이완 최초의 한족 정권이 출발했기 때문이다.

츠칸러우 맞은편에는《삼국지》에 나오는 관운장을 모신 우먀오武廟, 바다의 여신 마쭈 신을 모신 다톈호우궁大天后宮, 도교의 옥황상제를 모신 톈탄天壇 등이 있었다. 그곳에서 사람들은 점을 보고 기도를 하며 조상의 혼령들을 위해 아궁이에서 종이돈을 태웠다. 돈을 태우는 행위는 조상들의 혼령이 그 태워진 돈을 저승에서 쓸 수 있다는 도교적 믿음에서 비롯됐는데 타이완의 어느 사원에서나 볼 수 있는 풍경이었다.

그 외에도 타이난에는 타이완에서 가장 오래된 공자 사당인 쿵먀오孔廟, 정성공을 기리는 옌핑쥔왕츠延平君王祠가 있다. 정성공 정권이 망한 뒤, 이곳을 지배하던 청나라 장군이 타이완 사람들이 정성공을 흠모하는 것을 보고 청나라 황제의 허락을 얻어 이 사원을 지었다. 정성공은 살아생전 명나라로부터 봉건 제후에게 하사되는 연평왕이란 칭호를 얻었지만, 죽은 후에도 청나라로부터 연평왕의 칭호를 받은 것이다.

대부분의 관광객은 이런 유적지를 돌아보는데 내게 매우 인상적이었던 곳은 둥위뎬東嶽殿이다. 이곳은 죽은 자들과 소통하는 사원으로 20여 년 전 내 기록을 보면 이렇다.

"나는 둥위뎬에서 녹음을 했었다. 지금도 그 테이프를 들으면 몸이 오싹해진다. 그곳은 무당들이 죽은 사람의 가족에게 부탁을 받고 혼령과 교통하는 장소다. 동옥전은 장례에 필요한 물품을 파는 가게 사이에 파묻혀, 들어가는 입구부터 우중충했다. 연기가 진동하며 기괴한 조각들이 발걸음을 머뭇거리게 했다. 안은 40평쯤 되는데 무당과 사람들이 꽉 들어차 있었다. 사람들의 행동들이 매우 흥미로웠다. 눈먼 아주머니가 알 수 없는 말을 중얼거리다 소리를 꽥 지르면 망자의 가족은 무언가를 물어봤다. 또 젊은 청년이 몸을 덜덜 떨다가 손바닥으로 상을 미친 듯이 두드렸다. 그러고 갑자기 소리를 지르며 상에 놓인 칼을 집어 들고 종이 인형을 향해 겨눴다. 그 옆에서 어떤 사람이 이 행동을 가족에게 설명하는데 그들은 근심에 찬 표정으로 고개를 끄덕였다. 또 다른 한쪽에서는 나팔을 불고 징을 두드리며 촛불과 한자가 적힌 종이를 든 무당의 뒤를 따라 사람들이 뱅글뱅글 돌았다. 조용히 구석에서 그것을 쳐다보는 나를 의식하는 이는 없었다. 그래도 사진은 차마 찍을 수가 없어서 그만두었다."

지금 그 풍경은 다 사라졌다. 예전의 넓은 공간은 잘게 나누어지고 대신 좁은 방들이 많이 생겼다. 좁은 방에는 무시무시한 저승의 신들이 자리하고 어쩌다 그 앞에서 향을 쳐들고 기도하는 사람들만 있지 옛날 풍경을 다시 볼 수는 없었다.

둥위뎬을 구경하고 나니 날이 어두워져 있었다. 베이먼루北門路를 통해 역까지 걸어오는 동안 퇴근하는 이들이 스쿠터를 타고 달렸고 거리에는 활기가 넘쳐흘렀다. 모두 350년 전 정성공을 따라 이곳에 온 사람들의 자손들일 것이다. 정성공이 세운 나라가 지속되는 동안 한족은 대륙으로부터 계속 넘어왔고 그 세력이 급격하게 팽창하면서 결국 현재의 타이완을 건설했다. 이후 200여 년간 수도로 존재했던 타이난은 타이완 사람들에게 마음의 고향이다.

자이와 아리산
Chiayi & Alishan

몸에 붙는 자신감

한차례 병을 앓고 난 후, 몸이 여행 모드로 접어든 것 같았다. 아침에 일어나 배낭을 메고 거울을 쳐다보니 옛날처럼 씩씩해 보였다. 우울한 기분도 사라졌다.

　　힘차게 가오슝 역을 향해 걸었다. 역 앞에서는 웬 사람들이 머리를 빡빡 깎은 채 시위를 하고 있었다. 가오슝 시장과 관련한 시위 같은데 지지자인지 반대자인지 잘 모르겠다. 내가 그들의 사회에서 살아간다면 큰 의미가 있겠지만 여행자인 나는 스쳐 지나가게 된다. 그들은 그들이 접속한 세계에서 살아가고 나는 내가 접속한 세계에서 살아가는 것이다.

역에서 아내와 휴대 전화로 접속했다. 나의 세계다. 사람은 어디에 접속하는가에 따라 '그것에 맞는 무엇'이 된다. 고정된 '무엇'은 없는 법이다. 내가 나에게 힘을 주고, 희망을 주고, 기쁨을 주는 곳과 접속하면 '기쁘고 희망찬 무엇'이 되고, 슬프고 불평하고 비관적인 곳에 접속하면 '슬프고 비관적인 무엇'이 된다. 그러니 결국 나의 마음만큼 나는 존재한다.

자이嘉義행 기차를 탔다. 차창 밖으로 야자나무가 이어지는 남국의 풍경을 따라 내 마음도 풀어지고 있었다.

그래, 이제 즐겁게 살자. 한때 우울하고 괴로웠으니까 이제는 밝고 즐겁게 살아도 되겠지. 살다 보면 언젠가 다시 우울해질 수도 있다. 그때 살아갈 힘을 비축하기 위해서라도 틈만 나면 즐겁게 살아야 한다.

창밖에는 하얀 햇살이 폭포처럼 쏟아졌다. 그 햇살 앞에서 내 가슴속 깊이 배인 축축함도 증발되고 있었다.

아리산

자이에 온 이유는 아리산 정상에 오르기 위해서였다. 아리산은 위산 산맥玉山山脈 서쪽으로 죽 이어진 해발 1,200~2,900미터의 산들을 총칭하는 이름이다. 버스로도 올라갈 수 있지만 그 진수를 느끼려면 기차를 타야 한다. 일제강점기 때 삼림 채취를 위해 1912년에 만들어진 아리산 산악철도는 총 75킬로미터로, 77개의 다리와 50개의 터널을 지나며 산을 오른다. 한여름에도 기온이 15~20도에 불과해 피서지로 인기가 좋은 정상까지는 약 3시간 30분의 여정이다. 그동안 열대, 아열대, 온대림을 통과해 꼭대기까지 올라가기 때문에 볼거리가 참 많다.

20여 년 전 아리산에 처음 올랐을 때는 8월이었다. 그때 딸을 데리고 여행하는 일본인 여자와 네덜란드인 부부를 우연히 만나 아리산역 앞의 노천카페에서 커피를 마신 적이 있었다. 시간이 충분치 않았던 나는 역 부근을 돌아보다가 그날 오후 자이로 내려오는 기차를 탔었다. 구경은 별로 못 했지만 기차를 타고 가고 오는 과정이 즐거웠다. 열대 정글을 뚫고 달리는 기차의 문을 열고 후텁지근한 공기를 깊이 들이마시며 야자나무 숲 위로 내려앉는 붉은 해를 바라보는 순간, 가슴속 깊은 곳에서 뜨거운 것이 울컥 솟구쳤다.

'그래, 이렇게 세상 끝까지 달리리라. 무지개를 좇는 아이처럼 저 붉은 태양을 따라 온 세상을 여행하리라.'

그 후 한국으로 돌아와 두 달 만에 직장에 사표를 냈으니, 아리산의 철길은 내 운명을 가른 길이었다. 그래서 그 길을 달리면 나는 다시 그 시절로 돌아간다.

두 번째로 아리산에 간 것은 1989년 1월 1일이었다. 기차 안에서 젊은 타이완인 부부를 사귀었다. 일출을 보러 간다는 그들은 인정스럽게도 먹을 것을 자꾸 나눠 주었다. 그러다 그들과 친해져 같은 민박집에서 하루를 묵고, 다음 날 새벽 주산祝山에서 일출을 함께 보았다. 인연

은 그 후에도 이어졌다. 2년 뒤 남편과 그의 친구가 한국 여행을 왔고 이태원에서 함께 즐거운 시간을 보낸 적이 있었다.

그 여행에서 다른 만남도 있었다. 젊은 부부와 일출을 본 다음 날, 자이로 내려오는 기차 안에서 타이베이 병원의 간호사 대여섯 명을 만났다. 아리산 중간 어느 마을의 산장으로 간다며 동행하겠느냐고 묻기에 나는 흔쾌히 따라갔었다. 깊숙한 산골의 어느 산장에 도착하니 마침 타이완에서 유학 중이라는 미국인 청년도 와 있었다. 그곳은 조용한 숲 속으로 크게 재미있는 것은 없었지만 맑은 공기와 반딧불이 있었다. 서울내기인 나는 반딧불을 거기서 처음 보았다. 반딧불을 잡아넣어 밝아진 비닐봉지를 돌리며 우리는 아이처럼 놀았다. 나중에 그들이 일하는 타이베이의 병원을 찾아가니, 마침 그들은 그날 저녁 의사들과 미팅하러 디스코텍에 간다고 했다. 나는 그들을 따라가 같이 춤추고 놀았다. 그 시절 나는 정말 강아지처럼 아무하고나 쉽게 친해졌고 아무나 잘 따라다녔다.

세 번째는 아내와 함께 7년 전 9월에 올랐었다. 비가 부슬부슬 오고 있었다. 창가에는 물방울들이 어렸고 차창 밖으로는 넓적한 야자나무들이 가득했다. 깊은 열대림이 계속 이어지는 풍경을 아내는 넋을 잃고 바라보았다. 오랜만에 찾아가는 아리산 노천카페에서 아내와 시원한 산바람을 마시며 커피를 마시고 싶었는데 모든 게 변해 있었다. 카페는 사라지고 상점들, 음식점들이 들어서 있었다. 나는 허전한 마음을 달래며 밤에 훠궈火鍋를 먹었다.

다음 날 새벽에는 기차를 타고 일출을 보러 주산까지 올라갔다. 정상 부근에서 새벽 공기를 마시며 서서히 밝아 오는 해와 산과 구름에 흠뻑 취해 있었는데, 웬 사내가 돌 위에 올라서서 일장 연설을 하기 시작했다. 무슨 말인지 알아듣는 타이완 사람들은 간간이 폭소를 터뜨렸다. 그걸 보니 묘한 느낌이 들었다. 데자뷰 현상이었다. 두 번째 올라갔던 20여 년 전에도 마을 촌장이란 사람이 비슷한 곳에서, 비슷한 자세로 온갖 웃기는 얘기를 하다가 마을 특산품인 약초를 팔았었다. 아니나 다를까, 사내도 약초를 팔기 시작했다. 옛날 필름이 또다시 돌아가는 것 같았다. 어쩌면 그는 옛 촌장의 아들이었는지도 모른다.

그런 추억들을 되새기는 의미에서 이번에도 다시 아리산에 오르고 싶었다. 그런데 자이 역에 가 보니 기차표를 팔지 않았다. 여행 안내소에 물으니 작년인가 재작년인가 불어온 태풍 탓에 철도가 망가져 기차 운행이 중지됐다는 것이다.

"언제 기차가 다시 다니지요?"

"글쎄요. 잘 모르겠어요."

버스를 타고 갈 수도 있었지만 산길을 굽이굽이 돌아가는 버스를 탔다가는 멀미를 심하게 할 것 같아 그만두기로 했다. 사실 이번에는 중간쯤에 있는 펀치우奮瑞 마을까지만 올라갈 생각이었다. 그 마을에서 판매하는 '펀치우 도시락'을 다시 먹어 보고 싶어서였다. 7년 전 기차 안에서 아내와 맛본 도시락이 어쩌나 맛있던지 한국에 와서도 우리는 도시락 얘기를 종종 했다. 별것 아니었다. 밥에 닭고기와 채소 볶음, 그리고 계란이 있는 간단한 도시락이었는데 아마도 소스에 비법이 있는 것 같았다. 언젠가 아리산에 다시 가게 되면 펀치우 도시락을 꼭 먹을 것이다.

우펑먀오와 북회귀선 기념탑

우펑먀오嗚鳳廟로 향했다. 예전에 갔던 곳인데 그간 어떻게 변했는지 궁금했다. 우리나라에서 우펑嗚鳳은 '오봉 선생'이라고 알려져 있는데, 일제강점기에 어린 시절을 보낸 어머니는 내가 타이완에 간다니 이런 얘기를 들려주셨다.

"소학교 때 배웠는데, 대만에는 사람 머리를 자르는 원주민들이 살았대. 그런데 오봉 선생이 자기가 대신 죽어 그런 풍습을 없앴대."

여러 자료에 따르면, 우펑은 1683년 청나라 치하에서 자이 지방을 다스리던 관리였다. 그런데 당시 아리산에 사는 원주민은 사람의 머리를 자르는 풍습이 있었다. 우펑은 원주민 말을 능숙하게 했고 선정을 펼쳐 신망을 얻었으나, 끔찍한 풍습을 근절시키기는 힘들었다. 그러던 어느 날 우펑은 원주민들에게 내일 어느 장소에 가면 빨간 두건을 쓴 사람이 말을 타고 올 텐데 그의 머리를 자르면 좋은 일이 생길 것이라고 말했다. 다음 날 원주민들이 우펑이 알려 준 곳에 가 보니 과연 그런 옷차림을 한 사람이 나타났다. 원주민들은 서슴없이 그를 죽이고 머리를 자르려 두건을 벗겼는데, 그가 바로 우펑이었다. 땅을 치며 슬퍼하던 원주민들은 끔찍한 풍습을 더 이상 따르지 않았으며, 후에 그를 기리기 위해 사당을 세웠다.

그런데 원주민들은 이 옛날이야기에 강력하게 이의를 제기한다. 우펑이란 인물의 삶이 각색됐다는 것이다. 예전 타이완 여행 때 텔레비전에서 원주민들이 어느 학교에 세워진 우펑의 동상을 쓰러트린 사건을 두고 열띤 토론까지 벌이는 것을 보았었다.

나중에《타이완 역사소백과》*라는 책을 읽는데 이런 내용이 있었다. 우펑은 원래 아리산에 사는 원주민들을 탄압하고 부당하게 착취하다가 살해당한 청나라 관리였다. 그런데 일제가 원주민들을 비하하고 통치를 정당화하기 위해 억지 신화를 만들어, 원주민은 야만적이니 개화시키는 것이 정당하다는 논리를 끌어냈다. 국민당 정권 역시 시민들에게 희생과 봉사라는 유교 정신을 널리 보급하기 위해 계속 이렇게 선전했다고 한다.

글쎄, 진실이 뭔지는 모르겠다. 하지만 이게 사실이라면 원주민들로서는 기가 막히고 화나는 일이 아닐 수 없다.

과연 어떻게 변해 있을까? 역 앞에서 아리산 가는 미니버스를 탔다. 가는 도중 비가 억수같이 오기 시작했다. 출발해 40분 만에 우펑먀오에 내리니 양동이로 물을 퍼붓는 것처럼 비가 쏟아졌다. 천둥과 번개도 보통이 아니었다. 가겟집 처마 밑에 서서 배 안에 두른 전대와 돈, 카메라 등을 비닐봉지에 넣고 단단히 맸다. 그냥 비에 젖은 채 다닐까 생각했는데 혹시나 해서 가겟집에 물어보니 우산이 있었다. 아줌마는 "어

---

* 《台灣歷史小百科》, 鳴密察, 新自然主義服旻有限公司, 2005.

느 나라에서 왔냐. 혼자 왔냐?" 하면서 연신 질문을 했다. 그녀의 따스한 눈길과 친절이 고마웠다.

바로 건너편에 있는 우펑먀오로 걸어가려다 호텔 창문을 열어 놓고 나온 것이 생각났다. 비가 들이치면 어쩌나? 허겁지겁 휴대 전화로 명함에 적힌 호텔 전화번호로 전화했지만 계속 팩시밀리 음만 떨어졌다. 이번에는 팩시밀리 번호를 누르니 이상하게도 전화가 되었다. 다행히 카운터에서 일하는 아줌마가 간단한 영어를 알아들었다.

"나 거기 묵는 한국인인데요, 방 창문을 열어 놓았어요. 비가 오니 문 좀 닫아 주세요!"

"오케이, 오케이!"

나올 때는 해가 쨍쨍했으니 누가 이렇게 비가 올 줄 알았나. 태국, 베트남, 캄보디아도 우기에는 오후에 한바탕 비가 오곤 했는데 여기도 비슷했다. 우산을 쓰고 우펑먀오로 가는 중에도 비는 그치지 않았다.

'中華民俗村중화민속촌'이란 간판이 걸린 우펑먀오 입구에는 전과 달리 음식점들이 즐비했다. 안쪽 사당에는 우펑의 초상화 아래 향이 피워져 있었다. 백마를 타고 걸어가는 그림도 보였다. 이리저리 돌아보는데 천둥과 번개가 치니 기분이 으스스했다.

그런데 나오다 깜짝 놀랐다. 휑한 공간에 놓인 넓적한 돌들 위에 사람들이 드러누워 있었다! 처음에는 시체인 줄 알았다. 어두컴컴한 데 쥐 죽은 듯 가만히 있으니 순간적으로 그렇게 생각했다. 가슴을 진정시키며 가만히 살피는데 그중에 헬멧을 쓴 여자가 있었다. 아마 비를 피해 들어왔다가 잠을 청하게 된 것 같았다.

유년 시절 어머니가 들려준 얘기가 끈이 되어 다시 찾아온 우펑 먀오. 사실 큰 구경거리도 없고, 우펑에 관한 얘기도 논란이 많다. 하지만 여행의 즐거움이란 게 원래 오고 가는 과정에서 사람 만나고, 풍경을 구경하고, 생각하는 과정에 있기에 후회는 없었다.

이윽고 버스가 왔다. 아리산에서 내려오는 버스였는데 승객들은 다들 피곤에 절어 자고 있었다. 나도 버스를 타고 계속 졸았다. 그런데 역에 도착하니 비는 딱 그쳐 있었다. 비가 그친 김에 근처의 북회귀선 기념탑에 들르기로 했다. 그곳까지 가는 버스도 있었지만 빨리 갔다 오려고 택시를 탔다.

자이 시에서 서남쪽으로 3.3킬로미터 떨어진 곳에 있는 북회귀선 기념탑 공원 입구에는 태양계 행성들의 모형이 전시되어 있었고, 조금 더 들어가니 탑이 나왔다. 탑은 바로 북위 23도 27분 4초 51, 동경 120도 24분 46초 05 지점에 서 있었다. 북회귀선은 열대와 온대를 구분하는 경계선이다. 그래서 이 선의 남쪽 지방인 컨딩, 가오슝, 타이난 등은 열대 기후에 속해 나뭇잎이 넓적한 열대림들을 많이 볼 수 있고, 이제 이 선을 넘어서 타이중 등으로 올라가면 아열대 기후가 펼쳐진다.

공원 한쪽에 전시된 지구 모형 앞에 서니 첫 여행 때 자이를 지나면서 '열대와 아열대의 경계선이구나.' 하며 감격했던 기억이 났다. 그렇게 첫 여행 때는 모든 게 감격스러웠다.

정 체 성

밤에 텔레비전을 시청했다. 영어로 한참 이런저런 얘기가 이어지더니, 어느 기업인이 "타이완의 사탕수수 산업을 일으키는 데 일본의 자본과 기술이 절대적이었다."라고 발언하는 장면이 방송됐다. 타이완도 우리나라처럼 일제강점기를 거쳤다. 하지만 여행하면서 일본에 대한 시각이 우리와는 다르다는 걸 느꼈다.

그런 시각 차이는 역사적 배경에서 비롯된다. 조선이 일본의 식민지가 되었을 때 그곳에는 600년을 지속돼 온 왕조와 충성스러운 백성들이 있었다. 그러다 왕비가 시해되고 왕이 독살되었다는 소문이 돌았다. 왕은 백성들의 구심점이었기에, 수많은 대신이 자살하고 의병들이 일어나는 엄청난 반발이 일었다.

타이완에서도 일본에게 점령당하던 당시 각지에서 의용군이 일어났다. 그런데 그 저항은 청나라에 대한 충성심 때문이 아니었다. 타이완 사람들에게 청나라는 자신들을 방기한 이민족 국가였다. 본인들의 의지와 관계없이 영토가 일본에 양도되었다는 사실에 사람들은 분노하며 스스로 민주공화국을 세우겠다는 열망을 불태웠다. 하지만 강력한 구심점이 없었다. 정성공과 유민들이 지배할 때에는 구심점이 있었지만 그것은 먼 과거였고, 자생 조직도 허약했다. 결국 일본은 이런 빈틈을 절묘하게 파고들었다. 그래서 타이완 사람들 역시 일본에게 지배받는 50년 동안 고통받았지만, 일본에 대해 한국인들과는 다른 감정을 품게 되었다.

해방 뒤 타이완 사람들은 정체성에 혼란을 겪는다. 50년이란 세월은 길다. 예를 들어 일제강점기가 시작될 무렵 태어난 아기가 쉰 살이 될 때까지 일본인으로 교육받고 살아왔다고 생각해 보라. 반평생을 일본을 조국으로, 중국을 적으로 여기다가, 갑자기 정반대가 된다면 충격이 얼마나 클까? 과거에 타이완은 중국의 일부였지만, 한 사람의 일생을 놓고 볼 때는 실감 나지 않는 것이 당연하다.

근대화 과정에서 일본에 대한 인식도 한국과 타이완은 다르다. 조선과 타이완이 일본의 지배하에 근대화가 진행된 것은 사실이다. 그러나 해방 뒤, 다시 강력한 구심점을 가진 한국의 시각에서 보면 일본에 의한 조선의 근대화는 일본을 위한 수탈적 구조 속의 기형적 근대화였다. 그런데 타이완의 경우는 조금 복잡하다. 해방되었다지만 상황이 더욱 안 좋아졌다. 대륙에서 공산당과 싸우던 국민당이 타이완에서 물자를 공출했고, 급기야 얼얼바 사건 때 많은 본성인이 탄압받는 가운데 살기가 더 힘들어졌다. 또 국민당 입장에서는 일제강점기에 적응해 살았던 본성인들이 미덥지 않았고, 본성인들은 그런 태도를 보이는 국민당이 조국이라기보다는 또 다른 외세처럼 느껴졌을 것이다.

수차례 여행하면서 느낀 바로는 일본과 싸웠던 외성인들은 반일 감정이 강한 반면, 국민당 정권의 탄압을 받은 본성인들은 상대적으로 일본에 대해 호감을 갖는 것 같았다. 이건 단순히 친일, 반일의 구도가 아니라 중간에 끼어서 고통받은 사람의 당연한 심리인지도 모른다. 그리고 추측이긴 하지만, 정성공의 어머니가 일본인이었다는 사실이 타이완 사람들에게 일본에 대한 친밀감을 갖게 하는 것 아닐까?

이런저런 생각이 꼬리를 무는 가운데, 텔레비전에서는 또 다른 학자가 "타이완은 여러 정권을 겪었고 여러 민족이 뒤섞이면서 다양성을 존중하는 특성을 갖추게 되었다."라고 했다. 나는 예전에 타이완 하면 단순히 중국의 일부라고만 생각했지만, 그건 지식이 부족한 탓이었다. 실제로 대다수 타이완 사람이 쓰는 민난어나 하카어는 중국 표준말인 푸퉁화와 달라서 서로 얘기가 안 통할 정도다.

타이완은 외세에 배타적이기보다 포용하고, 다양성을 추구하는 방향으로 나아가고 있다. 그리고 현재 민족에 대한 새로운 개념이 형성되고 있는 것 같았다. 본성인과 외성인, 원주민은 물론 현재 유입되고 있는 베트남, 필리핀, 인도네시아 등지에서 오는 사람들이 모두 합해져 새로운 정체성이 생겨나고 있다. 어느 정도 시간이 흐르면 타이완 사람들의 정체성이 강화되면서, 홍콩이나 싱가포르처럼 독특하고 새로운 민족 개념을 가진 나라가 나타나지 않을까?

"당신은 어디 출신이에요?"

타이완의 어느 기차 안에서 옆자리에 앉은 한 여인에게 물은 적이 있었다. 영어를 잘하는 그녀는 매우 명쾌하게 얘기했다.

"아버지는 외성인 출신이고 어머니는 본성인 출신이에요. 옛날 사람들은 그런 걸 따지지만 우리 젊은 세대는 아니에요. 그리고 그런 질문을 좋아하지도 않아요. 우린 현재 타이완 사람으로 살아갈 뿐입니다. 저는 타이완 사람입니다."

역사적 아픔과 상처도 있지만, 시간이 흐르면서 젊은 사람들은 그 모든 것을 통합하며 타이완의 정체성을 새로이 만들어 갈 것 같았다.

루강과 장화
Lukang & Changhua

오래된 도시

자이에서 장화彰化까지는 쯔창하오自強號 열차를 탔다. 정확히 55분 걸리는 길이었다. 역 광장의 호텔에 짐을 풀자마자 나는 곧바로 루강으로 향했다. 역 근처의 터미널에서 루강행 버스에 올랐는데 트로트 스타일의 노래가 나왔다. 처음엔 타이완 노래인 줄 알았으나 '이쓰카, 가이데, 노코시데, 쯔메다요' 등의 단어가 나오는 걸 보니 일본 엔카였다. 노래는 어느샌가 〈돌아와요 부산항에〉로 바뀌었다. 일본어였지만 귀에 익숙한 가락을 들으며 덜컹거리는 버스를 타고 가는 길이 고향을 찾아가는 것 같았다.

    100년 전만 해도 루강은 타이난 다음으로 번성했던 무역항으로, 사슴들이 많이 살아서 '鹿港녹항'이란 이름을 얻었다. 주민들은 바다의 신을 모신 마쭈 사원과 불교 사원을 지었고 마을은 점점 부유해졌다. 그런데 모래보다 작고 진흙보다는 조금 굵은 침적토가 이곳을 메우면서 항구 구실을 제대로 하지 못하게 되다가, 급기야 1895년 일본 정부가 이곳에 큰 배가 들어오는 것을 금한 이후 루강은 급격하게 쇠락했다. 이제 루강은 옛날을 그리워하는 타이완 사람들이 찾는 곳이 되면서 관광지로 탈바꿈했다.

    출발한 지 30분쯤 지나 드디어 종점에 다다랐다. 버스에서 내리니 건너편에는 공원처럼 드넓은 잔디밭이 있고 한적했다. 타이완에서 가장 오래된 마쭈 신 사원인 톈오우궁天后宮이 5분 거리에 있었다. 나무들이 그늘을 드리운 사원 입구는 수많은 음식점으로 흥청거렸다. 이 사원의 여신상은 대륙의 푸젠 성에서 가져온 것으로 마쭈 신의 생일인 음력 3월 23일에는 전국 각지에서 순례자들이 이 사원을 찾아온다.

    마쭈 신을 모신 사원은 타이완에만 500개가량이 있는데 그녀의 기원에 대한 전설은 다양하다. 한 가지 확실한 점은 그녀가 실제 존재했던 사람이라는 사실이다. 일설에 의하면 그녀의 이름은 린모林默로 10세기경 송나라 때 푸젠 성 어느 섬에 사는 어부의 딸이었다. 총명한 그녀는 폭풍우가 몰아칠 때면 배를 안전하게 인도하고자 빨간 옷을 입고 바위 위에 서 있곤 했다. 그런데 그녀가 죽은 뒤에도 어부들 앞에 나타나자 어부들은 그녀를 위해 사원을 만들었다. 후에 타이완으로 이주한 어부들은 그녀를 뱃사람의 수호신, 더 나아가 모든 일을 다 들어주는 전지전능한 여신으로 받들었다고 한다.

사원으로 들어가는 문의 꼭대기에는 용이 새겨져 있었고 기둥도 화려했다. 이 사원에는 옥황상제를 비롯한 여러 도교의 신상도 많이 모셔져 있었다. 조명을 받아 금빛 찬란한 신상들의 표정이 생생했다. 무서운 얼굴도 있고, 물고기나 돼지 얼굴을 한 익살맞은 신상도 있었다. 마쭈 신은 여신이라서 그런지 평화롭고 따스한 인상이었다.

아마도 중국 대륙에서 타이완으로 건너오는 동안 바다의 풍랑에 시달렸고, 와서도 태풍과 지진, 전염병 등을 겪은 타이완 사람들에게 마쭈 신은 어머니와도 같은 신으로 여겨졌을 것이다.

올드 마켓 스트리트

루강은 현대적인 도시지만 올드 마켓 스트리트라고 불리는 구스제古市街는 인사동이나 삼청동처럼 옛날 집이 많이 있는 거리였다. 좁은 골목길에는 오래된 빨간 벽돌집이나 목조 가옥들을 개조해 만든 기념품, 옷, 도기, 찻잔, 조각품, 장난감, 목각 제품, 유리 공예품, 전통 과자 등을 파는 가게들과 찻집들이 있었다. 세련된 인테리어로 치장되지 않은 낡은 가겟집들은 얼핏 보면 초라해 보였지만, 그래서 오히려 더 예스러웠다.

그러나 뜨거운 뙤약볕 밑을 걸으니 그걸 즐길 여유가 없었다. 타이완의 8월은 뜨겁다. 땀이 나고 목이 말랐다. 때마침 눈에 띄는 찻집이

있어 들어갔다. 띠고자이臭古齋란 이름이었는데 안에는 고풍스러운 사각
과 원형 나무 탁자가 놓여 있고 벽에는 붉은 표지들과 옛날 영화 포스
터 등이 붙어 있었다.

빙멘차冰麵茶를 시켰더니 얼음 띄운 미숫가루에 튀밥을 얹은 것이
나왔다. 차보다도 시원하고 고풍스러운 분위기가 맘에 들었다. 한낮의
뜨거운 열기 속에 있다 여기 오니 오아시스처럼 여겨졌다. 목이 계속
말라서 다시 멘차춰빙麵茶挫冰을 시키며 여종업원에게 말을 걸어 보았다.
다행히 여종업원은 간단한 영어를 할 줄 알았다. 그녀 말로는 이곳을
찾는 손님은 대개 타이완 사람들이고, 어쩌다 일본인도 오는데 한국인
은 거의 보지 못했다고 했다. 잠시 후 멘차춰빙이 나왔다. 아까보다 큰
그릇에 미숫가루, 팥, 빙수 등이 담긴 것으로 맛이 좋았다.

근처 골목길에는 '반쪽 우물'이라는 뜻의 반볜징半邊井이 있었다.
우물 반쪽이 담벼락 아래의 거리 쪽으로 나와 있는데 우물의 반쪽은 안
에서 쓰고 반쪽은 밖에서 쓰게 되어 있었다. 즉 행인들이 마음껏 물을
마실 수 있도록 한 집주인의 배려였다는데 옛날 이곳 사람들의 넉넉한
인심을 보는 것 같았다. 반볜징 근처의 골목길에는 구슬 놀이 기구도
있었다. 못을 박아 놓은 나무판을 비스듬히 세워 놓고, 구슬을 튕겨 못
사이를 피해 내려오며 밑의 구멍들로 들어가게 하는 놀이로 파칭코의
원리와 비슷했다. 어릴 적에 구슬 놀이를 많이 해 본 내게 향수를 불러
일으켰다.

그곳을 나와 10여 분을 걸어가니 모루샹摸乳巷이란 골목길이 나왔

다. 간신히 사람 하나 지나갈 정도의 좁은 골목길이 100미터쯤 이어져 있었다. 너무 좁아서 남자와 여자가 마주치면 여자의 가슴을 스칠 수밖에 없는 길이란 뜻에서 그런 이름이 붙었다고 한다. 신사라면 여자가 다 빠져나올 때까지 기다려야 한다는데 마침 저쪽에서 사람들이 오고 있어서 기다리다가 골목길로 들어가 보았다. 사실 통행을 위해서라면 굳이 이 길을 꼭 갈 필요는 없다. 옆에 넓은 길이 뻥 뚫려 있으니까. 그러나 관광객들은 나처럼 그 길을 한번씩은 다 지나가고 있었다.

그 근처에 있는 타이완 최초의 절 룽산쓰는 고색창연했다. 경내의 오래된 나무가 시원한 그늘을 드리우고 있었고, 대웅전에서 스님들과 신도들이 독경하는 소리가 경내에 가득 울려 퍼졌다. 차분하고 평화로운 기운이 감돌았다.

루강의 옛날 거리들은 고즈넉하고 평화스러웠으며 사람들은 활기차고 친절했다. 다만 날씨가 시원했더라면 더 여유 있게 구경했을 텐데, 여름이라 어쩔 수 없었다.

루강에서 장화로 돌아오는 버스 안에서 좀 피곤했다. 잠이 들락말락 하는데 라디오에서는 팝송과 중국어 록 음악이 흘러나오고 있었다. 잠결에 듣는 여자 아나운서의 부드러운 중국어 발음은 구슬이 쟁반 위를 굴러가는 것처럼 황홀했다. 루강도 좋았지만 오고가며 듣는 음악들이 나를 더욱 행복하게 해 주었다. 장화에 도착하니 서서히 어두워지고 있었다.

구족문화촌과 르위에탄

Formosa Aboriginal Culture Village & Sun Moon Lake

원주민 문화 속으로

장화에서 타이중까지는 속도가 느린 구간열차로도 20분밖에 안 걸렸다. 타이중은 타이완 제3의 도시답게 번잡스러웠다. 역 근처 호텔에 짐을 풀자마자 버스 터미널로 갔다. 르위에탄^{日月潭}으로 향하는 버스를 타고 가다 중간에 구족문화촌^{九族文化村}에서 내렸다. 1시간 반이 걸리는 길이 었다.

입구에는 커다란 목조 문이 있었는데 안으로 들어가자마자 실망 했다. 언뜻 보트나 모노레일이 자리를 차지한 놀이동산처럼 보였기 때 문이다.

그러나 산으로 올라가자 차차 원주민들의 가옥들이 나타나더니 기대했던 대로 전통과 풍습을 엿볼 수 있는 모습들이 펼쳐지기 시작했다. 이곳의 이름은 아홉 개 부족의 문화를 소개하는 구족문화촌이지만 실제로는 더 많은 부족이 안내되어 있었다.*

현재 타이완 인구 가운데 2퍼센트가 원주민인데 과거에는 이들을 고산족高山族과 평포족平埔族으로 나뉘었으나, 평포족은 한족들과 피가 많이 섞이면서 동화되었고 고산족은 정체성을 지키며 살아가고 있다. 현재는 고산족과 평포족이란 용어 자체가 폐지됐고 '원주민原住民'이란 용어를 공식적으로 쓰고 있다. 일제강점기에는 고산족을 9족으로 분류하다가 2008년 4월에 14족으로 구분했다는 안내판이 있었다.

언덕길을 따라 오르면 각 부족의 목조 가옥들이 나왔는데 사람이 거주하는 흔적은 없었다. 집들만 덩그러니 놓여 있고 출퇴근하는 것 같은 원주민 노파가 도시락 통을 수돗가에서 씻고 있었다. 그 노파를 바라보면서 350년 전을 상상해 보았다.

정성공과 한족들이 대규모로 이주하기 전까지만 해도 타이완에는 원주민들의 숫자가 한족보다 많았다. 그러다 정 씨 집안의 지배가 끝나던 17세기 말에 한족과 원주민 인구가 각각 12만 명으로 비슷해졌다. 이제 타이완 인구 2,300만 명 가운데 대부분은 한족이며, 원주민은 약 50만 명에 불과하다. 한족은 기하급수적으로 늘어났으나 원주민은 답보 상태에 머물렀기 때문이다. 350년의 변화 속에서 들판에서 살던 평포족들은 한족과 결혼하면서 대부분 동화되었고, 산에서 살던 고산

---

* 파이완족排灣族, 아메이족阿美族, 타우족達悟族, 루카이족魯凱族, 베이난족卑南族, 부눙족布農族, 사오족邵族, 쩌우족鄒族, 타이야족泰雅族, 싸이샤족賽夏族 등 열 개 부락과 2008년 4월 서로 다른 종족으로 인정되어 분리된 싸이더커족賽德克族과, 타이루거족太魯閣族 부락이 있었다. 타우족은 흔히 야메이족으로 불리는데 여기서는 타우족이라 부르고 있다.

족들은 정체성을 지켰으나 결국 쇠락한 것이다.

　구족문화촌에는 옛 부족의 가옥을 재현해 놓은 건물과 안내판을 살피며 여러 부족들의 얘기를 차근차근 알아 가는 재미가 있었다. 타이야족 가옥 근처에는 싸이더커족 부락이 있었다. 싸이더커족은 일제강점기에 그 유명한 '우서霧社 사건'을 일으킨 부족이다.

　우서는 구족문화촌에서 얼마 안 떨어진 지역이다. 당시 일본은 원주민을 고산족이라 부르며 폄하하면서 통치했는데 고산지대에 사는 원주민들은 이에 반발했고 일본은 무력으로 진압했다. 이런 갈등은 1930년 10월 27일 우서에서 불거지고 말았다.

　그때 일본인들은 타이완 전역에 퍼져 살았다. 우서 마을에도 일본인이 들어왔는데, 그들은 원주민들을 각종 노역에 동원하면서도 적절한 보상을 지급하지 않았다. 쌓였던 불만은 결국 막나 로도莫那魯道 추장의 여동생 혼인 문제로 폭발하고 말았다. 그때 일본은 원주민들을 동화시키려고 일본인 경찰들이 각 부락의 추장이나 유지들의 딸과 결혼하도록 장려했다. 이런 정략적인 결혼은 진정한 부부의 연이 아니었으므로 시간이 지나면서 일본인들이 여자를 버리는 경우가 종종 생겼다. 마혁파사馬赫坡社 부족의 추장인 막나 로도의 여동생도 일본 순사와 결혼했는데, 몇 년 후 순사는 돌연 떠나고 말았다. 귀한 신분임에도 불구하고 자신의 여동생이 일본인 남편으로부터 버림받자 그때부터 막나 로도는 보복을 계획했으나 번번이 실패했다.

　그러던 어느 날 일본 순사 요시무라가 마을 청춘 남녀의 결혼식 피로연이 열리고 있던 막나 로도의 집에 우연히 들르게 되었다가 사건이 발생한다. 막나 로도의 장남인 탑달구 막나塔達歐莫那가 요시무라 순사의 손을 잡아끌고 연회석에 데려가려 했지만, 순사는 더럽다고 거절하며 지팡이로 그의 손을 쳤다. 이에 장남은 요시무라를 두들겨팬 뒤 잡혀가고 막나 로도는 경찰서로 찾아가 선처를 요구했으나 거절당한다. 여동생에 이어 아들까지 일제로부터 당한 데 모욕을 느낀 그는 결국 다른 추장들과 결의하여 봉기한다.

1930년 10월 27일, 이들은 학교를 습격해 일본인 139명을 살해했다. 그 지역에 사는 일본인의 반 이상을 살해했는데 어린이들도 사정없이 죽었다. 학교 운동장은 피와 살이 흩날리는 참혹한 아수라장으로 변했다. 이어서 약 두 달간 일본군의 토벌 작전이 시작되었고 이번에는 원주민들 총 644명이 일본군에 의해 살해되었다. 막나 로도는 피신 도중 자살했고, 그의 두 아들도 하나는 목매어 자살하고 하나는 싸우다 죽었다. 이것이 우서 사건이다.*

이런저런 부족을 구경하면서 올라가다 배가 고파 올 무렵 절구를 찧고 있는 여인을 만났다. 그늘 밑에는 야외 식탁이 마련되어 있었는데 거기서 대나무 밥을 먹었다. 대나무 속에 밥을 넣고 찐 것으로 맛이 고소하고 향이 있어서 입에 착착 달라붙었다. 거기다 버섯, 숙주, 돼지고기 등 건더기가 푸짐한 탕 국물은 담백하고 시원했다. 정말 타이완은 어디 가서 무얼 먹든지 맛있다. 조금 더 올라가니 부눙족 마을에서는 'BUNUN BBQ'라 써 붙여 놓고 여인이 커다란 돌판에 먹음직스럽게

---

* 우서 사건에 대해서는 국립타이완대학교 역사학과에서 석사 학위를 받고, 예일대학교에서 박사 학위를 받은 주완요周婉窈 선생이 쓰고, 국립타이완정치대학교 역사연구소에서 박사 학위를 받은 손준식, 신미정 선생이 번역한 《아름다운 섬, 슬픈 역사》(신구문화사, 2003)를 참조했다. 지명과 인명은 이 책의 표기를 따랐다.

크게 썬 돼지고기를 굽고 있었다.

중간에 베이난족 부락이 있었다. 베이난족 사람들은 개방적이라 한족의 문화를 적극적으로 받아들였고 다른 부족들보다 먼저 근대화되었다고 한다. 구석에 앉아 조용히 뜨개질하는 원주민 할머니도 보였다. 예전에 이곳을 돌아보다 베이난족 할머니로부터 부족 말을 배웠던 기억이 났다. '안녕하세요.'는 '니루완.', '잘 가세요, 잘 있어요.'는 '카이불라.', '예쁘다.'란 말은 사물에게는 '뷰우라이.', 여자에게는 '뷰우라이 유유.', 남자에게는 '뷰우라이 유.'였다. 그러니까 성별에 따라 형용사가 달라지는 것 같았다. 갖고 간 자료를 훑어보면서 말을 붙여 볼까 했으나 할머니를 성가시게 하는 것 같아 그만두었다. 그 할머니의 모습이 '뷰우라이 유유.'했다.

조금 더 올라가니 루카이족 마을이 나왔고 근처에 '신성한 바위 그릇^{Divine Rock Jar}'이 있었다. 깊이 100센티미터, 너비 90센티미터로, 루카이족은 이 그릇 안에 든 빗물의 상태를 보고 점을 쳤다. 만약 물이 적게 들어 있으면 흉년이고, 물이 넘쳐흐르면 홍수가 진다고 생각했다. 또 물이 맑고 적절하게 들어 있으면 풍년이며, 물 안에 곤충들이 있으면 작황이 별로 좋지 않다고 여겼다.

거기서 다시 내려와 호수 쪽으로 꺾어지니 타우족 부락이 나왔다. 나는 타이완 동부에 있는 란위다오^{蘭嶼島}에서 타우족 소년을 만난 적이 있었다. 얼굴이 검고 필리핀 사람들과 비슷했는데 얼핏 보면 좀 험상궂어 보였지만 착한 소년이었다. 소년은 바닷가에서 그림 그리는 게 취미

라고 했다. 타우족은 타이완의 원주민들 가운데 가장 온순하며 '사람 머리 사냥 풍습'이 없는 유일한 부족으로, 그들 나름대로의 음력 달력이 있었다고 한다.

호수 건너편에는 '구족문화관'이란 큰 식당이 있었고 조금 더 올라가니 파이완족 부락이 나왔다. 이곳에는 해골들이 전시되어 있었다. 원주민들이 적들의 해골을 이렇게 전시한 데는 목적이 있었다. 우선 외부 방문객이 자신들의 전통과 관습을 깨지 말라는 메시지를 담고 있었고, 질병, 기근, 흉작들을 일으키는 악령을 막고 전쟁터에서 죽은 용사들에게 경의를 표하려는 것이었다.

원주민들 순례가 다 끝나고 더 위로 올라가자 커다란 원형의 나루완 극장娜魯灣劇場이 나왔다. 이미 공연이 한창 진행되고 있었다. 공연은 화려했다. 빨간색 옷에 멋진 모자를 쓴 여자 무용수들이 열을 지어 관광객 앞을 지나며 춤을 추었고, 춤이 끝나자 용감한 무사 복장의 남자가 나와 빨간 깃발을 들고 소리를 질렀다. 뒤에서는 방패를 든 용사들이 춤을 추었다. 다음에는 전통 복장을 입은 두 남녀가 에로틱한 표정으로 사랑의 춤을 추다가 여자를 업고 관중석 앞을 달리기도 했다. 여러 남녀가 나와 추는 군무도 이어졌다. 여러 부족들이 돌아가면서 공연하고 있었으니 원주민 문화 공연의 종합편이라고 할 수 있었다. 매우 역동적인 춤과 노래였다. 근대화의 잣대로 폄하 당했던 이들의 문화가 이제 당당하게 부활하고 있는데, 타이완 정부에서 많은 지원을 하고 있다고 한다.

조금 더 올라가니 인디안 토템 기둥들이 있었다. 사람, 동물 머리 또는 마치 우주인 같은 형상들이 차곡차곡 쌓여 만들어진 기둥들을 보며 자리를 뜰 수가 없었다. 이건 피카소의 미술보다 더 뛰어난 판타지였다. 부엉이 눈이 그려진 집, 눈 밑에 한없이 긴 코, 코주부에 혓바닥을 날름 내민 사람 얼굴, 물고기를 먹고 있는 이상한 괴물, 코가 삐죽이 튀어나온 얼굴, 토템 위에 올라앉은 날개를 편 부엉이……. 아무리 보아도 정말 멋졌다. 이런 문양들은 그동안 해양 문화의 예술품들에서도 종종 본 것들이었다. 남태평양에 넓게 퍼져 살았던 원주민들, 그들과 유사한 문화와 얼굴을 가진 이 원주민들은 어디에서 온 것일까?

이곳을 돌아보며 원주민들에 대해 더 알고 싶다는 욕구가 솟구쳤다. 그들을 통하면 풍성한 상상력의 세계로 갈 수 있을 것만 같았다.

바 다 같 은 호 수

구족문화촌 정상에서 케이블카보다 작은 4~5인승 로프웨이를 탔다. 나는 어느 가족과 함께 탔는데 로프웨이는 금방 허공으로 솟구쳤고 이내 오른쪽 밑으로 거대한 호수가 보였다. 호수의 동쪽과 중앙은 동그래서 해를 닮았고 남서쪽은 길쭉한 초승달을 닮았다 하여 르위에탄日月潭이란 이름이 붙었다고 하는데, 정말 그랬다. 원래 르위에탄은 이렇게 큰 호수가 아니었는데, 일제강점기에 발전소 건설을 위해 주변 강물을 막는 바람에 지금처럼 큰 호수가 된 것이다.

약 5분 후 르위에탄에 도착한 순간 깜짝 놀랐다. 사람들이 와글거리며 로프웨이를 타려고 기다리고 있었다. 전광판의 대기표 숫자가 몇백 명이나 되었다. 구족문회촌에서 르위에탄으로 오는 사람들은 별로 없었는데, 반대 길은 엄청나게 많았다.

밖으로 나오니 드넓게 펼쳐진 호수와 뜨거운 햇살에 눈이 부셨다. 나는 우선 사오족의 전통 가무와 수공예품 전시 등을 볼 수 있는 이다사오伊達邵라는 마을로 향했다. 그런데 난데없이 폭우가 쏟아지기 시작했다. 쨍쨍하던 날씨가 갑자기 변한 것이다. 지난번에 자이에서 된통 당한 터라 나는 항상 우산을 갖고 다녔는데, 이번에는 빗줄기가 너무 굵고 바람이 몰아쳐 금세 온몸이 젖어 왔다. 산길을 돌아가니 금방 이다사오 마을이 나와 길가의 가게 처마 밑에서 잠시 비를 피했다. 옆에서 소시지를 구워 팔던 사내가 물었다.

"코리안?"

어딜 가나 일본인이냐고 묻는 사람이 많은데 처음부터 한국인이냐고 묻는 걸 보니 한국 사람이 많이 오는 것 같았다. 소시지를 사 먹고 차를 마시며 기다리는데 다른 사람들도 모두 그곳으로 모여들었다. 비는 여전히 들이치고 사람들은 점점 많아졌다. 어떻게 할까, 고민하다가 일단 여행 안내소가 있는 마을 수이서춘水社村까지 버스를 타고 가기로 했다. 거기서 지도도 얻고 호수 순회버스도 탈 생각이었다. 그러나 버스 정류장으로 걸어가는 도중에 비가 더 쏟아지기 시작했다. 난감했다. 버스고 뭐고 간에 우선 비를 피하려고 근처에 보이는 선착장으로 뛰어갔다. 그곳의 매표소에 붙은 배 시간표를 보니 마침 수이서춘으로 가는 배가 곧 있었다. 그러나 매표소 안은 비를 피하러 온 사람들로 꽉 차 있었고 매표소 직원은 보이지도 않았다. 무슨 난리가 난 것 같았다.

돌아서려는데 마침 무전기를 든 여인이 사무실에 나타났다. 나는 그녀에게 수이서춘으로 가고 싶다고 외쳤다. 서툰 중국어였지만 그녀는 금방 이해했다. 거기서 파는 배표는 원래 이다사오, 촨광쓰玄光寺, 수이서춘 세 군데를 모두 들르는, 즉 세 번을 탈 수 있는 유람선으로 표값이 300위안이었다. 그런데 나는 이다사오에서 수이서춘까지 한 번만 이용하는 것이라 그녀는 100위안만 받았다. 그리고 급하게 무전기로 어딘가 연락을 하더니, 저기 기다리고 있는 배라며 빨리 뛰라고 했다. 무슨 군사 작전 펼치는 듯한 다급한 상황이었다. 배는 막 떠나려 하고 있었다. 빗속을 잽싸게 달렸다. 그녀가 정말 고마웠다. 그녀는 나긋한 여인이 아니었다. 웃지도 않았다. 하지만 나는 그녀의 눈빛과 말과 행동에서 한 인간에 대한 배려와 정을 느꼈다. 내 서툰 중국어를 이해해 주고 재빨리 조치를 취해 준 현명하고 고마운 여인!

그런데 배표를 받는 젊은 사내의 입에서 술 냄새가 확 풍겨 왔다. 그는 내 얼굴을 들여다보며 실실 웃었다.

"르번?[일본인?]"

"부스, 한궈런.[아니, 한국인이에요.]"

그러자 이 사내가 화들짝 놀라며 신기하다는 듯 계속 쳐다보다가 배 안에 대고 크게 떠들었다. 아마 이런 말이었을 것이다.

"여기 한국어 할 줄 아는 사람 있어요? 이 사람 수이서춘에서 내리라고 통역 좀 해 줘요."

아무도 손을 들지 않자 또 외쳤다.

"여기 일본어 할 줄 아는 사람 있어요?"

사람들이 무슨 일이 났나 싶어 모두 나와 그를 쳐다보았다. 마치 내가 특별 인물이 된 것 같았다. 아무도 없어서 이번엔 내가 외쳤다.

"잉글리시!"

그러자 가까이 있던 가족 속에서 한 사내가 손을 번쩍 들며 영어로 나에게 소리쳤다.

"우리도 수이서춘에 가니까 우릴 따라 내리세요."

"네, 감사합니다!"

사실 굳이 그렇게까지 안 해도, 내가 알아서 내리거나 그가 나에게 내리라고 가르쳐 주면 되는 것이었다. 그런데 표 받는 사내가 약간 술에 취해서 흥에 겨워 떠든 것이다. 삼십 대 초반의 사내는 비도 오고, 술도 한잔했겠다, 얼굴은 비슷한데 말은 통하지 않는 외국인이 좀 신기했나 보다. 그런데 이 친구가 바로 배를 모는 운전사였다. 술 취한 그가!

승객들이 모두 타자 맨 앞에 앉아 사내는 핸들을 붙잡고 부르릉, 부르릉 배를 돌려 호수 한가운데로 나가기 시작했다. 하긴 음주운전이라 하더라도 호수에 배가 별로 없으니까 문제는 없어 보였다.

빗줄기 속에서 호수와 하늘은 흐릿하게 섞여 들었고 바람은 거셌다. 아, 내가 좋아하는 것들은 다 있구나. 비바람, 흐릿한 풍경. 황홀한

순간들, 모르는 사람들과 어울려 비를 맞고 웃으며 가는 이 시간들, 이렇게 르위에탄에서의 추억 하나가 더해지고 있구나.

사실 르위에탄은 전에도 왔었는데, 그때에는 별로였다. 뙤약볕 밑의 호숫가를 너무 많이 걸었기 때문이다. 그런데 이번 추억은 비바람과 흐릿함과 유쾌하고 친절한 사람들의 웃음으로 남았다. 다음에 오면 자전거를 타고 호숫가를 달릴 것이다. 혹은 이 주변에서 묵으며 달밤을 거닐지도 모르겠다. 또 사오족들의 춤과 노래를 즐기고 장제스가 즐겨 먹었다는 물고기 취야오위曲腰魚를 먹을지도 모르겠다. 세상의 모든 여행지가 다 그렇지만 르위에탄도 언제 어떤 분위기인가에 따라 다른 법이다. 햇살 뜨거울 때와 비바람이 몰아칠 때와 안개 낄 때가 다르며, 새벽이 다르고 낮이 다르고 저녁이 다르고 밤이 다른 것이다.

수이서춘은 많이 변해 있었다. 20여 년 전에는 한산했는데 엄청나게 많은 호텔, 카페, 음식점들이 들어서 있었다. 호수가 바라보이는 카페에 들어가 르위에탄 지역에서 재배한다는 홍차를 마시고 싶었지만 다음을 기약하기로 했다. 온몸이 물에 젖었고 추웠다. 마침 타이중으로 돌아가는 차가 있어서 탔다. 르위에탄에서는 사람이 몇 명 없던 버스가 구족문화촌을 지나면서 다 찼다. 모두들 비에 쫄딱 젖었는데 내 옆에 앉은 여자는 골이 아픈지 손으로 이마를 짚고 얼굴을 찡그리고 있었다. 나도 몸 상태가 안 좋아 걱정이 되었다.

타이중
Taichung

세 번 째 도 시

타이중^{台中}은 타이완의 중부에 위치하며 타이베이, 가오슝에 이어 타이
완에서 세 번째로 큰 도시다. 위치나 크기로 보아 한국의 대전쯤 되는
데, 몇 년 전 아내와 함께 이곳 징밍이제^{精明一街}에 있는 음식점 춘수이탕
^{春水堂}에서 처음으로 전주나이차를 마시며 감탄했던 즐거운 기억이 있
다. 징밍이제는 레스토랑, 카페, 화랑 등이 들어선 거리로, 음식 값도 싸
고 맛도 있어서 '타이중에서 한번 살아 볼까?'라는 생각까지 '잠깐' 했
었다.

　다시 그 거리를 가 볼까 했지만 숙소에서 좀 멀리 떨어져 있어서

이번에는 역 근처를 돌아다니기로 했다. 큰 볼거리가 없어도 거리 구경은 즐거웠다. 서서히 가라앉는 해는 거리를 오렌지 빛깔로 물들였고 상가 거리에 마련된 작은 무대에서 젊은이들이 록 음악을 연주했다. 상가에는 필리핀, 인도네시아 등에서 온 동남아 사람들과 그들을 상대로 하는 가겟집도 종종 보였는데 타이완도 한국처럼 동남아에서 온 이주 노동자들이 많은 것 같았다.

쯔유루自由路에는 제과점들이 많았다. 거리 가판대에서 파는 타이중 특산품인 과자 타이양빙太陽餠은 달고 바삭거리는 게 맛이 좋아서 안 살 수가 없었다. 과자를 먹으며 이곳저곳을 기웃거리며 천천히 걷다 보니 어느샌가 어두운 길이 나왔다.

타이중은 큰 도시지만 역에서 조금 멀어지니 거리가 어둑어둑했다. 어딜 가나 불빛 찬란한 타이베이와는 좀 달랐다. 숙소에 들어가다가 버스터미널 근처에서 오방떡 같은 것을 사 먹는데 웬 할머니가 다가와 물었다.

"벤소? 벤소?"

벤소? 이건 나 어릴 때 듣던 말이다. 변소라고도 하지만 할머니들은 벤소라고도 많이 했었다.

"시서우젠洗手間?[화장실?]"

내가 푸퉁화 발음으로 물어보니 할머니는 고개를 끄덕였다. 버스터미널 안쪽에 화장실이 있는 것을 알기에 가르쳐 드렸다. 가만히 생각해 보니 벤소는 민난어도 아니고 하카어인 것 같았다. 타이완에는 하카어 방송이 있는데 중국 표준어, 즉 푸통화와 많이 달랐다. 한자음이 우리와 비슷한 것도 많았다. 예를 들면 지하철 안내 방송에서도 '美麗島미려도' 발음이 푸통화로는 '메이리다오'고, 민난어로는 '메리더'고, 하카어로는 '미리도'이다. 이 '미리도'란 발음은 푸통화나 민난어를 쓰는 사람들에게도 이상하게 들리나 보다. 어떤 아이가 '미리도'라는 발음을 듣고 깔깔거리는 것도 보았다.

그런데 한국식 발음 '미려도'에 가장 가까운 발음은 '미리도'아닌가. 하카족은 떠돌며 살아왔다는데 과연 그들은 어떤 사람들일까? 궁금증이 일었다.

니타 찬

타이중에 오니 '니타 찬'이 생각났다. 그녀와는 예전에 타이루거 협곡을 거닐다 계곡에서 만난 인연으로 가끔 편지를 주고받던 사이였다. 착하고 친절한 그녀는 나보다 몇 살 어렸고 무역회사에 다녔는데, 가이드북을 쓴다고 취재하러 타이중에 들렀을 때는 이곳저곳 많이 안내해 주었으며 지명에 일일이 중국어 발음들을 달아 주기도 했었다. 내가 긴 해외 여행을 많이 해서 자주는 아니었지만 그래도 이따금 소식을 전했는데, 한중수교 이후로 그만 연락이 끊기고 말았다.

정확한 날짜는 기억이 나지 않는데 1992년 한중수교가 발표되고 타이완과 단교가 되던 무렵이었다. 마침 외국에서 여행을 마치고 돌아와 한국에 있었던 어느 날 밤에 전화가 왔다.

"리, 니타 찬이에요."

그녀는 단체 여행으로 한국에 왔다며 전화를 걸어 온 것이다. 시계를 보니 10시쯤이었다.

"어디에요? 내가 갈게요."

"괜찮아요. 그냥 전화나 해 본 거예요."

그래도 안 가 볼 수가 없었다. 타이완에서 신세진 게 정말 고마웠기 때문이다. 상계동에 살 때였는데 그녀는 강남의 호텔에 묵고 있다 했다. 택시를 타고 가니 밤 11시가 되어 가고 있었다. 전화를 걸었더니

호텔 커피숍으로 그녀가 나왔다.

오랜만에 만나서 반가워할 줄 알았는데 얼굴엔 수심이 잔뜩 끼어 있었다.

"이게 한국으로 오는 마지막 비행기였어요. 사실 이 여행 자체가 취소될 수도 있었는데 겨우 오게 된 거예요."

미안했다. 당시 우리나라가 중국과 수교하는 과정에서 타이완 정부와 국민들은 우방이라고 믿었던 한국이 옛 친구를 버리고 새 친구를 얻는 것을 보면서 몹시 섭섭하고 배신감을 느꼈을 것이다. 그런 미묘한 감정 때문에 왠지 우리 사이도 서먹서먹했다. 뭐라 말을 해야 할지 참 난감했다.

"혹시 내일 시간 나면 저녁에 식사나 같이해요."

"시간이 안 돼요. 내일 오전에 돌아가요."

그녀에게 뭔가 대접하고 싶어도 오렌지 주스 한 잔 살 기회밖에 없었다. 곧 커피숍이 문 닫을 시간이 되자 우린 쓸쓸하게 헤어졌다. 그녀에게 따스한 밥 한 끼라도 대접했다면 조금 나았을 텐데. 그 뒤 그녀는 편지를 하지 않았고 나는 외국으로 긴 여행을 떠났다. 단교가 된 후 한국과 타이완 간의 왕래도, 우리의 연락도 끊어졌다.

그 후 타이완은 차차 변했다. 물론 아직도 앙금이 남아 있어서 간혹 반한 감정을 드러내는 이들도 있지만 한류의 영향으로 많은 타이완 사람들은 한국인과 한국 문화에 친밀감을 표하고 있다. 예전에 그들이 갖고 있던 섭섭함을 기억하는 나로서는 고마울 뿐이다.

니타 찬은 지금쯤 사십 대 후반이 되었을 것이다. 결혼해서 어디선가 잘 살고 있겠지. 한국에 대한 섭섭함일랑 부디 모두 다 털어 버리시기를.

인도에서, 이집트에서, 파키스탄에서 타이완 여행자들을 종종 만날 때마다 나는 동포를 만난 것처럼 반가웠다. 이런 추억들 덕분이다.

베이푸
Beipu

하카족 마을

사실 이번에 타이중은 그냥 건너뛴 것이나 다름없었다. 구경은 예전에 많이 했기에 스쳐 지나가고 원래 계획대로라면 곧바로 지룽에서 가 마쭈 열도로 가는 배를 탈 예정이었다. 그러나 중간에 베이푸北埔 마을에 들르기로 했다. 이번 타이완 여행을 하며 하카족客家族에게 관심이 생겼는데 베이푸는 그들이 사는 마을이었다. 客家객가의 발음은 푸통화로는 '커지'이지만 타이완에서는 '하카'라 부르고 있었다.

나는 우선 신주新竹란 도시로 가 숙소에 짐을 풀고서 버스를 탔다. 가는 것은 어렵지 않았다. 중간에 주둥竹東이라는 작은 마을에서 내려

갈아타니 곧 베이푸에 도착했다. 가는 날이 장날이라고 베이푸에는 커다란 장이 열려 있었다. 나중에 알고 보니 주말마다 이렇게 장이 선다고 했다. 차량 통행이 금지된 도로는 상인들과 손님들로 인산인해였고 안쪽에는 무대도 설치되어 공연을 하고 있었다. 구경을 하기 전에 점심부터 먹어야 했다. 우선 하카족의 쌀국수 반탸오板條를 먹고 싶었다. 조그만 식당에 들어가 먹었는데 쌀로 만든 넓적한 면은 부드러웠고 면에 얹힌 돼지고기는 쫄깃했다. 고소한 국물에 고춧가루로 만든 양념을 넣으니 약간 시고 매워서 얼큰했다. 이런 맛좋은 국수 한 그릇이 45위안(1,800원)이니 정말 싸다.

베이푸는 하카족이 일군 마을로 인구는 1만 명쯤 된다. 관광객들은 하카족의 문화를 접해 보고 서울의 인사동이나 삼청동처럼 예스러운 가옥들이 모여 있는 거리를 돌아보고 간다. 웅장하거나 멋진 가옥들은 아니었으나 소박하고 정감 있는 길이었다. 타이완 역사를 알면 더 의미 깊었겠지만 모르는 여행자로서는 분위기만 느낄 수밖에 없었다.

골목길 중간에 '水井茶室수정다실'이란 간판이 보였다. 딱 인사동 찻집 분위기가 나는 곳으로 옛 가옥을 개조한 찻집이었다. 가이드북에도 소개되고 방송을 탔는지 다른 집보다 훨씬 사람들이 많았다. 실내는 몇 개의 방으로 나누어져 있었고 각 방마다 나무 의자와 탁자가 있었다. 메뉴판에서 '沖泡式擂茶충포식뢰차'가 눈에 띄었다. 뜨거운 것과 차가운 것 가운데 나는 차가운 것을 시켰다. 과연 어떤 차일까? 나온 것을 보니 미숫가루 물에 쌀 튀밥을 얹어 놓은 것으로 루강에서 마신 빙차와 비슷했다. 고소하고 시원했다. 나중에 알고 보니 러이차(擂茶)는 일종의 곡차로 각종 곡류를 넣고 빻아서 가루로 만든 것인데 영양가가 많아 간식으로도 좋다고 한다.

베이푸는 이런 찻집도 고풍스러웠지만 시장의 음식점들도 전부 목조여서 마치 옛날 중국 영화에 나오는 음식점 같은 분위기였다. 시장 골목 자체도 고풍스러웠다. 루강에서도 그랬지만 베이푸에서도 타이완 사람들은 옛것을 찾아다니고 있었다. 타이완 전국이 옛것 찾기 열풍에 휩싸인 것 같았다. 이곳도 시간이 지나면 인사동처럼 이 골목 전체에 예쁜 찻집들이 들어서지 않을까? 세상이 바빠질수록 사람들은 자꾸 옛것을 찾기에 관광객은 점점 늘어날 것만 같았다.

뿌리

시장을 거닐다 이상한 것을 보았다. '客式泡菜(객식포채)'란 이름표를 붙여 놓고 김치 비슷한 음식을 봉지에 담아 팔고 있었다. 이름을 풀이하면 '하카식 김치'란 뜻인데, 고춧가루에 배추를 버무린 것이었다. 맛을 보니 매콤한 게 완전히 김치 맛이었다. 그뿐 아니라 인삼 무친 것, 무말랭이 같은 반찬도 있었다. 이게 어찌된 일일까? 타이중에서 "벤소, 벤소." 하던 할머니도 생각나서 누군가에 묻고 싶었다.

마침 찻집이 보여서 들어갔다. 수박 주스를 주문하고선 쾌활한 젊은 여자 종업원에게 말을 걸었다. 다행히 그녀는 영어를 할 줄 알았다.

"하카인들은 '워 부 즈다오我不知道[난 몰라요.]'를 어떻게 읽어요?"

"나이 음 디."

나이 음 디? 이상해서 꼬치꼬치 물었다. 그러니까 '나이'는 나를 말한다고 했다. 자기 자신을 뜻하는 단어의 발음이 중국어처럼 '워'가 아니라 한국어의 '나'와 아주 흡사했다.

"그럼 토일렛[화장실]은요?"

"벤소."

역시 벤소는 하카말이었다.

"중국어 퍄오량漂亮[예쁘다]은요?"

"똥지앙이라고 해요."

그러니까 중국어하고는 많이 달랐다. 텔레비전의 하카어 방송을 들으면서도 느낀 것이지만, 한자를 다르게 읽고 억양도 탁탁 끊어지는 식이었다.

내가 하카족에 대해 알고 있는 지식은, 중국 대륙을 방랑하며 살아가는 그들은 동양의 유태인으로 불릴 만큼 교육열이 높으며 매우 똑똑하고, 성공한 사람들이 많다는 것이다. 그리고 경제관념이 지나치게 똑 부러진 나머지 '돈을 너무 밝힌다.'는 얘기를 들을 정도라는 것이다.

관심이 생긴 나는 나중에 타이베이의 어느 서점에서 《The Hakka odeyssey & their Taiwan homeland》*란 책을 샀다. 그 책을 통해 하카족에 대해 상세하게 알게 되었는데 저자인 클라이드 키앙은 미국 캘리포니아대학교의 교수로 290쪽에 걸쳐 하카족의 기원, 그들의 이동

● 《The Hakka odeyssey & their Taiwan homeland》, Clyde Kiang, Allegheny press, 1992.

경로, 한국과 일본과의 관계, 하카족의 성격, 타이완에서 하카족의 삶 등에 대해 매우 꼼꼼하게 파헤치고 있었다. 그 책의 내용 중에서 일부분을 소개하면 이렇다.

하카客家의 뜻은 한자에서 보이듯이 'Guest families'로 '손님 가족들'이다. 그들은 중국 대륙에서 수천 년을 살아왔어도 어디에서든 손님 같은 떠도는 존재들이었다. 그들은 유태인처럼 흩어져 살면서 집단 이주를 했는데 유태인들이 자신들의 고향으로 돌아갈 생각을 갖고 있던 반면, 하카족들은 떠난 곳으로 다시 돌아가지 않는 유목적인 삶을 살아왔다. 그들에게는 고향이 없기에 그랬다.

하카족들은 원래 황허黃河 북부에 살다가 차차 남하해 중국 전체로 퍼져 나갔고 특히 광둥 성, 푸젠 성 등에 많이 정착했으며 전 세계로도 이주했다. 그런데 그들의 기원은 확실치가 않아서 여러 설이 있다. 우선 진나라와 당나라 때 북쪽에서 이주한 한족의 후손이라는 설이 있다. 하지만 이는 언어학적·생물학적 이유에서 볼 때 신뢰성이 없다. 말의 어순이 만다린과 다르고, 피와 DNA 분석 결과를 봐도 하카족과 한족은 전혀 다르다. 그 외에도 주나라 말기에 북방에 살던 사람들의 자손이다. 혹은 진시황이 불로장생 약초를 찾아오라고 했을 때 파견한 사람들의 후손이다 등의 설이 있지만, 하카족은 원래 한족과는 상관이 없다.

하카족은 한족과 싸우던 흉노족(훈족)의 자손으로 북방 지역에 내려와 살다가 중국의 북부, 한국, 일본 등으로 퍼져 나간 것이다. 결국 2,000년 전으로 거슬러 올라가면 하카족과 한국인과 일본인의 조상은 한데 만나며 이들의 공통 조상인 알타이어를 쓰는 흉노족은 2,500~3,000년 전에 러시아의 바이칼 호수 주변에서 살았다.

똑똑하고 교육열이 높은 하카족이 자신들의 기원에 대해 기록을 남기지 않은 이유는 한족과 사이가 안 좋았던 데 있다. 그들은 한족들로부터 환영받지 못했으며 유목민처럼 늘 터전을 버리고 떠돌 수밖에 없었다. 북방 초원에 살던 그들은 기원전 3세기 초에 중국 북방으로 이주했고 한반도, 일본으로까지 내려왔다. 4세기와 5세기에 걸쳐 흉작을 겪고 유목민으로부터 계속 침략을 받자 중국 북방에 살던 하카족은 쓰촨四川과 후난湖南으로 이주했다. 그리고 식량 부족, 황건적의 난 등으로 인해서 계속 양쯔 강, 장시江西를 거쳐 푸젠, 광둥으로 이주한다.

이들은 외부에서 온 손님 같은 존재들로 환영받지 못했다. 특히 광둥 사람들은 이들을 '하카'라 부르며 경쟁을 했고 싫어했다. 이후 1281~ 1644년, 즉 몽골이 지배하는 시기에 하카족은 광둥, 광시廣西에 넓게 퍼져 살며 버려진 땅들을 개간했다. 명나라가 일어난 후 푸젠에 살던 하카족은 강제 이주를 당해 이곳저곳으로 흩어졌고 동남아시아 등 해외로도 진출한다. 그리고 17세기 말에는 하이난, 타이완 등지로 퍼져 나간다. 하카족의 이주는 이것으로 끝이 아니었다. 18세기에 청나라가 해외 이주를 자유롭게 허용하자 광둥과 푸젠에 살던 하카족 일

부는 타이완, 인도네시아, 말레이시아의 보르네오와 사라왁 지역, 홍콩, 미국 등지로 이주했다. 하카족은 교육에 특히 집중했고 집단의식이 강해 서로 도우면서 성공을 했다.

물론 하카족에 대한 기원에는 여러 설이 있으므로 이 책의 내용을 완전히 믿을 수도, 어떤 것이 정설이라고 쉽게 단정 지을 수도 없다. 다만 여행 중에 우리와 비슷한 말을 듣고, 김치와 비슷한 음식을 본 나로서는 이 책의 주장이 꽤 흥미로웠다.

물론 이런 몇몇 사실만으로 한국인과 하카족은 형제라느니, 같은 뿌리라느니 하면서 흥분할 필요는 없다고 본다. 따져 올라가 보면 먼 옛날 인류는 하나이기에 우리는 다 연결되어 있을 것이다.

나는 바이칼 호수 옆에서 우리의 장승과 솟대와 똑같은 상징물도 보았고, 사얀 산맥 속의 마을에서는 무당을 보았다. 이렇게 우리 민족은 흉노족 등의 북방계와 연결되어 있지만, 한편으로는 동남아 남방계의 인종, 언어, 문화와도 관계 있다.

어느 언어학자에 따르면 우리말에는 인도 드라비다계의 언어가 1,300개쯤 들어와 있다고 하는데, 실제로 나는 남인도 타밀 주를 여행하면서 '엄마, 아빠, 와, 봐, 나, 쌀' 등의 말이 사용되는 것을 보았다. 그래서 한국인의 뿌리, 한국어의 뿌리를 '한줄기'에서만 찾는 것은 의미 없다고 본다. 우린 단일 민족이 아니라 모든 게 복합적으로 이루어진 다민족 국가 아닌가.

어쨌든 저자는 한국어와 하카어를 조금 더 비교하고 있었는데 '맥주麥酒는 하카어로 막주(중국어로는 피주啤酒), 신부新婦는 신부(중국어로는 신냥新娘), 농가農家는 농가(중국어로는 농자), 강江은 공(중국어로는 장), 학자學者는 혹자(중국어로는 쉐저), 대학大學은 다이혹(중국어로는 다쉐), 교육教育은 가육(중국어로는 자오위)'처럼 중국어보다 한국어 발음에 가까운 발음이 많으며, 어순도 하카어는 한국어, 일본어와 같다고 한다.

하카족은 정열적이고 모험을 좋아하며 반항적이라고 한다. 뿐만 아니라 엄청난 교육열을 갖고 있고 음악을 매우 좋아하는데, 저자는 이런 특성을 일본인과 연결시켜 공통점을 찾으려 했다. 그런데 사실 이런 점은 한국인과도 통하고, 또 세계 어느 나라 민족이나 음악을 좋아하지 않는가? 결국 인류는 과거로 계속 거슬러 올라가면 어디선가 하나로 만날 것이다. 긴 역사 속에서 흩어지는 가운데 새로운 자기들의 정체성을 확립해 나간 것으로 보인다.

그래도 우리와 비슷한 김치를 먹고, 비슷한 단어가 발견되며, 유난히 교육열이 높다는 하카족이 왠지 모르게 가까운 사촌처럼 느껴져 반가웠다.

그나저나 하카족의 교육열이 높고 똑똑한 것만은 분명한 사실이다. 그 책 뒤에는 유명한 하카족들이 열거되어 있다. 필리핀 전 대통령 코라손 아키노, 실용주의 노선에 입각해 중국 경제를 크게 일으킨 덩샤오핑鄧小平, 중국 청나라 때 태평천국의 난을 일으킨 홍수전洪秀全, 싱가포르 전 수상 리콴유李光耀, 타이완 전 총통 리덩후이李登輝, 중국 전 국무원

총리 리펑李鵬, 장카이섹의 부인 쑹메이링宋美齡, 타이완의 국부로 추앙받는 선얏센(쑨원)孫文, 중국인민해방군 창시자 추더朱德 등등 쟁쟁한 지도자가 많았다.

예류, 낯선 혹성

타이베이를 거쳐 지룽에 다시 왔다. 여행을 시작하자마자 이곳을 통과했는데 타이완을 한 바퀴 도는 동안 2주일이 지나 있었다. 사실 초행길이었다면 한 달은 걸렸을 것이다. 예전에 갔던 곳들을 바람 쐬는 기분으로 휘 돌았기에 시간이 덜 걸린 것이다. 하지만 여전히 싼 디먼三地門, 베이캉北港처럼 가 보지 못한 곳들도 있어서 아쉬웠다. 타이완은 작지만 구석구석 보고 충분히 음미하자면 몇 달이 걸리는 나라다.

사실 내가 이렇게 빠르게 달린(!) 이유는 북방의 마쭈 열도에 가고 싶어서였다. 그동안 기관차처럼 씩씩거리며 여행했으니 이제 한적한 섬에 가서 팍 풀어지고 싶었다.

그러나 마음 놓고 쉬기 위해서는 먼저 치밀한 정보가 필요했다. 나는 배낭을 역 안의 보관소에 맡기고는, 정보부 직원처럼 수첩과 지도를 주머니에 꽂고 배를 운항하는 신화항예新華航業 사무실을 찾아 나섰다. 북방의 섬들로 가는 것은 쉬운 일은 아니었다. 버스터미널에 가서 버스표 사듯 배표를 사는 것도 아니고, 아무 여행사나 들어가 부탁할 수 있는 것도 아니었다. 타이완 사람들조차도 둥인 섬에 갔다 왔다고 하면 "거기가 어디냐?"라고 묻는 사람들이 있을 정도로 대중화된 관광지가 아니었다.

일단 배표를 비행기표처럼 예약해야 했는데 전화 통화 자체가 힘들었다. 신화항예 사무실에 전화를 걸면 알아듣지 못하는 녹음된 중국어가 계속 나와서 난감했다. 그러다 타이중의 맥도날드에서 여학생들의 도움을 받았는데 그들은 한참 녹음된 것을 듣더니 2번을 눌렀다. 그러고 또 한참 듣더니 '통화 중'이라고 했다. 그걸 눈여겨봤던 나는 그때부터 계속 틈만 나면 전화를 걸고 2번을 눌렀다. 몇 번을 시도하다가 마침내 타이중에서 지룽으로 오는 기차 안에서 통화가 가능했고, 예약에 성공했다.

그래도 몇 가지 더 물어볼 것이 있었다. 가이드북에는 그곳의 교통편인 둥인·난간·베이간 섬들 사이를 오가는 배의 시간표 정보가 없었다. 항구의 서쪽 터미널 근처에 있다는 신화항예 사무실을 물어물어 찾아가니 직원들이 낯선 방문객을 친절하게 맞아 주었다. 특히 그곳의 '장'인 오십 대 중반의 중년 사내는 영어가 통했다. 그는 내 질문에 성의 있게 대답해 주더니 이렇게 물었다.

"낚시하러 갑니까?"

"아뇨, 여행하러 갑니다."

"혼자서요?"

"예."

"호텔은요?"

"거기 가서 구하려고요."

"야, 대단합니다."

중국어도 할 줄 모르는 외국인이 혼자서 섬들을 여행한다는 게 신기하게 보였나 보다.

사실 모두 타이완 사람들 덕분이다! 나는 마음속으로 감사 인사를 했다.

'지난번 부두에 찾아갔을 때 신화항예 전화번호와 사무실을 가르쳐 준 여직원, 맥도날드에서 만나 도와주었던 여학생들, 그리고 자세하게 설명해 주는 당신처럼 친절한 사람의 도움 덕분에 제가 이렇게 즐겁게 여행한답니다. 고맙습니다.'

모든 준비를 끝내고 나니 2시 30분, 시간이 남았다.

배는 밤 9시 반에 떠나고 배표는 7시에 터미널에서 사면 되니 4시간 반이 남았다. 뭘 하지? 잠시 고민하다 예류에 다녀오기로 했다. 이미 가 본 곳이었지만, 바위와 바다 풍경이 멋지니 시간 보내기에는 가장 나아 보였다. 지룽 역 근처 정류장에서 버스를 타고 30여 분을 달려 예류로 갔다. 길이 구불구불한 데다 버스 안에서 냄새가 나 속이 조금 안 좋았다. 그리 힘든 길은 아니었는데 피로해서 그런 것 같았다.

다행히 날이 흐려서 바닷바람을 맞으니 시원했다. 비탈길을 따라 바닷가로 내려가는데 비가 내리기 시작했다. 늘 갖고 다니던 우산을 썼으나 비는 금방 그쳤다. 왼쪽 부두에 정박한 조그만 배 안에서 웃통을 드러낸 사내가 세상모르게 자고 있었고 오른쪽의 음식점들은 조용했다. 표를 끊고 예류 지질공원野柳地質公園으로 들어가니 낯선 혹성에 도착한 것만 같았다. 바닷물에 의한 침식 작용, 바람에 의한 풍화 작용으로 탄생한 온갖 기묘한 형태의 바위들이 보였다. 촛대, 버섯, 벌집, 두부 등을 닮은 바위들이 이곳저곳에 있었다. 특히 '여왕 머리' 바위는 벽화에서 보는 고대 이집트의 여왕 머리처럼 납작하고 가냘파서 인기가 대단했다. 사진을 찍으려는 사람들이 줄을 서 있었다.

예류는 날씨에 따라 다른 느낌으로 다가왔다. 아주 더운 여름 낮에 갔을 때는 그야말로 정신이 어질어질했다. 그런데 이번은 날씨가 선선해서 좋았다. 비는 그쳤고 해는 구름에 가려진 데다 시원한 바닷바람이 불고 있었다. 그리고 바다의 수평선과 흐린 하늘, 그리고 그 아래 바위섬에서 낚시하는 사람들의 모습은 그림 같았다. 바위에 앉아 파도 소리를 들으며 풍경을 바라보니 마음도 속도 편해졌다. 자연의 힘이다.

그때 배낭 안에서 두드드드 소리가 났다. 보니 부재중 전화가 와 있었다. 모르는 전화번호다. 메시지도 와 있었다. '신천지 게임이 어쩌고저쩌고, 대출해 줍니다, 오빠 어젯밤 좋았어.'

오빠는 어제 타이완에 있었는데 무슨……. 아, 이 징그러운 메시지들은 여기까지 따라다니네.

휴대 전화를 가방에 처박아 놓고 다시 바다를 봤다. 무한한 생명과 기가 가득 찬 곳, 저 바다와 하늘의 경계 너머에서 출렁이는 형체 없는 에너지에 몸을 맡긴 채 자유롭게 살고 싶었다. 그러나 몸을 가진 인간은 이 세상에 붙잡혀 살 수밖에 없다. 에너지를 조직화하고, 그 에너지를 소통시키는 질서인 몸을 갖고 사는 인간은 몸을 살리기 위해 세상과 접속해야 한다. 나만 홀로 따로 존재할 수는 없는 것이다. 그 접속에서 기쁨을 누리면서도 또 그것 때문에 고통스럽기도 하다. 그래서 나는 저 바다와 하늘을 보며 형체 없는 무한한 에너지의 힘과 자유를 그리워하면서도, 살아생전에는 결코 이루지 못한다는 것을 알기에 슬프기도 했다.

버스를 타러 올라오는데, 길가 음식점 앞에 놓인 수족관에서 벌건 게들이 꿈틀거리고 있었다. 지금이 게 철인가? 잡혀 있는 게들이 불쌍하단 생각이 들다가 문득 다음에 오면 '먹어 보자.'란 생각이 스쳤다. '불쌍하다.'는 생각과 '먹어 보자.'란 생각 사이를 나는 늘 오가면서 산다. 내 가슴은 불쌍하다 하고 내 위장과 입은 먹자고 한다.

유모차를 끌고 바닷가로 내려가는 여인 둘이 있었다. 핫팬츠를 입은 여인들의 다리가 늘씬했다. 그때 내 뒤에서 오던 트럭이 그들 앞을 지나면서 소리쳤다.

"퍄오량漂亮![멋져요!]"

여인들은 못 알아들었는지 웃으며 떠들었다.

"타 숴 선머他說甚麽?[저 사람이 뭐라고 한 거야?]"

오지랖 넓은 나는 입이 근질거렸다. "당신들 멋지다고 했어요."라고 말할까 하다가 참았다.

설마, 알아들었겠지, 나도 알아들었는데. 유모차를 끄는 두 여인은 기분 좋은 듯 웃어 가며 바닷가로 내려갔다. 돌아보니 역시 다리가

멋지기는 멋졌다.

꿈틀거리는 게와 여인의 다리와 청년의 외침과 시원한 바닷바람이 나를 잠시나마 즐겁게 해 주었다.

대로에서 지룽행 버스를 기다리는 동안 어디선가 휘이익 새소리가 들려왔다. 5시가 넘어가고 있었다. 흐린 하늘 밑에서 어둠과 서늘함이 서서히 밀려왔다. 아까 편의점에서 사 온 커피를 홀짝이며 버스를 기다렸다.

버스에 타자마자 비가 쏟아지기 시작했다. 창문을 조금 여니 시원한 바람이 쏟아져 들어온다. 아, 기분이 흥겨워지면서 노래라도 부르고 싶어진다. 잠시 후 체육복 입은 여고생들이 올라타 와글와글 떠들기 시작했다. 여학생들의 중국어 발음은 상쾌하고 아름답다. 세상에는 참 아름다운 것이 많구나.

2장

마쭈 열도

대륙과 마주한 최북단 여행

둥인
Dongyin

둥 인 가 는 길

지룽에서 둥인東引°으로 가는 타이마룬 호台馬輪號는 매우 큰 배였다. 자동차와 스쿠터들이 꾸역꾸역 올라탔다. 승객은 대부분 군인이었는데 휴가 나왔다가 복귀하는 모양이었다. 웃음기 없는 딱딱한 표정들이었다.

배정된 침대로 갔다. 목조 2층 침대는 간신히 사람 하나 누울 수 있는 크기였고, 주변 승객은 모두 군인이었다. 침대 아래 칸에 배낭을 풀고 2층에 있는 군인에게 서툰 중국어로 말을 붙였으나 그는 귀찮다는 표정을 지으며 커튼을 쑥 닫았다. 무안했다. 그런 내게 옆의 다른 군인이 말했다.

• '東引'은 중국 표준어인 푸퉁화로 발음하면 '둥인'이다. 그러나 타이완 사람들이 주로 쓰는 민난어 발음으로는 '동인'에 가까우며, 타이완에서 만든 관광 지도에도 영어로 'Dongyin'으로 표기되어 있다.

"선머?[뭐야?]"

계속 뭐라 얘기하면서 쏘아본다. 이거 영 분위기가 살벌하다.

"르번?[일본인?]"

"한궈륀.[한국인.]"

무표정한 군인은 대답을 듣더니 그냥 가 버렸다. 타이완에 와서 이런 냉담한 대우는 처음이었다. 하긴 군인이니까, 그것도 최전방에서 근무하는 군인이니까 하면서 마음을 달랬다. 갑판에 올라와 지룽의 불빛을 바라보았다. 인간의 흔적들이었다.

이제 이 흔적을 떠나 사람들의 발길이 별로 머물지 않는다는 마쭈馬祖 열도로 간다. 마쭈 열도는 타이완에서 지정한 국가풍경구國家風景區로, 한 개의 섬이 아니라 둥인, 베이간, 난간, 쥐광莒光 섬 등을 통틀어 가리키는 지명이다. 이 섬들은 중국 대륙 푸젠 성의 바로 코밑에 있다.

한국으로 치면 백령도, 연평도라고 할까? 마쭈 열도 앞바다는 가을에는 태풍이 종종 오고 겨울에는 풍랑이 심하며 봄에는 짙은 안개가 낀다. 그래서 사람들은 더위도 주로 여름에 이곳을 찾는다.

장제스는 타이완으로 오면서 해적의 소굴이었던 마쭈 열도에 군사 기지를 구축했다. 이 섬들은 대륙 수복을 위한 전쟁이 발발했을 때 중국을 공격하는 최전방이면서, 동시에 중국의 침공을 받았을 때 방어해야 하는 최전선이다. 따라서 요새와 지하 터널 시설이 있어 민간인들의 접근이 금지됐다. 그러다 1992년에야 계엄령이 해제되었고 2001년부터 허가를 받아 여행할 수 있었는데, 지금은 누구나 자유롭게 갈

수 있다.

하지만 여전히 교통이 불편하다. 타이베이에서 비행기로 갈 수 있는 난간 섬과 난간에서 작은 배로 10분이면 갈 수 있는 베이간 섬은 비교적 편하지만 둥인 섬은 가기가 불편하다. 둥인 섬은 지룽에서 이틀에 한 번 배가 다니는데, 그나마도 종종 배를 수리한다거나 일기가 나쁘다거나 하는 이유로 지연되기도 한다.

힘들게 찾아가는 외딴 섬 둥인에서 잠시 모든 걸 잊은 채 푹 쉬고 싶었다. 그동안 늘 걷고, 바삐 움직였다. 우울하고 슬프고 축 처진 마음을 달구고, 조였다. 땀을 흘리며 축축한 기운을 털어 버리고 싶었다. 그런 가운데 마쭈 열도에 가면 푹 쉬어야지 하는 마음으로 버텨 왔다. 이제 그 섬으로 가는 것이다.

이윽고 9시 30분에 배는 떠났고 지룽의 불빛은 점점 멀어졌다. 그런데 아까 침실에서 보았던 그 냉담한 군인을 갑판에서 또 만났다. 그는 맥주 한 캔을 들고 지나가다 나와 눈이 마주치자 슬그머니 좌석 하나를 사이에 두고 앉았다. 맥주 한 모금을 들이켠 그는 담배를 피워 물었다. 그대로 앉아 있기가 불편해서 그에게 물었다.

"영어 할 줄 알아요?"

"조금이요."

"어디까지 가요?"

"베이간. 당신은?"

"나는 둥인까지 가요. 이틀 묵고서는 난간에 갔다가, 거기서 베이간으로 갈 겁니다. 그리고 다시 난간에 와서 지붕으로 갑니다."

그렇게 해서 말문이 트이기 시작했다. 군인은 여전히 웃지 않았지만 긴장이 풀어지자 많은 얘기를 했다. 술기운에 약간 풀어진 눈빛은 선했다. 서툰 영어였지만 의사소통은 그럭저럭 되었고 말이 안 통하면 손짓과 필담으로 얘기했다.

"지금 이게 네 캔째인데 아무것도 아니에요. 나는 술을 마셔도 우리 아버지처럼 되지 않아요. 정신은 말짱하다고요. 아버진 술만 마시면 어머니와 우리를 때렸지요. 그 바람에 어머니와 이혼했어요. 나는 아버지가 싫어요. 지금은 어머니와 여동생과 같이 살고 있는데 결혼하면 아이들을 낳고 싶어요. 그리고 돈을 벌어 어머니를 도와주고 싶어요. 당신은 결혼했어요? 애가 있나요?"

"아뇨, 결혼은 했는데 아이가 없어요."

"아니, 왜요? 아이가 얼마나 귀여운데."

"애 키우는 데 돈이 많이 들어서."

나는 여행 중에 이런 질문을 받으면 간단하게 얘기해 버린다.

"그래도 애를 가져야지요. 애들은 정말 귀여워요. 아이들을 보면 정말 천사 같아요."

그 말을 하는 그의 눈빛이 애타고 아련했다. 정말 아이를 좋아하는 표정이었다.

"여자 친구는 있어요?"

"아직 없어요. 아니, 여기 있어요."

그는 자기 운동복을 걷어 올려 허벅지를 보여 주었다. 옷을 입지 않은 긴 머리의 여인의 문신이 생생하게 새겨져 있었다. 사실적이고 아름다운 여인이 현실로 툭 튀어나올 것만 같았다.

"이 여자가 내 친구입니다. 후후후."

그는 러닝셔츠를 훌렁 벗어 가슴도 보여 주었는데 거기엔 아름답고 푸른 용 문신이 새겨져 있었다. 이 정도면 한국에서 조폭 수준이었지만 타이완에는 원래 문신한 사람들이 많다. 길거리에서 오토바이 타고 가는 사람들 팔에서도 푸른 문신을 종종 보았다.

"그런데 이런 거 하면 문제되지 않아요?"

"아뇨, 문제 안 돼요. 이건 내 친구가 해 준 겁니다."

"제대하면 뭘 할 겁니까?"

"원래 사무실 인테리어 하는 일을 해요."

사실 이렇게 대화가 매끄럽게 진행된 것은 아니다. 그는 영어를 유창하게 말하지 못했고, 표현도 세련되지 못했다.

"영어는 어디서 배웠어요?"

"영화 보고 배웠어요."

어쩐지, 그는 영화 대사처럼 영어를 했다. 마치 배우 같은 표정을 지으면서 'That's ture.[사실이에요.]'와 속어인 'Shit', 'Fucking'을 말 끝마다 덧붙였다.

"장교들은 Shit, Fuck이에요.[장교들은 똥이고 좆같아요.]"

내가 웃자 그는 큰 소리로 얘기했다.

"사실이에요. 난 그들이 무섭지 않아요."

그는 입대한 지 이제 5개월 됐다고 했다. 자신은 타이완을 사랑하며 한국은 좋은 나라라고 했다. 처음엔 무뚝뚝하고 살벌한 느낌마저 들었던 그는 아이를 무척 좋아하는 착한 사내였다. 아버지의 폭력에 상처받았으나 어머니와 가족을 사랑한다고 했다. 또한 장교들은 '똥이고 좆 같다.'라고 했지만 조국 타이완은 사랑한다고 했다.

여행길에는 수많은 사람을 만나게 마련이고, 그 수많은 사람은 자신만의 이야기를 간직하고 있다. 종종 길에서 만나는 사람들은 마치 우주여행 중 만나는 행성 같았다.

얘기를 마치고 침대에 누웠는데 잠이 잘 오지 않았다. 계속 자다 깨다 했다. 새벽 5시 30분이 되자 음악이 나왔다. 갑판으로 나가니 둥인 섬이 보였다. 별로 크지 않은 섬이었다. 드디어 6시, 배는 둥인의 중주中株 항구에 정박했다. 이미 동은 텄고 항구 앞에선 군인 20여 명이 하얀 러닝셔츠 바람으로 구보하고 있었다. 몇 명이 내렸지만 모두 항구에 서 있던 봉고차를 타고 휭하니 떠나 버렸다.

배낭을 멘 나만 항구에 덩그러니 남았다. 언덕을 바라보니 집들이 빽빽했다. 그곳이 섬의 중심이 되는 중류中柳 마을이었다. 마을로 올라가는 입구 커다란 문 위에 '忠誠門충성문'이란 글씨가 새겨져 있었다. 입구를 지나면 마을로 올라가는 계단이었다.

계단을 따라 올라가는데 아침 일찍 라디오를 틀어 놓고 집 밖에 앉은 노인이 보였다. "호텔이 어디 있느냐?"라고 물으니 손가락으로 가리켰다. 바다를 내려다보는 건물에 라오예판덴^{老爺飯店} 간판이 보였다. 로비로 들어가니 카운터에는 사람이 없었고 여행자들 몇 명이 기다리고 있었다. 잠시 기다리다 옆의 세븐일레븐에서 음료수를 샀는데 가게 안쪽에 싱화판덴이란 호텔이 또 있었다. 마침 투숙객들과 여주인이 대화를 나누고 있어서 이곳에 묵기로 했다.

안녕하세요, 사랑해

싱화판덴 숙박비는 1,500위안(60,000원)으로, 이번 타이완 여행 중 묵었던 숙소 가운데 가장 비쌌다. 객실에는 근사한 베란다는 없었지만 조그만 창문이 있었다. 창문 밖으로 항구가 보이고 깔끔한 침대와 욕실, 디지털 텔레비전은 물론 인터넷을 할 수 있는 컴퓨터에 조그만 스피커까지 있었다.

팔베개를 하고 누워 있으니 잠이 스르르 왔다. 부두에서 울리는 뱃고동 소리가 꿈결에 들려왔다. 나를 태우고 온 배가 난간 섬으로 떠나는 것 같았다. 그동안의 여독이 몰려오며 잠 속으로 빠져들었다. 얼마나 잤을까? 깨어 보니 11시였다.

이른 점심을 먹으러 근처 류자몐관^{劉家麵館}이란 식당으로 갔다. 일하는 아주머니들과 왔다 갔다 하는 아이들이 활기차면서 서민적인 분위기를 풍겼다. 군인 서너 명이 점심을 먹고 있을 뿐 다른 손님은 없었는데 이런 분위기가 낯설지 않았다. 학생 시절 드나들던 중국집과 비슷했다. 음식 냄새가 솔솔 풍기자 마음이 느긋해지고 기분이 좋아졌다.

메뉴판을 보고 자장면炸醬麵과 생선 요리와 만두를 시켰다. 물론 한국식 짜장면은 인천에 자리 잡은 화교들이 개발한 음식이지만, 나는 중국의 베이징이나 칭다오, 서역 지방, 타이완에서도 중국식 자장면을 종종 먹었다. 둥인에서 먹는 자장면은 한국 것보다는 덜 짜고 구수했다. 생선 요리도 먹을 만했고 만두도 괜찮았다.

그런데 벽에 한글로 '안년하세요, 구만선 사랑해 김현중'이란 말이 쓰여 있는 게 아닌가. 안년하세요? 철자가 잘못 됐다. 처음에는 타이완 여자와 한국 남자 커플이 와서 썼나 했는데, 가만히 보니 어떤 타이완 여자가 드라마 〈꽃보다 남자〉의 출연자 김현중을 두고 쓴 게 아닐까라는 생각이 들었다. 그렇지 않고서야 그 흔한 '안녕하세요.'의 철자를 잘못 쓸 리 있을까.

그 옆에는 '馬英九'란 글자도 보였다. 마영구? 한국 코미디의 '영

구'를 떠올리면서 웃음을 지었는데, 주인아주머니가 다가와 자랑스런 표정으로 설명을 했다. 대충 눈치로 이해한 바로는, 거기 직접 이름을 쓴 주인공은 현재 타이완 총통 '마잉주馬英九'였다. 이름 옆에는 '97년 1월 3일'이란 날짜가 적혀 있었는데 중화민국력˙으로 따지면 2년 전인 2008년 1월 3일 다녀간 것이다. 새해에 다녀간 것을 보니 상징적인 방문이었을 것 같다. 중류에 묵는 동안 종종 이 식당에 드나들었는데 사람들이 밝았고 틈틈이 여자들이 모여 앉아 카드놀이를 했다. 즐겁게 사는 모습이 보기 좋았다.

중류는 매우 조그만 마을로, 마을 한가운데에는 세븐일레븐과 이 음식점이 자리 잡고 있었다. 옆에는 호텔과 우체국이, 언덕길에는 민박집 몇 개와 음식점이, 언덕 꼭대기에는 관청이 몇 개 있었다. 소박한 곳이었다. 특히 아주 오래된 집들, 허름한 목욕탕, 식당들이 있는 골목길을 걸으니 수십 년 전으로 돌아간 느낌이 들었다.

풍경도, 사람도 아름다워

둥인 섬은 파란 하늘, 빼어난 절벽, 망망대해의 수평선, 파도 소리가 있는 조용하고 한적하고 아름다운 곳이었다. 간간이 드나드는 배에서 내린 사람들은 여행자는 아니었고 대개 군인을 면회하러 온 가족 같았다. 내가 묵고 있던 숙소 옆방에서도 군인과 가족들이 모여 음식을 먹고 있었다. 그걸 보니 문득 군대 있을 때 면회 왔던 부모님 생각이 났다. 30여

˙ 타이완 사람들은 쑨얏센(쑨원)이 신해혁명辛亥革命으로 중화민국을 설립한 1912년을 원년으로 삼는 중화민국력을 쓴다.

년 전의 어렴풋한 기억이 떠오르며 잠시 가슴이 뭉클해졌다.

관광객이 없는 분위기가 맘에 들었다. 게다가 섬도 크지 않아 지도를 보며 천천히 돌아다닐 수도 있었다. 문제는 날씨였다. 40도에 육박하는 이글거리는 더위 앞에서는 속수무책이었다. 그래도 걸어 보고 싶었다.

일단 중심지에서 10분 거리에 있는 여행 안내소로 갔다. 거기서 우연히 둥인 섬에 놀러 온 두 여인을 만났는데, 그중 한 명이 난간 섬의 여행 안내소 직원이라 했다. 내가 한국에서 왔다는 걸 알고선 무척 반가워하더니 자기네 일행과 같이 섬을 돌아보자고 제안했다. 같은 직장에 속한 둥인 섬의 여행 안내소에서 그들에게 봉고차를 내줬으며 거기 근무하는 젊은 군인이 안내해 준다는 것이다.

봉고차를 타고 처음 간 곳은 양조장인 東引酒家둥인주가였다. 둥인의 특산주를 맛보았는데 45도짜리 고량주가 목구멍을 뜨겁게 달구면서도 부드럽게 넘어갔다. 마잉주 총통이 방문했을 때 사인한 술병도 전시돼 있었다. 양조장 직원은 "타이완에서는 진먼金門 고량주가 유명하지만, 둥인 고량주도 유명하다."라며 열심히 홍보했다. 한 병 살까 했지만 날씨가 더워서 술이 도무지 당기질 않았다.

다음 방문지는 둥통덩타東通燈塔 등대였다. 봉고차에서 내리니 땅에서 올라오는 열기가 대단했다. 숨이 턱턱 막혔다. 등대에 올라가기 전에 오른쪽으로 타이바이톈성太白天聲이란 곳이 나왔다. 깎아지른 듯한 절벽이었는데 표지판에는 '비 오고 안개 낀 날 여기서 절벽에 부딪치는

파도 소릴 들으면 다른 세상에 온 것 같다.'라는 글이 적혀 있었다.

하지만 뜨겁게 내리쬐는 햇볕 아래에서는 그런 정취를 느낄 수 없었다. 그저 뜨거운 햇볕을 피하고만 싶었다.

걸음을 빨리 해 등대 아래 그늘진 계단으로 들어서니 시원했다. 망망대해에서 불어오는 바람은 숨이 막힐 정도로 거셌고 바다 색깔은 눈이 시릴 정도로 파랬다. 등대 아래편에는 군인들이 머무는 기지가 있는데 바다를 향하는 대포도 보였다. 모두들 계단에 쪼르르 앉아 풍경을 감상했다.

"여기가 최전방이군요. 참 경치가 좋네요. 멋있어요! 난간이나 베이간은 어때요?"

"난간이나 베이간은 이 섬보다 크고 볼거리도 많지만, 둥인이 가장 아름다워요."

계단에 앉아 쉬다가 다음으로 간 곳은 일명 '자살바위suicide cliff'였다. 자살하고 싶은 충동을 느끼게 하는 곳이라 그렇게 이름 붙인 것 같은데 끝까지 가 보니 정말 절벽 밑이 아슬아슬했다. 그 절벽에 서서 사람들과 이런저런 대화를 나눴다.

그러다 번지점프 얘기가 나왔다. 두 여인은 뉴질랜드에서 영어 연수도 하고 여행도 했는데 그중 한 사람이 번지점프를 해 봤다고 했다.

"와, 용감하네요."

"뭐, 그냥 눈 감고 뛰었어요. 하하."

"그런데 요즘 한국에서도 여자들이 여행도 더 많이 하고, 더 용감한 것 같아요."

"네, 타이완도 그래요. 여자들이 더 많이 여행해요."

정말 해외에 나가 보면 어느 나라든 여자들이 더 적극적으로 여행하고 있었다. 왜 그럴까, 여러 이유가 있을 것이다.

다음에 간 곳은 이셴톈一線天으로 양쪽 절벽 사이로 난 공간이 마치 가느다란 실이 하늘로 올라간 듯한 형상이라 붙은 이름이라고 했다. 전망대에 서니 파도 소리가 철썩철썩 귓가를 때렸다. 모두들 넋을 잃고 경치에 취했다.

그다음에는 안둥 터널安東坑道로 향했다. 전시에 대비해 깊이 판 땅굴인데, 밑으로 들어가는 계단이 400개가 넘는다고 한다. 한눈에 보아도 꽤 넓고 길었다. 천장과 벽은 바위였고 안에는 창고 시설도 갖춰져 있었다. 이 넓은 동굴을 곡괭이로 팠다니 대단하다. 장제스가 타이완으로 쫓겨 왔을 때 얼마나 절박했는지 알 수 있었다. 어떤 폭탄과 무기의 폭격에서도 살아남기 위해 땅속에 굴을 파고, 절벽에 요새를 만들었을 것이다.

터널에서 나오니 서서히 해가 기울고 있었다. 봉고차는 안내소에 들렀다가 그곳 직원들을 태우고 둥인 섬과 이어진 시인西引 섬으로 갔다. 일몰을 보기 위해서였다. 언덕에 펼쳐진 푸른 풀밭에 야생화들이 보였다. 차에서 내려 조금 걸어 오르니 '타이완 최북단'이라고 새겨진 비석이 있었다.

최북단. 타이완의 최전방이었다. 사람들은 감회가 이는지 한동안 말을 잃고 먼 수평선을 바라보았다. 빤히 중국 대륙이 보일 만한 곳이었지만 구름이 끼어서 대륙은 보이지 않았다. 우리가 아마 휴전선을 보거나, 백령도에서 건너편 북쪽 땅을 볼 때 그런 느낌이 들지 않을까? 그들은 우리처럼 통일을 염원하며 대륙 쪽을 바라볼까, 아니면 타이완으로 독립해서 살아가고 싶은 마음일까? 궁금했지만 나는 가급적이면 정치적인 문제는 묻고 싶지 않았다.

해가 지는 하늘은 그리 붉게 물들지는 않았다. 그러나 어디가 하늘이고 어디가 바다인지 모를 희미한 공간 사이를 배가 떠가는 풍경은 한 폭의 그림처럼 아름다웠다. 일몰을 보다가 나는 그들에게 이메일 주소를 주었다.

"언제 한국에 오면 연락하세요. 이번에 신세 진 것을 꼭 갚고 싶습니다."

고마웠다. 그들 덕분에 힘 하나 안 들이고 섬 구석구석을 돌아볼 수 있었다.

달콤한 휴식

다음 날 두 여자는 작은 배를 타고 난간으로 떠났고 나는 둥인에서 하루 더 묵기로 했다. 전날 그들의 도움으로 섬 전체를 쉽게 구경했지만 혼자 걸으며 경치를 다시 음미하고 싶었다. 그런데 아침 7시 30분에 숙소 밖으로 나가 보니 이미 대지는 뜨겁게 달궈져 있었다.

아, 무슨 날씨가 아침부터 이렇게 덥나. 지도를 보고 섬의 동쪽 끝까지 가기로 했다. 조금 헤매기도 했지만, 알고 나니 비교적 쉽게 찾아갈 수 있는 길이었다. 마을에서 언덕길을 올라 오른쪽으로 꺾어져 덩타루燈塔路를 따라 동쪽으로 걸으면 되는데, 해가 쨍쨍 내리쬔다는 게 걱정됐다.

도대체 햇볕을 피할 데가 없었다. 그냥 참고 걸었다. 도중에 작업하는 군인들이 보였는데 막사에서 뭐라 외치고 있었다. 둥인은 곳곳에 군부대가 있었다. 50분쯤 지도로 머리를 가리고 헉헉대며 걸었다. 드디어 등대가 나왔다. 어제 들렀던 나머지 관광지는 그곳에서 5~10분 거리에 있었다. 그런데 문제는 그늘진 곳이 없다는 것. 사실 내 계획은 어제처럼 그늘 밑에서 시원한 바람을 쐬며 파도 소리를 듣고 경치를 감상하는 것이었다.

그러나 모든 게 내 맘 같지 않았다. 동쪽에서 뜬 태양은 섬을 사정없이 내리쬐었다. 간신히 등대에 올라가 뒤의 그늘에 앉아 쉬다가 쫓기듯이 돌아왔다. 차라리 오후였다면 해가 서쪽으로 넘어가 산그늘이 졌으련만 오전에는 해를 가릴 게 아무것도 없는 고행의 길이었다. 그 더운 길을 자전거를 타고 헉헉거리며 달리는 30대 중반의 사내들이 있었다. 나는 그들을 보고 놀랐고 그들은 내가 한국 사람이란 것을 알고 놀랐다.

"한국 사람이 여기까지 오다니 놀랍군요."

여기뿐만이 아니라 타이완 전국의 수많은 도로에서 자전거를 타

고 달리는 사람들을 종종 보았었다. 타이완 사람들은 오토바이나 자전거를 매우 즐기는 것 같았다.

이곳이 시원하다면 얼마나 좋을까? 서늘한 날, 비 오는 날, 안개 낀 날, 사람 별로 찾아오지 않는 이런 곳에서 멋진 풍경과 파도 소리에 취했으면 좋으련만. 가을에는 태풍, 겨울에는 풍랑, 봄에는 안개가 심해서 찾아오기 힘들다는 곳이었다. 언젠가 여름날 다시 이곳에 온다면, 이제는 지리를 아니까 새벽에 일어나 길을 떠날 것이다. 여명에 드러나는 수평선과 날카로운 절벽의 선을 보며, 선선한 바람을 맞으며, 철썩거리는 파도 소리를 들으며 걷는 길은 상상만 해도 황홀했다. 같은 장소라도 언제, 어떻게 여행하느냐에 따라 판이하게 다르다. 그렇게 둥인의 새벽길은 나에게 로망으로 남았다.

아침부터 녹초가 된 나는 숙소로 돌아와 간신히 땀에 젖은 속옷을 빨고 침대 위에 널브러졌다. 이제 구경할 것도 없고 그냥 빈둥거리는 일만 남았다. 몸은 힘들었지만 한적한 평화로움이 가슴을 적시고 있었다. 한동안 침대 위를 뒹굴며 텔레비전을 멍청히 보다가 집에 전화를 걸어 보니 휴대 전화가 불통이었다. 로밍 지역을 중국으로 바꿔 봐도 소용없었다. 마치 중국에도 속하지 않고 타이완에도 속하지 않은, 문명의 사각지대에 와 있는 느낌이었다.

그런데 그 사각지대에서도 인터넷만큼은 잘되었다. 오랜만에 컴퓨터 앞에 앉아 블로그로 들어갔다. 2개월 반 전부터 포스팅을 중지한 블로그는 적막했다. 중지한 블로그에 글을 쓸 생각은 없었다. 정신 사나

운 온갖 뉴스를 보고 싶지도 않았다. 다만 음악을 듣고 싶었다. 그동안 블로그를 운영하며 포털 사이트에서 구입한 음악이 101곡이나 되었다. 그중에서 마음에 드는 42곡을 재생 목록으로 옮겼다. 음악이 계속 메들리로 흘러나오기 시작했다.

묘하게도 첫 곡이 제목이 '바다'인 샹송 〈La Mer〉였다. 침대에 누워 노래를 들으며 바닷바람을 쐬니 기분이 그만이었다. 온몸의 긴장이 풀리면서 몸이 늘어졌다. 뒤이어 〈Try to remember〉, 영화 〈화양연화〉에 나왔던 〈I am in the mood for love〉와 〈Quizas, Quizas, Quizas〉, 데이브 브루벡의 재즈 〈Take five〉가 이어졌다. 흥에 겨워지자 스피커 볼륨을 올려 놓고 침대에서 뒹굴었다.

오늘로써 타이완 여행 17일째. 그동안의 일들이 두서없이 머릿속에서 행진했다. 음악은 덩리쥔이 부른 영화 〈첨밀밀〉의 주제곡으로 바뀌더니 〈California dreaming〉 〈Across the universe〉로 이어졌다. 김동률의 〈뒷모습〉, 양양의 〈이 정도〉, T의 〈하루하루〉가 나올 때는 흥얼거리며 따라 불렀다.

길게 늘어진 서녘 햇살은 방구석까지 들어왔고 항구의 뱃고동 소리가 들려왔다. 에어컨 바람에 뜨거운 햇살조차 따스하게 느껴졌다. 오랜만에 누려 보는 달콤한 휴식이었다.

베이간
Beigan

돌집 가득한 친비 마을

새벽 5시 30분에 모닝콜을 받고 일어나, 10분 뒤 숙소 앞에 집합하니 봉고차가 왔다. 숙소에서 운행하는 봉고차는 투숙객들을 모두 항구로 데려다 주었다. 날은 이미 훤히 밝아 있었다.

부두에서 기다리던 배는 6시 반이 되어서야 떠났다. 그리고 2시간 뒤 난간南竿에 도착했다. 둥인의 항구가 텅텅 비어 있던 데 비해, 난간은 매표소와 편의점들이 들어서서 번화해 보였다. 거기서 다시 표를 사서 베이간北竿으로 가는 배를 탔다. 올 때보다 더 작은 배로 10분 뒤에 베이간 부두에 도착했다. 베이간 부두는 편의점도, 매표소도, 음식점도 없이 적막했다. 지도를 보니 목적지로 삼은 친비芹壁 마을은 배낭을 메고 걷기에는 꽤 멀었다. 할 수 없이 택시를 탔다. 운전수는 150위안 (6,000원)을 요구했다. 고개를 넘어 바닷길을 잠시 달리자 오른쪽 산 중턱에 회색빛 석조 건물들이 들어선 마을이 보였다. 중국 대륙의 푸젠성에서 볼 수 있는 건축 양식이었다.

택시에서 내려 계단을 따라 올라갔다. 허물어진 돌집들을 지나 조금 걷다 보니, 바다가 내려다보이는 노천카페와 지붕이 온통 풀로 덮인 음식점이 나왔다. 음식점으로 들어가니 마침 중년 여인이 인스턴트커피를 타고 있었다. 그녀는 바로 친비 카페이자 친비 민숙의 주인이었다. 나는 그곳에 묵기로 했다.

주인은 방은 있으나 청소가 안 끝났다며 기다리라고 했다. 빨간 파라솔 밑의 의자에 앉으니 주인은 빵과 계란과 커피를 가져다주었다. 숙박객에게 주는 음식일 텐데 오자마자 손님이라고 아침을 공짜로 준 것이다. 가정집 같은 편안함이 느껴졌다. 친비 민숙은 시간이 아주 느리게 흘러가는 곳이었다. 저쪽 의자에 앉아 있던 젊은 여자는 늦은 아침을 먹으며 한껏 게으름을 피우고 있었다. 바다를 하염없이 쳐다보다 나와 눈이 마주치자 가볍게 인사를 했다. 그러나 그뿐, 우리는 아무 말 없이 바다만 바라보았다.

얼마나 시간이 지났을까, 배낭을 멘 남녀가 걸어왔다. 아까 난간에서 베이간으로 오는 배에서 본 타이완 사람들이었는데 그들도 여기 묵는다고 했다. 내가 인사하자 그들도 밝게 웃었고 한국 사람이라고 하니 더욱 반가워했다. 남자는 예전에 한국에 가 보았다고 말했다. 그들은 배낭을 카페에 맡겨 놓고는 먼저 스쿠터를 타고 섬을 돌아본다며 나갔다.

그들이 간 후 앉아서 일기를 쓰고 있는데 방 청소를 다 끝낸 주인이 앞장서며 내 조그만 가방을 대신 멨다. 벽에는 '軍民合作^{군민합작}, 光復大陸^{광복대륙}, 解放大陸同胞^{해방대륙동포}' 등의 한자가 새겨져 있었다. 60년 전의 흔적이었다. 과거 속으로 저벅저벅 들어가는 것만 같았다. 주인은 조금 걸어가다가 돌집으로 들어갔다. 계단을 따라 3층으로 올라가니 거실과 방들이 나왔다. 그중 바닷가 쪽 방을 쓰라고 말한 후 그녀는 사라졌다.

모기장과 에어컨이 설치된 방에는 침대 두 개가 놓여 있었다. 돌로 된 벽에 달린 조그만 창문을 열자 바다가 훤히 보였다. 고급 호텔은 아니지만 썩 마음에 들었다. 팔베개를 하고 침대에 누우니 철썩철썩 파도 소리만 들려왔고 시원한 바닷바람이 온몸을 덮쳐 왔다. 순간, 다른 세상에 온 것만 같았다.

생각해 보니 나는 주인에게 방 값을 묻지도 않았고 그녀도 말하지 않았다. 가이드북에 가격이 적혀 있더라도 항상 가격부터 확인하곤 했는데, 이상하게도 이곳에서는 그럴 맘도, 생각도 들지 않았다. 이 푸근한 분위기에 모든 걸 다 맡기고 싶은 기분이었다. 주인 여자의 털털하고 편한 태도와 한적함이 어우러져 아무 생각이 나질 않으며 몸과 마음이 풀어지고 있었다.

한참을 게으름 피우다 보니 배가 고파 왔다. 밥을 먹으러 나가는데 거실에 테이블과 의자, 정수기가 있었다. 이 건물 2층에도 방이 네 개였고 1층에도 방이 있었는데 욕실과 화장실은 1층에서 공동으로 쓰게 되어 있었다. 나중에 얘기를 들으니, 친비 민숙의 주인은 근처 집 주인들에게 돌집을 빌려 수리해서 숙박업을 하고 있었다.

다시 노천카페로 와 점심으로 해산물 볶음밥을 먹었다. 푸짐했다. 조개, 새우, 오징어가 듬뿍 든 바다 냄새가 물씬 풍기는 밥을 먹으니 행복했다. 공기 좋고, 분위기 좋고, 먹을 것 좋고, 사람 좋은 곳이었다. 한 입 먹고 바다 바라보고, 다시 한입 먹고 바다 바라보고.

주인 여자는 말이 많았다. 카페에 앉아 점심을 먹는 군인 몇 명을 향해 얘기하는데 모두 넋을 잃고 듣다 웃음을 터트렸다. 허스키한 목소리로 쉬지 않고 이야기하는데 무뚝뚝한 듯하면서도 사람을 편안하게 하는 매력이 있었다. 부엌에서는 이십 대 초반의 딸이 설거지하느라 정신이 없었고 십 대 후반의 아들은 하기 싫은 일을 억지로 하는 표정으로 군인들이 먹은 그릇을 가져갔다. 그 아들은 귀남이 스타일 같았다.

점심을 먹은 후 설거지하던 그 집 딸에게 산 넘어가는 길을 물어보니 설거지를 하다 말고 밖으로 나와 길을 가르쳐 주었다. 천천히 계단을 따라 산길을 올라가 베이하이 터널北海坑道로 향했다. 베이간은 등인 섬보다 커서 걸어 다니기는 무리였는데, 다 돌아다닐 필요가 없을 것 같았다. 사실 친비 마을이 베이간 섬 최고의 관광지였기 때문이다.

그래서 베이하이 터널과 탕치^{塘岐} 마을만 돌아보기로 했다.

가는 도중 '碧園^{벽원}'이란 간판이 보였다. 계단을 올라가 보니 한때 공원이었던 것 같은데 쇠락한 모습이었다. 사람도 없이 적막하고 무슨 공사를 벌이다 그만둔 것처럼 지저분했다. 원래 가던 길로 걸어가니 베이하이 터널로 안내하는 표지판이 나왔다. 표지판에 써 있는 대로 비탈길로 꺾어지는데, 한 사람이 스쿠터를 타고 오다 "헬로!" 하고 손을 흔들었다. 아까 카페에서 늦은 아침을 먹던 여자였다. 순간 나도 스쿠터를 타고 마음대로 달려 볼까 하는 생각이 들었지만 걷기로 했다. 나는 걷는 게 좋았다. 조금 더 가니 가겟집이 나왔다. 가게 앞의 개들이 노란색 고깔을 머리에 쓰고 있었다. 귀엽고 우스웠다. 날씨가 더우니까 햇볕 피하게 해 주려고 주인이 씌운 것 같았다. 이런 점이 걷기의 매력이다. 천천히 걸어야 이런 구경도 할 수 있는 것이다.

그 가겟집에서 조금 더 걸어가니 바닷가에 베이하이 터널이 나왔다. 터널 입구에 썰물, 밀물이 심하므로 시간을 맞춰 들어가라는 경고와 함께 시간표가 적혀 있었다. 다행히 썰물 때였다.

바다에서 땅속으로 통하는 커다란 동굴 안에는 바닷물이 빠져 있었지만 그래도 입구 쪽에는 고인 바닷물이 철렁거리며 동굴에 울려 퍼졌다. 조명이 그리 밝지 않아 어두컴컴한 동굴을 혼자 걷자니 갑자기 바닷물이 쏴아 밀려들어 올 것 같은 공포감이 덮쳐 왔다. 배나 잠수정이 숨어 있다가 유사시에 바다에 모습을 드러내는 비밀 장소 같았다. 한참을 걸어가는데 저쪽에서 누군가가 마주 오고 있었다. 머리에는 랜

턴이 달린 헬멧을 썼는데, 아까 숙소에서 보았던 타이완 부부였다.

"아, 여기서 만나네요. 어떻게 반대편에서 와요?"

"걷다 보니 그렇게 됐어요. 헬멧은 어디서 빌렸어요?"

"반대편에 여행 안내소가 있는데 그곳에서 빌려 줘요."

"그런데 터널 안이 좀 무섭네요."

"그렇죠? 난간 섬에도 이름까지 같은 '베이하이 터널'이 있는데 거기가 더 으스스하대요. 게다가 동굴 안에 물이 차면 카누를 탈 수 있대요."

"카누요? 난간 섬에 가면 한번 해 봐야겠네요."

"네, 구경 잘하세요."

그들과 헤어져 천천히 사진을 찍으며 걸어 나오니 30분이나 걸렸다. 동굴은 일직선으로 아주 길게 나 있었다. 동굴에서 나오니 입구에는 낡은 탱크도 전시되어 있었다. 한때는 그만큼 긴장감이 흐르던 최전방이었던 것이다.

동굴에서 나온 후 여행 안내소에 들러 버스 시간표를 알아보았다. 탕치 마을까지 가는 버스는 아주 뜸했다. 할 수 없이 다시 걷기로 했다. 뭘 볼 게 있어서 가는 게 아니라 베이간에서 가장 크다는 마을이라서 구경 삼아 가 보았다. 바닷가의 텅 빈 모래사장을 벗어나 언덕길을 오르니 아까 갈라졌던 길이 나왔다. 40분쯤 더 걸어가니 탕치 마을이 나왔다. 여관과 식당, 세븐일레븐 정도가 있는 마을이었으며 매우 조용했다. 근처 바닷가에 군용 비행장이 보였고 군인들이 트랙에서 달리기를 하고 있었다.

아무 볼 것도 없는 마을을 이리저리 쏘다니다 세븐일레븐에서 김치 맛 컵라면을 먹었다. 이곳에서 편의점은 오아시스 같은 곳이다.

시계를 보니 벌써 4시였다. 숙소로 가려고 걷는데 군인들이 반바지에 국방색 러닝셔츠를 입고 2열종대로 걸어오고 있었다. 둥인이나 베이간 어딜 가나 젊은 군인들이 많이 보였다. 해가 서서히 떨어지자 그렇게 덥지는 않았다.

텅 빈 언덕길을 걷는데 맞은편에서 스쿠터를 타고 오던 아주머니가 "헬로!" 하며 활짝 웃었다. 나도 엉겁결에 웃었는데, 스쿠터가 서며 아주머니가 중국어로 물었다.

"어디까지 가요?"

"친비 마을이요."

친근하게 묻는 아주머니 태도에 어리둥절해하는데, 아주머니가 다시 말을 이었다.

"우리 아까 베이하이 터널 앞에 있는 여행 안내소에서 봤잖아요."

아, 그때 남자 직원 옆에서 웃던 아주머니였다.

"내가 어디 잠깐 들르는데, 여기 조금 기다리면 친비 마을까지 태워다 줄게요."

글로 쓰니까 매끄럽게 대화한 것 같지만 실은 내가 알아들은 단어는 '워 취我去.[나 어디 간다.]', '덩이샤等一下.[기다려라.]', '친비' 등의 단어였다. 그래도 상황과 눈빛 속에서 다 알아들었다.

"괜찮아요. 걸어서, 산 넘어서 갑니다."

내가 걷는 시늉하고 '메이관시沒關係.[괜찮아요.]', '워 시환我喜歡.[나 좋아해요.]', 쩌우루走路.[걷는다.]'라는 단어를 나열한 뒤, 산 넘어가는 시늉을 손으로 하자 그녀는 활짝 웃으며 떠났다. 타이완을 여행하면서 수없이 겪었지만 이런 작은 친절이 정말 힘나게 했다.

산을 넘어 숙소로 돌아오니 5시가 다 되어 갔다. 샤워하고 땀이 밴 옷을 빨고 편안한 옷차림으로 카페에 가니 날이 어두워져 있었다.

저게 중국 대륙이에요

저녁이 되니 친비 카페는 파라다이스였다. 카페에 앉아 선선한 바닷바람을 맞으며 낮에 먹었던 푸짐한 해산물 볶음밥을 또 먹었다. 밥을 먹다가 타이완 부부가 와서 합석했다.

"여기 정말 멋지네요. 정말!"

"네, 정말 좋아요. 예전에 왔던 아내가 다시 오고 싶어 해서 같이 왔는데 무척 즐겁네요."

남자의 성은 '첸'이었는데 영어를 잘했다. 그는 예전에 한국에 업무차 들렀을 때 한국 사람들이 정말 친절하게 대해 주어서 내가 반가웠다고 했다. 그는 마흔의 나이로 결혼한 지 11개월 되었는데, 아내는 타이베이에서 직장을 다니고 자기는 신주에서 다닌다고 했다. 그러니까 주말부부인 셈이다. 그들은 결혼정보회사를 통해 만났다고 했다. 한국이나 타이완이나 살아가는 모습은 비슷했다. 그때 주인 여자가 옆에 앉더니 컴컴한 바다 건너편의 불빛을 가리켰다.

"저게 중국 대륙이에요. 푸젠 성."

아, 그랬나? 우리가 놀라며 다시 묻자 이번엔 여자가 놀랐다.

"아니, 그걸 몰랐어요?"

하긴 지도를 보면 여긴 중국의 코앞이다. 날씨가 맑으니까 대륙의 불빛이 반짝반짝 빛나고 있었다. 타이완 부부는 감회 어린 눈빛으로 대륙을 한참 동안 바라보았다. 밤이 깊어 갔다. 그래도 숙소가 바로 옆이니 늦어도 염려할 필요가 없었다. 밤바다를 바라보며 얘기를 나누다 보니 시간이 훌쩍 흘러갔다.

숙소로 돌아와 모기장을 치고 방문을 열었다. 에어컨을 틀었다가 이내 껐다. 에어컨을 끄니 조용해졌다. 철썩철썩 파도 소리만 들려오고 시원한 바람이 살갗을 스쳤다. 마치 바닷가 암벽 동굴에 숨은 것만 같았다.

'아, 정말 좋다. 내일 떠나고 싶지 않아. 하룻밤 더 묵어야겠어.'

원래 하루만 자고 떠날 생각이었지만 마음을 이내 바꿨다.

밤은 깊어 가고

다음 날, 어촌인 자오짜이에 갔다. 그곳의 정자에 앉아 하루 종일 책을 읽으며 휴식을 취했고 초저녁에 이른 저녁을 먹은 후 잠이 들었다. 누군가 문을 두드려서 깼다. 같은 집에 묵고 있는 타이완 남자였다.

"이 앞에서 굴을 캐서 아내가 요리하고 있는데, 같이 먹을래요?"

이렇게 초대하는데 안 갈 수 없었다.

저녁 9시경이었다. 그런데 카페 주방에서 구운 굴은 모래가 씹혀서 먹을 수가 없었다. 다들 멋쩍어 했지만 모여서 얘기를 나누는 시간이 즐거웠다.

"현재 타이완의 문제는 부자는 점점 부유해지고 가난한 사람은 더 가난해진다는 거예요. 세계화 때문에 그렇지요. 미국에서 박사 학위를 받고 돌아와도 좋은 직장을 못 얻고, 아무리 유명한 대학을 졸업해도 취직하기가 힘들어요. 결혼은 늦게 하는데 학력이 높을수록 더 늦어지기 마련이지요. 그래서 제가 마흔에 결혼했잖아요. 아내도 서른일곱이고요. 하하하."

그때 숙소 주방에서 일을 도와주던 그 집 딸이 대화에 끼었다. 그녀는 대학생으로 경제학을 전공하는데 여름방학에는 집에 와서 일을 돕는다고 했다.

그녀를 통해 친비 마을의 사정을 알게 됐다.

"오늘 아침 마을을 돌아보니 사람들이 거의 없는 것 같았어요."

"네, 맞아요. 현재 마을에는 열세 가구만 살아요. 다들 타이완으로 갔어요.* 아버지가 10년 전에 여기 처음 왔을 때는 더 폐허 같았대요."

"그럼 건물을 산 거예요?"

"아니요. 정부 보조금을 받아서 세를 냈어요. 부모님은 여름철에

---

* 마쭈 열도는 타이완의 영토인데도, 그곳 사람들은 타이베이에 간다고 하지 않고 '타이완에 간다.'라고 했다. 즉 제주도 사람이 서울 간다고 하지 않고 '한국에 간다.'라고 하는 것처럼 들려 이상했는데 국호가 아니라 지리적인 관점에서 '타이완 섬'을 의미하는 것 같았다.

만 여기 계시고 다른 때는 타이베이에서 일하세요."

"그럼 여긴 다른 계절에는 문을 닫나요?"

"처음엔 닫았어요. 그런데 어떤 사람이 왔다가 문 닫은 것을 보고 전화를 걸어 항의를 했대요. 그래서 봄, 가을, 겨울엔 삼촌이 와서 관리하세요."

영업을 안 한다고 항의까지 하다니 대단하다. 그런데 그 집 딸은 한국어에 관심이 많았다.

"한국어 강의가 개설되면 순식간에 신청이 마감돼서 배울 수가 없어요."

"한국어를 왜 배우려고 하는데요?"

"한국 노래를 부르고 싶어요. 슈퍼주니어나 소녀시대 노래요."

그런 말이 반가우면서도 걱정스러웠다. 드라마나 영화 속 한국의 이미지와는 다른, 우리 실상과 현실을 알면 실망할지도 모른다. 그리고 우린 타이완에 대해 얼마나 알고 있나? 물론 요즘 들어 타이완에 관심을 갖는 사람들이 점점 늘어나고 있기는 하지만.

"이 집 아들은 이번에 국립타이완대학교에 붙었대요. 지금은 잠시 와서 도와주고 있고요."

첸 씨가 말했다. 그 일하기 싫은 표정으로 억지로 일하던 귀남이 스타일 아들이 타이완 최고의 대학교에 합격했다는 것이다. 그런데도 주인 부부는 사정없이 애들을 부리고 있었다. 설거지하고, 주문받게 하면서. 자식 교육을 확실히 시키는 것 같았다.

이렇게 친비에서의 마지막 밤이 깊어지고 있었다. 바다를 내려다
보는 마을도, 돌집도, 밤바다도 좋았지만 이들과 얘기를 나누는 시간은
더 좋았다.

　　언젠가 다시 오게 되면 이 집 주인들은 나를 알아볼까? 알아볼 것
이다. 한국 사람들이 아직은 많이 오지 않았다니까. 그 집 주인 말로는

2년 전에 한국인 여자가 왔다 간 뒤로 한국인은 내가 처음이라고 했다. 어쩌면 그 집 삼촌이 집을 지키던 작년 봄, 가을, 겨울에 누군가가 왔을지도 모른다. 앞으로 이곳에 가는 한국인들이 아름다운 추억을 얻어 오고, 또 아름다운 인상을 남기고 오기를 바란다.

난간
Nangan

또 만난 인연

숙소에서 주는 아침을 급히 먹고 떠나려다 깜빡하고 숙박비를 내지 않을 뻔했다. 주인 사내는 부두까지 데려다주는 봉고차를 준비하느라 정신없었고, 털털한 성격의 주인 여자는 돈을 달라는 얘기도 안 했다. 부랴부랴 숙박비를 치르고 나서 주인 사내가 모는 봉고차를 타고 부두로 향했다.

표를 매표소에서 구입해서 난간南竿행 보트에 타는데 주황색 제복을 입은 군인이 나를 빤히 쳐다보았다. 정신없이 지나치다 낯이 익어 다시 보니 바로 지룽에서 둥인으로 오던 배에서 얘기를 나눈 그 문신한 군인이었다.

"어, 당신 여기서 근무해요?"

내가 반가워서 악수를 청하자 손을 잡기는 하는데 당황해했다. 자세를 흐트러트리지 않은 채 난처한 듯 살짝 웃기만 했다. 그 뒤에 그가 하나도 무섭지 않다던 '똥이고 좆같은' 장교가 서 있었기 때문이었다. 그는 부동자세를 취하고 배에 타는 승객들을 바라보고 있었다. 그의 제복에는 '海巡署해순서'라고 적혀 있었다. 한국으로 말하면 해경쯤 되는 것 같았다.

이윽고 배가 떠나자 나는 몸을 돌려 부두를 보았다. 장교가 자리를 떠났는지 그는 우두커니 서서 내가 탄 배를 물끄러미 바라보고 있었다. 내가 손을 흔들자 그도 손을 흔들기 시작했다.

'남은 기간 군대 생활인지, 경찰 생활인지 모르겠지만 잘하시오. 그리고 좋은 여자 만나 결혼하고, 예쁜 애 낳고 잘 살기를.'

10분 후에 난간에 도착한 뒤, 마쭈 섬에 속하는 쥐광 섬으로 간다는 첸 부부와 헤어져 부두 근처의 호텔에 짐을 풀었다. 그리고 둥인 섬에서 만났던 여자가 근무하고 있다는 런아이춘仁愛村의 여행 안내소로 가기로 했다. 그곳까지 걷기로 했다. 지도를 보고 가다 보니 얼마 안 가 장제스 동상이 세워진 기념관이 나왔다. 해변에 우뚝 선 동상은 바다 건너 대륙을 바라보는데 거기에 새겨진 한자의 뜻이 의미심장하게 다가왔다.

'창 위에서 자며 새벽을 기다린다.'

즉 대륙 수복을 위해 와신상담한다는 뜻이었다. 마오쩌둥에게 패한 뒤 그는 이를 갈았을 것이다. 비록 패배했지만 기백은 남아 있었고 한국전쟁이 터졌을 때 이를 절호의 기회로 여겼다고 한다. 중공군이 개입하자 맥아더는 확전을 주장했고 그렇게 된다면 장제스는 다시 대륙을 노려 볼 수 있었다.

그러나 트루먼은 그것을 원하지 않았다. 결국 장제스는 타이완에서 세상을 떴다.

그곳에서 얼마 안 걸어가니 근처에서 발견된 유물들이 전시된 민속 문물관이 있었고 그 옆에 장제스의 아들인 장징궈蔣經國 기념관이 있었다. 기념관이라기보다는 커다란 누각이었다.

장징궈는 아버지와 달리 유화 정책을 폈다. 그는 아버지가 탄압했던 얼얼바 사건의 주모자들을 석방했고 국민당 내 하카족 출신이었던 리덩후이를 총통으로 밀었다. 이런 장징궈에 대해 보수파들은 매우 반발했다. 그러나 장징궈의 이런 노력에 힘입어 타이완 사회는 점점 민주화의 길을 걸었고 서민 경제를 크게 육성시켜서, 많은 타이완 사람이 그를 좋아한다는 얘기를 들었다. 일전에 둥인 섬에서 우리를 안내해 주었던 젊은 군인도 장징궈를 가장 존경한다고 했다.

그곳에서 나와 계속 걷는데 인적이 드물고 군부대만 자꾸 나왔다. 차도 안 다니는 길을 계속 걷다 높은 언덕길이 나왔다. 지도의 길과 맞춰 보아도 그 길인지 확신이 안 들었다. 결국 다시 부두 쪽으로 걸어와 버스를 기다렸으나 30분이 지나도 버스가 오지 않아 결국 택시를 타고 말았다.

　나중에 알고 보니 거기서 고개 하나만 넘었으면 됐는데 공연히 다시 돌아간 것이었다. 여행 안내소에 가니 지난번 만났던 그녀는 마침 휴가라고 했다. 그곳 직원이 그녀에게 전화를 걸어 주었는데, 그녀는 나오겠다고 했다.

동굴에서 카누 타기

사실 그녀가 없어도 혼자 구경할 수 있었다. 그것보다는 지난번의 도움에 대해 보답하고 싶어서 밥이라도 대접하고 싶었다. 그때 몸도 피곤하고 여행 안내소 사람들끼리 어울리는 자리라 어색해서 식사할 때 빠졌는데, 도움만 받고 가 버린 셈이라 영 미안했다.

　그녀는 나를 반겨 주었다. 근처 동굴을 안내해 주겠다는 그녀에게 밥부터 먹자고 했다. 마침 식사 시간이었다. 그녀는 근처 한적한 주택가에 있는 깔끔한 밥집으로 안내했다. 거기서 카레라이스를 먹었다.

　"여기서 근무하는 게 재미있어요?"

　"네. 몇 달 됐는데 아직까지는 재미있어요. 운이 좋았어요. 뉴질랜드에서 돌아와 놀고 있는데, 마침 친구가 여기 자리가 비었다고 연락해서 근무하게 됐어요. 그러나 언젠가 미국에 가서 공부하고 싶어요."

　그녀는 뭔가를 계속 배우고 싶어 했다. 이런저런 얘기를 나누다가 그녀에게 본성인인지 외성인인지 물어보았다.

"전 하카족이에요."

"아, 하카족이에요? 베이푸에 들렀던 적이 있어요. 하카족은 교육열이 높잖아요."

"그러나 사람들이 돈만 안다고 싫어하기도 해요."

그녀는 쓸쓸하게 웃으며 말했다.

"돈이 중요하지요. 하카족은 상당히 똑똑하다고 알고 있어요. 덩샤오핑, 리콴유도 모두 하카족이라면서요."

"네? 몰랐어요."

"둥인 섬에서 고마웠어요. 나중에 한국에 오면 꼭 연락해요. 잘 안내해 줄게요."

"언제 가면 좋을까요?"

"가을도 아름답고, 눈을 보고 싶다면 겨울도 괜찮겠네요."

"네, 고맙습니다. 겨울에 가 봤으면 좋겠네요."

그녀는 한국에 가면 비빔밥과 불고기와 떡볶이를 먹고 싶다 했다. 한국 드라마 영향인 것 같았다. 그녀가 온다면, 그동안 신세진 타이완 사람들에게 고마움을 표하는 의미로 맛있는 음식을 대접하리라 다짐했다.

점심을 먹은 후 그녀와 헤어져 혼자 구경을 다니려 했는데 마침 좋은 소식을 들었다. 난간 여행 안내소에 근무하는 한 청년의 친구들이 섬을 방문했는데, 마침 베이하이 터널에서 카약을 탄다는 것이다. 때맞춰 온 나는 거기에 운 좋게 끼게 되었다. 운 좋은 사람은 또 있었다. 아까 헤어지며 쥐광 섬에 간다던 첸 부부도 오는 게 아닌가.

"아, 어찌된 거예요. 쥐광 섬에 간다더니!"

"길을 가다가 차 타고 가던 이 사람들에게 뭘 좀 물어봤는데, 터널로 카약하러 간다기에 합류하게 됐어요, 하하."

이렇게 해서 안내소에서 일하는 청년의 친구들 두 명, 자원 봉사하던 아줌마, 첸 씨 부부, 나 그리고 안내소에서 일하는 사람 등 일고여덟 명이 카약을 타러 갔다. 참 헤어지고 만나는 인연들이 묘하게도 얽히고설킨다. 1인당 550위안을 내고 타야 한다는데 공짜로 태워 준다니 행운이었다. 나는 원래 물을 무서워한다. 수영도 잘 못 한다. 그런 내가 몇 년 전 지인의 권유로 동강에서 1박 2일간 카약을 탄 적이 있었다. 엉겁결에 아슬아슬한 급류 타기를 했는데 가자마자 겨우 한두 시간 배워서 했으니 정말 힘들었다. 그래도 그 덕분에 이런 동굴에서 카약도 능숙하게 탈 수 있었다.

바닷물이 들어온 터널은 마치 거대한 지하 호수처럼 보였다. 그곳을 2인 1조가 되어 돌았다. 구명조끼를 입었지만 기우뚱거리며 한 바퀴를 돌다 보니 정신이 바싹 들었다. 컴컴하고 깊은 물이 으스스했다. 그런데 조금 익숙해지니 신이 나서 또 돌았다. 조명 시설이 있긴 했지만 모두들 컴컴한 터널 속 바다 위를 떠돈다는 사실에 흥분했다. 어떤 이들은 암벽에 부딪히기도 하고 기우뚱거리기도 했지만 사고는 없었다.

그들의 덕을 본 것은 그것만이 아니었다. 봉고차에 우리 일행을 태운 안내소 직원은 난간 섬 구석구석을 데리고 다니며 구경시켜 주었다. 거대한 마쭈 상이 서 있는 곳도 갔다. 사람들은 대수롭지 않게 지나

쳤지만 나는 넋을 잃고 마주 상을 보았다. 정말 아름다웠다. 마치 관음보살상 같은 느낌이었는데 여성스러운 얼굴이 평화로웠다.

우리를 안내하던 젊은 사내는 유쾌한 성격에 영어를 유창하게 했고 한국어도 몇 마디를 알았다. "충성! 허이, 형님!" 하며 경례를 하며 익살을 부리는데 재미있었다.

"충성, 형님은 어떻게 알아요?"

"텔레비전에서 봤어요. 충성! 허이, 형님! 하하하. 난 영화 〈괴물〉을 정말 좋아해요. 그리고 영화감독 김기덕을 좋아해요. 그의 영화 〈봄, 여름, 가을, 겨울〉을 정말, 정말, 정말 좋아해요."

흥분해서 얼굴이 벌겋게 달아오를 정도로 '베리^{very}'란 말을 세 번씩이나 했다. 한국 드라마만 유행인 줄 알았더니, 영화도 좋아하는구나. 한류를 실감하던 순간이었다.

그렇다면 나도 타이완에 대한 관심을 보여 주고 싶었다.

"나도 〈말할 수 없는 비밀^{不能說的秘密}〉을 정말 좋아해요. 그리고 〈하이자오 7번지〉도 보았고 〈청설^{聽設}〉도 정말, 정말 좋아해요."

〈말할 수 없는 비밀〉이나 〈하이자오 7번지〉는 이미 많은 한국 사람이 본 영화고, 〈청설〉은 타이완 오기 전에 한국의 극장에서 본 영화였다. 〈청설〉은 올림픽에 나가 금메달을 따는 게 목표인 청각 장애를 가진 언니와 언니를 위해 희생하는 자매의 애틋한 우애와 남녀 간의 사랑, 그리고 청춘의 꿈과 희망을 다룬 작품이다. 소재는 평범하지만 보는 내내 감동을 주는 맑은 영화였다. 한국에 돌아가면 타이완 영화, 소설,

역사, 종교 등에 대해서 더 보고 공부해야겠다는 생각을 했다.

첸 부부는 다음 날 떠난다며 내가 묵던 호텔에 체크인했다. 그들과 저녁을 먹은 후 바닷가를 거닐었다.

"한국에 출장 갔을 때 업무를 마치고 당일치기로 속초에 놀러 갔어요. 설악산과 바다를 보고 왔는데 그만 차가 막히는 바람에 밤늦게 서울에 도착해서 숙소를 못 잡았어요. 그때 우연히 만난 어떤 대학생이 가던 길을 멈추고 같이 다니며 도와주었는데 어찌나 고마웠는지 몰라요. 정말 감동받았어요. 그래서 당신이 한국 사람인 걸 알았을 때 잘해주고 싶고 정이 갔어요."

그랬구나. 어떤 착한 사람이 베푼 것을 내가 돌려받는구나. 그런데 그건 나 역시 마찬가지였다. 어딜 가든 타이완 사람을 보면 반갑고 정이 갔다. 내가 과거에 받았던 수많은 타이완 사람의 정 덕분이었다. 정은 그렇게 돌고 돈다.

"언제 한국에 오면 연락하세요. 제가 안내해 드릴게요."

난 언제부턴가 '나 홀로 여행'을 즐겼다. 경험이 많아지고 가이드북이 풍성해지자 사실 현지인들의 도움이 별로 필요 없었는데 그건 여행이 매끄러운 것을 의미하면서 동시에 쓸쓸해지는 것을 의미했다.

그래서 나는 여행 스타일을 점점 바꿔 갔다. 알아도 묻고 또 일부러 초보처럼 모르는 척 어수룩하게 여행했다. 그러자 자연스럽게 현지인들과의 접촉이 많아지면서 여행은 활기를 찾게 됐다. 타이완은 우리와 경제·사회·문화 수준이 비슷하고, 한자 문화권이며, 또 관광객이 많지 않고 한국인에게 호의적이다 보니 조금만 마음을 열면 정을 나눌 수 있었다. 여행 떠나기 전 우울하고 힘들었던 나는 이들의 작은 친절 속에서 점점 활기를 되찾고 있었다.

난간에서 지룽으로

다음 날 오전 9시 30분 난간의 항구에서 떠난 배는 베이간과 둥인을 거쳐 망망대해로 들어섰다. 저번과 달리 이번에는 휴가를 떠나는 군인들이 많이 타서 그런지 배의 분위기가 밝았다.

마쭈 열도에서 타이완으로 가는 이 뱃길은 수백 년 전 정성공이 선단을 이끌고 갔던 길이고, 수많은 해적의 활동 무대였다. 근대에 들어와서는 중국과 타이완 간의 긴장이 서린 바다였지만 이제는 평화로운 바다다.

할 일 없는 나는 에어컨 나오는 침실에서 잠을 자거나 책을 보다가 오후에는 갑판 의자에 앉아 바다를 바라보았다. 낮게 뜬 구름이 하늘로 솟구치고 있었다. 이제 여행이 3주일을 지나고 있는데 마치 3개월은 흐른 것처럼 한국에서의 일들이 꿈처럼 느껴졌다. 이동을 할 때면 늘 그랬다. 비행기를 타고 하늘을 날든, 기차나 버스를 타고 들판을 달리든, 배를 타고 바다나 강을 미끄러져 가든, 이동하는 순간에는 가족도 잊고, 나라도 잊고, 나도 잊은 채 그냥 바람이 된 것만 같았다.

어디서 와서, 어디로 가는지 모르는 그 바람의 자유 때문에 나는

그토록 여행을 사랑하는지도 모른다.

오후 5시쯤 되자 햇살은 약해지고 낮게 깔린 구름은 서서히 붉어지기 시작했다. 넋을 잃고 경치를 바라보다 정신을 차려 보니 저 멀리 지롱의 불빛이 비치고 있었다. 어둑어둑해지는 바다에서 불어오는 바람은 약간 쓸쓸하고 시원했다. 사람들이 갑판에 나와 지롱 쪽의 불빛을 바라보는데 귀에 익은 팝송이 흘러나오기 시작했다. 〈I can't stop loving you〉, 〈Que Sera, Sera〉, 〈Only you〉…….

문득, 가슴이 뭉클해져 왔다. 갑판에 선 휴가 나온 젊은 군인들이 들뜬 목소리로 떠들어 댔고 웃음소리가 울려 퍼졌다.

그때 작은 배낭을 멘 타이완 할아버지의 뒷모습이 눈에 띄었다. 작은 배낭에 낡은 바지와 점퍼를 걸친 할아버지는 손으로 난간을 잡고 점점 다가오는 지롱을 하염없이 쳐다보고 있었다.

무슨 사연이 있는 것일까? 마쭈 열도에 사는 사람일까, 아니면 그곳에 근무하는 군인 손자를 면회하고 오는 것일까?

할아버지의 뒷모습은 쓸쓸했지만 한 시대를 최선을 다해서 살아온 한 인간의 모습을 보았다. 그리고 그 뒷모습에서 돌아가신 어머니의 모습을 떠올렸다.

그래, 자신에게 주어진 삶을 묵묵히 살아내는 것, 그것이야말로 위대한 것이다. 육신은 어차피 몰락한다. 모든 게 꿈이다. 그러나 살아 있는 동안만큼은 열심히 살아야 한다. 그리고 언젠가 눈에 보이지 않는 무한의 세계로 기쁘게 회귀하는 것이다. 그렇게 살다간 나의 어머니, 저

할아버지, 그리고 모든 인간들은 작은 영웅들이다.

배가 서서히 불빛에 휩싸인 지롱 항구로 다가갈수록 가슴이 설레어 왔다. 저녁 7시 30분, 발을 디딘 지롱은 인간들로 그득했다 그들이 만들어 내는 음식 냄새, 말소리, 불빛들이 이토록 반가울 줄이야. 마치 먼 길을 떠났다 고향으로 돌아온 나그네처럼 마음이 푸근해졌다.

3장

타이베이와 주펀

수
도
권

여
행

주펀
Jiufen

동심이 살아나는 골목길

지룽에서 1박을 한 뒤, 주펀^{九份}으로 가는 버스를 탔다. 주펀은 타이베이 북부의 산악 지역에 있는 도시다. 타이베이에서 지룽을 거쳐 버스로 1시간 정도 걸리는 이 마을은 바다를 내려다보는 풍경이 멋지며, 일제 강점기였던 80여 년 전에는 금광촌으로 유명했다.

그렇다면 주펀의 옛날 모습은 어땠을까? 아마 아홉 가구만 살았던 모양이다. 내가 갖고 다니던 가이드북에 의하면 아홉 농가만 살던 주후^{九戶} 마을이 외부에서 조달한 물자를 사이좋게 9등분해서 나눠 가진다 해서 '주펀'으로 바뀌었다고 한다. 이런 이름은 오순도순 살아가는 아늑한 산마을을 연상시킨다.

하지만 이 소박한 마을은 1920년대에 금광이 발견되면서부터 급격히 변했다. 그때부터 이곳은 일확천금의 탐욕과 쾌락에 지배당했다. 찻집과 매음굴, 극장, 공연장이 생기면서 주펀은 '작은 상하이'란 뜻의 '샤오상하이小上海'라고 불렸다. 그 시절 상하이는 외세의 지배 아래 무질서와 폭력과 매음과 회한과 굴욕이 휩쓸고 있었다.

또한 주펀의 윗마을 진과스金瓜石에는 2차 세계대전의 흔적이 남아 있다. 일본군이 사로잡은 영국군과 연합군 포로들은 짐승 같은 취급을 받으며 구리 광산에서 일했다. 그들은 한때 몰살당할 뻔하기도 했는데, 그 사실을 '결코 잊지 않을 것'이라는 글이 새겨진 비석도 남아 있다. 당시 이곳 구석구석에는 탐욕과 강제 노동과 분노가 배어 있었을 것이다.

일본이 물러가고 난 뒤에도 주펀의 분위기는 절망적이었다. 그것은 허우샤오센侯孝賢 감독의 영화 〈비정성시悲情城市〉에서 잘 나타난다. 영화는 일제의 지배가 끝나고 대륙에서 몰려온 국민당 군에 의해 한 집안이 몰락하는 과정을 그렸다. 영화 속의 주펀에는 우울과 절망과 체념과 분노와 슬픔이 배어 있다.

그랬던 주펀이 타이완 최고의 관광지로 부상했다. 아침부터 저녁까지 단체 관광객들이 깃발을 앞세우고 수많은 음식점과 기념품 가게가 들어선 좁은 골목길인 지산제基山街를 줄지어 행진한다. 또한 〈비정성시〉의 무대로 알려진 찻집이 들어선 수치루竪崎路의 계단은 사진 찍는 관광객들로 하루 종일 붐빈다.

사람들은 왜 그렇게 주펀에 열광하는 걸까?

이곳을 찾는 관광객은 서양인은 별로 없고 동양인이 많다. 타이완을 비롯한 홍콩, 싱가포르 등지의 중국인, 일본인 그리고 한국인들인데 그럴 만한 이유가 있다. 타이완 사람들에게 주펀은 1989년 베네치아 국제 영화제에서 황금사자상을 받은 영화 〈비정성시〉의 배경 무대로 널리 알려졌고, 일본인들은 식민지 시대에 뿌려 놓은 자신들의 흔적을 찾아 이곳에 온다. 식민지 시절 금광을 찾아 왔던 일본인들은 주펀과 윗동네 진과스에 일본식 목조 가옥을 만들었고, 1922년에는 당시 태자 히로히토의 방문을 기원하며 타이쯔빈관太子賓館을 지었으며, 산에는 그들의 신사까지 지었다.

한국인들에게는 몇 년 전 방영된 드라마 〈온에어〉를 계기로 주펀이 알려지기 시작했다. 배우 박용하, 이범수, 송윤아, 김하늘 등이 출연한 이 작품을 주펀에서 촬영하며 관광객이 급격하게 늘어난 것이다.

그러나 많은 관광객이 단지 촬영지라서 찾아온 걸까? 아니다. 계기는 드라마겠지만 그보다는 작고, 귀엽고, 예스러운 분위기 속에서 사람들은 어린 시절의 향수와 동화 속의 세계로 들어온 것 같은 포근함을 느낀다. 주펀에서 우리를 깜짝 놀라게 하는 것을 발견할 수는 없다. 골목길에 들어선 목조 가옥들은 낡고 허름하며 그곳에서 파는 음식들은 소박하고 싸다. 토란, 감자, 호박, 고구마 등을 반죽하여 둥글게 빚어 끓인 후 시럽에 담근 위위안芋圓, 땅콩가루와 아이스크림을 전병으로 감싼

크레이프, 어묵탕, 국수, 떡, 소시지·버섯·골뱅이 구이, 코코넛, 빙수, 주스, 옛날 과자, 사탕 등이다. 가격도 한국 돈으로 대개 1,000~3,000원 선으로 부담스럽지 않다. 거기다 맛은 입에 착착 붙는다. 카페도 그렇다. 물론 비싸고 고급스러운 카페도 있지만, 차 한잔을 5천 원쯤에 마시며 바다를 내려다볼 수 있는 전망 좋은 카페도 많다.

주펀의 골목길에서 파는 물건, 기념품도 작고 귀엽다. 어린이용 연필, 동물 캐릭터 상품부터 조약돌, 우산, 붓, 오카리나 등은 어린 시절의 추억을 불러일으킨다. 또한 골목길에는 작은 공방과 사설 박물관들이 숨어 있다. 돌에 얼굴을 새겨 주는 곳, 알루미늄 캔 작품들 혹은 수집한 연들을 전시한 곳, 금광석을 전시한 곳, 또 온갖 사람과 귀신들의 가면을 만들어 전시한 곳들은 거창하게 기대하고 갔다면 실망할 수 있지만, 아기자기하고 소박한 것을 좋아하는 사람들에게는 웃음과 재미를 준다.

주펀을 찾은 사람들은 학교 앞 음식점과 문방구점에서 이것저것 군것질을 즐기고 장난감을 구경하며 해찰을 즐기던 어린 시절로 돌아간다. 그때 호기심 많은 우리들 눈에 비친 세상은 얼마나 재미있고 신났던가. 아무것도 아닌 것에 우리는 놀라고 환호했다. 딱지와 팽이와 구슬을 대단한 보물처럼 탐닉했고, 예쁜 머리핀을 꽂고 지갑을 품에 안고 꽃이 그려진 고무신을 신으면 모두가 동화 속 주인공이 되었다.

그러나 세상은 변했다. 촉촉한 시간은 메마른 세상에 모두 흡수되어 버렸고 아이나 어른이나 핑핑 돌아가는 속도 속에서 메말라 간다.

그때 이 예스러운 골목길을 서성거리며 어린아이처럼 어묵과 아이스크림을 사 먹고, 강아지와 고양이의 캐릭터가 그려진 액세서리나 엄마가 불량식품이라고 못 사 먹게 하던 과자와 사탕을 발견하는 순간, 우린 옛날로 돌아간다. 순수한 동심이 살아나면 동화책 《모모》에서 회색빛 도당에게 도둑맞았던 시간들이 이 골목길에 강물처럼 흘러간다. 그때 이 골목길의 모든 것은 반짝거리는 보물이 된다.

바로 이런 이유로 주펀을 왔다 가는 사람들은 '아, 또 한 번 가고 싶어.'라며 그리워하고 입소문을 내는 것 아닐까? 볼거리가 많아서가 아니라 그 시간, 분위기 속에서 느끼게 되는 잃어버렸던 옛날에 대한 아련한 그리움 때문에.

나는 두 번째 갔을 때 주펀의 엄청난 인파에 짜증이 나면서도 한편으론 가슴이 뭉클하기도 했다. 왜 사람들이 이렇게 몰리는가? 삶에 지쳐서 그렇다. 팍팍한 삶 속에서 잃어버린 옛날을 느끼고 싶어서 꾸역꾸역 몰려든다.

"나, 부부 싸움 하고 사라지면 주펀으로 간 줄 알아. 주펀의 어느 숙소에 콕 숨어 버릴 테니까 찾고 싶으면 그리로 와."

주펀에 두 번째 갔다 온 다음 나는 아내에게 종종 그런 농담을 했다. 정말 그곳에서 영화 〈비정성시〉에 나오는 사람들처럼 밤늦게 술을 퍼마시거나, 차를 마시면서 밤바다를 하염없이 바라보고 싶었다. 인적 끊긴 주펀의 밤에 푹 파묻혀 가끔 세상을 잊고 싶었다. 그런데 이번 여행에서 그 작은 꿈을 이뤘다.

금석객잔

4년 전에는 주펀에 숙소가 별로 눈에 띄지 않았다. 그러다 언제부턴가 한국 여행자들 사이에서 '진스커잔金石客棧' 혹은 '금석객잔'으로 불리는 숙소가 유명해지기 시작했다. 블로그를 통해서다. 여행자들이 찍어 온 사진에 비치는 낡은 목조 가옥과 고풍스러운 가구들은 마치 청나라 말기쯤으로 돌아간 것만 같았다. 거기다 집주인 아저씨의 순수하고 맑은 마음씨에 고마워하는 글들이 많이 보였다.

이번에 나도 진스커잔에서 묵어 보기로 했다. 인터넷으로 예약하지 않고 지룽에서 전화를 걸어 보니 빈방이 있다고 했다. 위치는 대충 파악하고 있었다. 주펀의 골목길은 오전 11시인데도 사람들로 붐볐다. 골목길을 따라가다 계단 길인 수치루를 통과해 전망대를 지나니 비탈길이 나왔다. 진스커잔은 그 비탈길 왼쪽 편에 위치한 3층 목조 가옥이었다.

주인으로 보이는 육십 대 초반의 아저씨가 3층에서 휴대 전화로 통화하다 나를 보고 손을 흔들었다. 나는 1층으로 들어가 잠시 기다렸다. 조용한 클래식 음악이 흘러나오는 공간 왼쪽에 돌 공예를 하는 좁은 작업실이 있었고 그 앞 기둥에는 한글, 일본어로 적힌 감사의 엽서들과 각국의 지폐들이 꽂혀 있었다. 이윽고 주인이 내려와 활짝 웃으며 악수를 청했다. 그는 우선 냉커피를 내왔다. 간단한 영어 단어와 중국어를 섞어서 얘기하는데 한국 여학생 두 명이 묵고 있다면서 "마운틴." 하며 수건을 주고, 칫솔을 주고 휴지를 주었다. 혹시 산에 올라가면 땀이 나니 사용하라는 것 같았다. 그를 따라 올라간 3층에는 방이 두 개 있었다. 왼쪽은 한국 여학생들 방이고 내 방은 오른쪽이었다. 두 명이 누울 수 있을 크기의 침대 위로 모기장이 있었다. 차를 마실 수 있게끔 평상과 탁자가 놓여 있었고 벽의 반 이상은 다 창문이었다. 활짝 열린 창문으로 멀리 파란 바다가 보였다. 침대에 누우니 시원한 바닷바람이 솔솔 불어와 잠이 스르르 왔다.

객잔客棧, 내가 객잔에 왔구나. 중국어 발음으로는 '커잔'이라고 하겠지만 나는 객잔이 익숙하다. 여관이나 여인숙 급의 숙소를 일컫는 객잔이란 단어는 묘한 낭만을 불러일으킨다. 예전에 보았던 홍콩 영화 〈신용문객잔新龍門客棧〉, 중국 윈난 성이나 쓰촨 성에서 생산된 차와 티베트의 말을 교역하던 차마고도茶馬古道 어딘가에 있는 차마객잔車馬客棧• 등, 객잔은 정처 없이 길을 가던 여행자들이 하룻밤 묵어가는 숙소고, 영화에서 온갖 사연을 가진 무림 고수들이 모여들어 무슨 사건이 터질 것 같은 이미지를 갖고 있다.

관광객들도 여기까지는 잘 오지 않아 조용했다. 넓은 베란다의 나무 의자에 앉아 바다를 바라보는 동안에도 적막했다. 한국 여학생들은 외출을 했는지 옆방은 아무도 없었다. 이 집에서 기르는 듯한 고양이가 나타나 어슬렁거리다가 구석에서 잠을 잤다. 이 평화로운 분위기 속에서 한숨 자고 싶은 생각도 들었지만 우선 점심을 먹어야 했다. 점심은 진과스의 황금박물관에서 파는 '광부 도시락'을 먹을 생각이었다. 나가다 2층을 돌아보니 널찍한 공간에는 영화 세트장처럼 고풍스러운 가구들이 있었고 거실의 평상에는 차를 마실 수 있는 탁자가 있었다. 한쪽에는 디지털 텔레비전도 있었다. 3층처럼 탁 트인 베란다는 없었지만 아늑해 보였다.

• 이웃 블로그에서 보았는데 실제로 존재하는 객잔이다.

진과스

주펀의 골목길을 빠져 나와 진과스金瓜石로 가는 버스를 탔다. '광부 도시락'은 옛날 금광 광부들이 먹었다는 도시락이다. 먹고 나서 기념으로 갖고 갈 수 있다는 양은 도시락도 탐이 났고 아리산으로 올라가며 엄청 맛있게 먹었던 '펀치우 도시락'의 맛이 떠올라 꼭 먹어 보고 싶었다. 그러나 그날은 월요일이라 박물관의 문은 닫혀 있었다. 가이드북에 이미 있는 정보였지만 확인하지 않고 간 게 탈이었다.

다행히 박물관 야외 시설은 돌아볼 수 있어서 산중턱에 있는 일본 신사나 갔다 오기로 했다. 돌계단을 헉헉거리며 올라가다 중턱쯤에서 꺾어지니 신사가 나왔다. 기둥만 남은 폐허였는데 신사보다도 거기서 내려다보는 풍경이 일품이었다. 왼쪽에 우뚝 솟은 산의 형상과 바다와 마을은 영화 〈비정성시〉에도 나왔던 풍경 같았다.

시원한 산그늘에 앉아서 옛날을 상상해 보았다. 지금으로부터 약 70년 전, 저 밑의 금광에서는 금을 캐느라 한창이고, 일확천금을 노린 일본 사업가들과 광부들도 이곳에 왔을 것이다. 그들이 바라보던 세상은 어땠을까? 조선도 먹고, 타이완도 먹고, 말레이시아, 싱가포르도 먹고, 필리핀도 먹고, 중국의 일부를 먹으며 온 아시아를 먹던 시절이었다. 그들은 자신들의 신에게 새로운 제국 건설을 기도했을 것이다.

그게 미워서일까? 이 근처에는 그 시절 일본군의 포로였던 영국군들의 기념비가 세워져 있다. 황금박물관에서 나와 오른쪽 비탈길을 따라 내려가다 보면 넓은 곳이 나오고 오른쪽에 계단이 있다. 계단을 따라 올라가면 그들이 세운 기념비가 나오는데 대충 이런 뜻의 글이 새겨져 있다.

"1,000명가량의 영국군과 영연방 포로들은 이곳에서 부상, 질병, 기아, 잔혹한 대우로 고통받았다. 그러던 중 1944년 말 일본군은 포로들의 캠프와 광산 사이에 터널을 만들게 했다. 말로는 일하러 가기에 더 쉽게 하기 위해서라고 했지만 사실은 미군이 상륙할 경우 터널에서 모두 몰살시키고 매장할 계획이었다. 그것을 알려 준 이들은 우호적인 타이완 사람들이었는데 다행스럽게도 그런 일은 일어나지 않았다. 우리는 우호적인 타이완인들에게 감사하며 우리를 비인간적으로 대한 일본군의 만행을 잊지 않을 것이다."

화려한 관광지의 이면에는 이런 끔찍한 역사적 사건도 있는 것이다. 진과스는 주펀과 달리 조용했다. 어쩌다 비탈에 들어선 집에서 사람들이 떠드는 소리만 새어 나왔지 뜨거운 뙤약볕 길에는 인적이 드물었다. 늦은 점심을 그곳의 식당에서 사 먹고 천천히 거닐다 다시 주펀으로 돌아왔다.

황홀한 일몰

주펀에서 나는 즐거웠다. 아이처럼 군것질을 즐기다가 예전에 스쳐 지나갔던 공방, 사설 박물관을 보았고 귀신 가면 전시장에 들어가 아이들처럼 사진을 찍기도 했다. 대단한 곳들은 아니었지만 사람들과 섞여서 구경하는 재미가 있었다.

홍등이 예쁘게 걸린 아메이차관阿妹茶館과 비정성시 찻집 사이의 수치루 계단은 늘 사진 찍는 관광객들로 붐볐다. 도대체 여기서 얼마나 많은 사람이 사진을 찍었을까?

어느샌가 5시 30분이 되었다. 벌써 문을 닫는 집도 있었지만 그 때 깃발을 들고 나타나는 일본 관광객들이 보였다. 더위가 가신 후에 저녁 식사를 할 겸 일몰을 보러 오는 것 같았다. 사실 주펀에 와서 일몰을 못 본다면 그건 아직 주펀을 보지 못한 것이다. 예전의 내가 그랬다. 저녁이 되면 타이베이로 돌아가느라 급급해서 일몰을 보지 못했었다.

버스 정류장 옆의 전망대에 앉아 주펀의 일몰을 기다렸다. 몇몇 사람들이 카메라를 들고 일몰 사진을 찍으려 대기하고 있었다. 차차 어둠이 짙어지면서 하늘은 엷은 오렌지 빛깔로 물들기 시작했다. 멀리 수평선 너머의 구름이 조금씩 올라왔고 어둠이 짙어지면서 하늘은 구름 결 따라 황금 빛깔로 바뀌어 갔다. 자연이 연출하는 한 폭의 장엄한 그림이었다. 오렌지 빛깔에 물든 구름이 점점 하늘로 솟구치면서 시시각각 기기묘묘한 형상을 만들어 냈다. 숨 막힐 정도로 황홀했다. 어둠이 짙어질수록 잘록한 경계선 따라 이어진 땅들은 섬처럼 보였고 반짝이는 불빛들은 보석처럼 빛났다. 해의 붉은 빛이 서서히 자취를 감추기 시작하면서 하늘과 바다의 경계선도 사라졌다. 그 변해 가는 풍경이 얼마나 아름다운지 몇 번이나 속으로 탄성을 질렀다.

하늘과 바다가 완전히 어둠에 잠긴 뒤에야 다시 골목길로 돌아왔다. 이때 〈소녀의 기도〉 음악이 들려왔다. 쓰레기차가 뒤에서 오고 있었다. 비켜서자 나를 앞질러 간 쓰레기차는 조금 앞에서 섰고 집집마다 사람들이 쓰레기 봉지를 갖고 나오기 시작했다. 그렇게 쓰레기를 버리고 나서야 음식점들과 가게들은 하루를 접는 것 같았다.

주편의 밤

숙소로 돌아와 모기향을 피우는데 주인이 올라와 "내일 티타임을 갖자."라고 했다. 원래 저녁마다 객잔에서 숙박객들에게 차를 대접한단다. 그런데 오늘은 본인이 지룽에 가서 볼일을 봐야 한다고 했다. 나도 피곤한데 잘됐다는 생각을 했다.

마침 돌아온 한국 여학생들과 얘기를 잠시 나누었는데 갑자기 비가 내리기 시작했다. 폭우였다. 30분 정도가 지나자 신기하게도 뚝 그쳤다. 학생들이 방으로 돌아간 다음, 불을 끄고 모기장 안으로 들어가니 사방천지가 풀벌레 소리였다. 활짝 열린 창문으로 들어오는 바람이 시원했고 멀리서 개 짖는 소리가 들려왔다. 얼마 만에 듣는 풀벌레 소리, 개 짖는 소리인가. 정신이 맑아져 왔다.

이곳은 좋은 호텔 수준은 결코 아니었다. 그래서 객잔 아닌가. 그만큼 호텔보다는 숙박비가 쌌다. 방값은 방마다 다르고 평일, 휴일 따라 다른데 평일에 내가 묵는 방은 가장 싼 방으로 800위안이라 했다. 1박에 3, 4만 원이니 비싼 가격은 아니다. 둘이 묵는다면 조금 더 받는 것

같은데, 그래도 1인당 가격을 생각하면 매우 싼 편이었다. 서양식으로 밀폐된 공간 속에서 쾌적함을 원하는 사람이라면 불편할 수도 있겠지만 나 같은 사람에게는 좋은 곳이었다. 잠을 자려다 뭔가 아쉬운 기분에 다시 일어났다. 베란다로 나와 먼 바다를 바라보았다. 반짝반짝 빛나는 불빛과 검은 바다를 스쳐 온 바람이 싱그러웠다.

아, 사람은 이런 데서 살아야 하는데. 자신을 세상과 차단시키지 않고 나무와 바람과 산과 바다와 풀벌레 소리 속에서 하루하루를 살아가야 하는데. 아니 밤에 잠잘 때만이라도 이렇게 푹 쉬어야 하는데. 도시에서 살아가는 우리들은 푹 쉴 겨를이 없다.

옆방에서 여학생들의 웃음소리가 까르르 들려왔다. 조카보다 한두 살 위인 소녀들이다. 둘이서 용감하게 여행하는 모습이 보기 좋았다. 좋은 시절이다. 내 학창 시절에는 억압된 분위기 속에서 해외여행 꿈도 꾸지 못했는데 이제 젊은 학생들은 해외에서 언어 연수에, 배낭여행을 하고 있다. 어린 나이에 자신의 세계를 넓혀 가는 모습이 부럽기도 하고 대견스럽기도 했다.

갑자기 멀리서 폭죽이 터졌다. 펑펑펑펑. 지룽 쪽 같았다. 잠시 후 가까운 곳에서도 폭죽 소리가 들려왔다. 내일 시작된다는 음력 7월 15일 축제 전야제를 축하하는 행사인 모양이다. 아까 주인이 밤에 지룽에 간다더니 저것 때문이었나 보다. 돌아가신 영혼들을 위로하는 거대한 축제 아닌가.

배우 박용하를 생각하며

오늘은 음력 7월 1일부터 시작하는 고스트 페스티벌의 중간인 7월 15일로 '중위안푸두 축제' 날이다.

인간들의 죄를 심판하는 신의 생일을 맞이해 성대한 의식이 치러진다. 또한 땅 위에 떠도는 인간들의 영혼을 위로하는 날이기도 하다. 주펀의 골목길에서도 상인들은 종이돈을 태우고 있었다.

천천히 골목길을 걸어 다니다 수치루 계단 중간에 있는 비정성시 찻집으로 들어갔다. 이곳은 처음이었다. 예전에는 맞은편 아메이차관에서 차를 마셨다. 아메이차관은 찻값이 비싸지만 바다 전망이 좋았다. 반면 맞은편의 비정성시는 바다가 보이지 않아 조금 인기가 떨어진다. 하지만 그곳이 바로 드라마 〈온에어〉 촬영지였기에 들어가 보고 싶었다.

비정성시 찻집 입구에는 드라마 촬영 당시에 찍었던 배우들의 사진이 조그맣게 붙어 있었다. 문을 열고 들어가니 너덧 명이 앉을 수 있는 목조 원탁이 네 개 정도 놓여 있고, 손님도 구석에서 차를 마시는 여자들 몇 명만 있었다. 분위기는 소박했다. 주문을 받는 아줌마도 후덕하고 편안해 보였다. 에어컨 바람은 시원하고 엔카 노래가 흘러나왔다. 이런 넉넉하고 약간은 어둠침침한 분위기가 나처럼 혼자 온 사람에게는 더 편안하다.

아이스커피를 홀짝홀짝 마시며 음악을 듣다 보니 어느샌가 구슬픈 경음악으로 바뀌었다. 기분이 센티멘털해지며 문득 얼마 전 자살한 탤런트 박용하가 생각났다. 그가 주펀의 골목길에서 카메라를 들고 사

진을 찍던 모습도 생생하고, 이범수가 이 찻집에 서 있던 모습도 생각
났다.

그때 주펀에 갔다 온 지 얼마 안 되었기에 나는 드라마를 유심히
보았고 훗날 박용하가 죽었다는 소식을 들었을 때 마음이 아팠다. 특
히 병든 아버지를 수발했다는 얘기 때문에 더 그랬다.

나도 부모님 병수발을 해 보았기에 그 심정을 안다. 자식과 부모
의 마음을 생각하니 남의 일 같지 않았다. 여리고 착한 청년이 얼마나
고통스러웠으면 그랬을까, 세상 사람들로부터 얼마나 상처를 받았으면
그랬을까?

어찌 보면 삶도, 죽음도 깃털처럼 가볍다. 거대한 우주의 관점에
서 본다면 우리의 삶은 찰나 같아서 환상과도 같다. 그러나 한 번밖에
없는 삶은 매우 소중하기에 죽음은 두렵고 이별이 너무도 슬프다. 그래
서 사람들은 기도를 하고 제사를 지내고, 저 밖의 타이완 사람들처럼
혼령들을 위해 종이돈을 태우나 보다.

그런 세계관 속에서는 죽음이 끝이 아니다. 산 자와 죽은 자의 세
계가 다르면서도 수많은 접속점을 갖고 있다. 삶에서의 행동들은 죽음
뒤의 세계까지 가고 죽음의 세계에서의 일들은 또 산 자들에게 영향을
미친다.

음력 7월, 수많은 혼령이 지상으로 내려오는 달, 타이완 사람들은
수많은 음식과 향불로 그들을 위로하며 노잣돈까지 챙겨 주고 있었다.
나는 잠시 마음속으로 이곳에 흔적을 남겼던 박용하의 명복을 빌었다.

어느샌가 멜로디는 〈나그네의 설움〉으로 바뀌었다. 한국의 옛날 트로트를 타이완 여행 중 종종 들을 수 있었다. 오래전 정처 없이 돌아다니던 내가 해를 넘기고 오거나 추석을 넘기고 오면 어머니는 늦게라도 떡국이나 송편을 해 주시며 "얼마나 고생했느냐."라고 안타까워하셨다. 이제는 다 가신 분들, 아직도 전화를 걸면 어머니 목소리가 들릴 것만 같은데⋯⋯. 이제는 다시 들을 수도 없고 볼 수도 없다.

자꾸 눈물이 흐르는데 아주머니가 이상하다는 듯이 쳐다보고 있었다. 잠시 가슴을 진정시킨 뒤 밖으로 나왔다.

여전히 계단 길은 사진 찍는 사람들로 가득 찼다. 그런데 웬 청년이 하얀 새끼 양을 안고 올라가고 있었다. 세상에 애완용 양이라니! 재미난 광경에 조금씩 기분을 회복했다.

그래 즐겁게 살아야지. 삶이란 슬픔과 좌절과 기쁨과 희망을 다 가슴에 안고 묵묵히 걸어가는 것. 어머니, 새처럼 자유롭게 훨훨 날아다닐게요. 아무 걱정하지 마세요.

비 정 성 시

수치루 계단은 주펀에서 가장 예쁜 길이다. 그래서 늘 사진 찍는 사람들로 붐빈다. 흔히 이 거리에 있는 아메이차관에서 영화 〈비정성시〉를 촬영했다고 알려져 있지만, 직접 종업원에게 물어보니 그렇지 않다고 대답했다. 아메이차관은 원래 비정성시 자리에 있었는데 임대가 끝나

서 맞은편으로 옮겨 왔고, 그 영화는 근처 거리에서 찍은 게 맞는다고
했다.

내가 보기에도 영화와 실제 여기의 위치가 정확히 맞지 않아 조
금 이상했었다. 영화에서는 위로 언덕이 보이고 오른쪽에는 차오셴러
우朝鮮樓가 나오고 왼쪽에는 진주자金酒家가 나온다. 이곳에 오면 영화에
등장했던 두 술집 혹은 요릿집이 남아 있을 줄 알았다. 그런데 이름은
물론 배경, 입구 방향이 약간씩 달랐다. 세트에서 촬영한 것인지 혹은
세월이 흘러 거리 풍경이 바뀌어서 그런지는 모르겠다. 술집 2층에 앉
아 신선로를 앞에 놓고 술 마시고 노래를 부르는 풍경을 상상하던 내게
는 의외였다. 그래도 목조 가옥에 홍등 걸린 아메이차관이나 비정성시,
혹은 다른 찻집들에서 그때 분위기를 약간이나마 느낄 수 있었다.

〈비정성시〉는 4년 전에 보았다. 주펀에 오기 전이었는데 DVD는
물론 비디오테이프도 구하기 힘들었다. 간신히 떨이 처분을 하는 곳에
서 비디오테이프 상, 하를 샀는데, 마침 집에 있는 비디오가 고장 나서
동네 비디오방까지 가서 봤다. 옛날 필름이라 화질도 안 좋은 데다가
어두운 장면도 많이 나오고 스토리도 우울했다. 하긴 제목도 〈비정성시
悲情城市〉, 영어로는 〈The city of sadness〉가 아닌가. 타이완의 허우샤
오셴 감독이 만든 이 영화는 아주 슬픈 내용이다. 게다가 타이완의 근
대사, 특히 얼얼바 사건을 모르면 가슴에 크게 와 닿지 않을 것이다. 사
실 나도 이 영화를 보기 전까지 얼얼바 사건을 전혀 몰랐다.

〈비정성시〉를 감상하려면 시대 배경을 좀 알아야 한다. 해방되어

일본군이 물러간 뒤, 타이완 사람들은 희망에 차서 국민당 정부군을 환영했으나 곧 실망하게 된다. 타이완에 상륙한 그들은 엘리트가 아니라 군벌 휘하의 기강 없는 군인들이었으며 타이완을 다스리는 첫 번째 중화민국 대표인 천이陳儀는 부패한 인물이었다. 중국에서 건너온 국민당 관료들은 타이완 사람들을 형제가 아니라 전쟁 부역자로 여겼고, 대륙에서 공산당과 싸운다는 명분 아래 타이완에서 전쟁에 필요한 많은 물자를 공출했다. 또한 중국 대륙의 푸퉁화를 공식 언어로 삼는 바람에, 타이완 사람들은 공직이나 좋은 직장을 얻기가 힘들어졌다. 실업률은 치솟고 살기는 점점 어려워졌으며 관료들은 부패했다. 일제강점기보다 더 힘들고 고통스러운 시기를 보내는 가운데, 400년간 한 번도 없었던 '쌀 부족' 사태까지 벌어진다.

충격 속에서 불만이 높아지던 타이완에서는 급기야 얼얼바 사건이 터지게 된다. 1947년 2월 27일, 전매청 부근에서 밀수 담배를 팔던 한 노파가 경찰에게 담배를 압수당한다. 이에 항의하는 노파를 관리가 총 개머리판으로 치자 군중이 몰려들었는데, 뜻밖의 사태에 당황한 관리는 총을 발사했다. 그 총알을 맞고 지나가던 사람이 죽었고 군중은 흥분하기 시작했다. 다음 날인 2월 28일, 정부 청사로 몰려간 군중을 향해 경찰이 총을 발사하면서 더 많은 사상자가 발생했다. 이것을 얼얼바(2. 28) 사건이라 한다. 이후 정부에 대한 그동안의 불만을 폭발시키는 성격의 항의 시위가 전국적으로 벌어졌다.

전매청 사건은 불에 기름을 부은 격이 되었다. 5월 중순까지 이어진 시위를 탄압하는 과정에서 약 3만 명이 죽었으며 그중 대부분은 지식인이었다. 급기야 1949년 대륙에서 패한 국민당은 타이완으로 이주해 계엄령을 선포한다.

1950년대에는 무시무시한 '백색 테러'가 타이완 전역을 휩쓴다. 정부에 대해 비판적인 사람들은 반역자나 간첩으로 보고 체포하여 사형, 무기징역을 선고했는데 이때 9만여 명이 체포돼 반은 사형을 당했다. 여기에는 원래 타이완에서 살던 사람들뿐만 아니라 대륙에서 피난온 사람들도 포함됐는데, 실제 간첩도 있었지만 대개 무고한 시민들이었다. 그런 사회 분위기 속에서 얼얼바 사건은 계엄령 동안, 즉 약 40년간 언급 자체가 금기시되다가 1987년 계엄령이 해제되어서야 조금씩 거론되기 시작했다.

영화 〈비정성시〉는 얼얼바 사건을 직접 다루지 않는다. 다만 주펀에서 평화롭게 살아가던 일가족이 이런 역사의 수레바퀴에 끼어서 어떻게 몰락하는가를 비극적으로 보여 준다.

영화 초반, 카메라는 주펀에서 식당을 경영하는 임아록이 일본 천황의 항복 방송을 듣는 모습을 비춘다. 사람들은 일본이 물러가게 된 것을 축하하며 술을 마시는데, 그것이 비극의 시작이었다.

임아록의 첫째 아들 임문웅은 장사꾼이고, 둘째 아들 문상은 일본 군의관으로 출정했으나 소식이 없고, 셋째 아들은 문량은 상하이에서 약간 정신이 이상해져서 집으로 돌아온다. 그리고 넷째 아들 문청(양조위 분)은 벙어리인데 사진관을 하고 있다. 일본이 물러가고 권력의 공백

기를 맞아 사회는 혼란스럽기만 한데, 셋째 아들 문량에게 이 틈에 밀수를 하자는 제의가 들어온다. 결국 첫째와 셋째는 쌀과 사탕을 배에 실어 상하이에서 판 뒤, 올 때는 다른 것을 실어다 파는 밀수에 손을 댄다. 그런데 상하이 쪽을 담당하기로 한 이들은 문웅과 문량 형제를 일본에 부역했던 죄가 있는 매국노라며 신고하고 물건을 가로채 버린다. 넷째 문청이 갖은 애를 쓴 끝에 결국 형제는 풀려났지만, 후유증으로 셋째는 완전히 미쳐 버린다.

이때 얼얼바 사건이 일어나고 문청은 타이베이로 가던 중 기차에서 죽을 뻔한다. 분노한 본성인 출신 청년들이 대륙에서 온 외성인들을 폭행하는데 그 와중에 벙어리인 문청은 오해를 받았다. 발음으로 외성인을 구별하던 본성인 청년들은 말을 못 하는 그를 외성인 출신이라 생각한 것이다. 문청은 가까스로 빠져나왔지만 나중에 경찰에 잡혀간다. 그리고 본성인 출신들은 모두 죽고 문청만 겨우 살아 나온다. 그때 만난 본성인 출신들이 누군가에게 전달해 달라며 문청에게 쪽지를 준다. "태어나며 조국을 이별했고, 죽어서 조국에 갑니다. 생사는 하늘에 달린 것. 너무 슬퍼 마십시오."

그 후 문청과 친했던 오관영은 자신의 삶을 구국의 미래에 바치겠다며 산속에 들어가 게릴라가 되고 문청은 관영의 여동생인 간호사 관미와 결혼해서 산다. 한편 첫째 아들 문웅은 도박하다 칼부림으로 죽고, 산속에서 투쟁하던 문청의 친구 오관영은 검거된다. 또한 소박하게 살아가려던 문청도 오관영에게 돈을 대 주었다는 죄목으로 끌려간다.

영화 끝에서 문청의 아내 관미는 문청의 조카 아설에게 편지를 쓴다. "문청이 도망치려 했지만 갈 데가 없었어."

결국 네 아들 중 남은 아들은 미친 셋째 문량이었다. 영화는 그가 미쳐서 밥을 게걸스럽게 먹는 장면으로 끝나고, 이런 자막이 뜬다.

"1949년 12월, 대륙 공산화. 국민당 정부 대만으로 도망 옴. 타이베이가 수도가 됨. 비정성시悲情城市, The city of sadness."

'도망치려 했지만 갈 데가 없었어.' 당시 타이완 사람들의 심정이었을 것이다. 역사를 알거나 영화를 본 뒤 주펀에 오면 감회가 남다르다. 영화 속 일가의 비극이 허구든 아니든, 실제로 존재했던 시대의 한과 슬픔이 승화되어 나타난 뛰어난 작품이기에.

한편 대륙에서 온 외성인들도 마음이 편치는 않다. 4년 전, 천수이볜 정권하에서 옛날 일로 한창 감정이 격화되었을 때였다. 호텔에서 여직원에게 이런 것 저런 것을 물어보자 그녀는 이런 말을 했다.

"벌써 60년 전 일이에요. 그리고 본성인과 외성인을 구분하는데, 난 아버지가 외성인이고, 어머니가 본성인이에요. 이미 많이 피가 섞였고 또 과거로 올라가면 모두가 중국 대륙에서 살던 사람들인데, 그걸 지금 와서 가르는 게 무슨 의미가 있나요? 그때야 정치적인 문제로 그랬고 군대가 잘못한 것도 있지만, 대다수 외성인이야 무슨 죄가 있겠습니까. 우리 아버지도 전쟁 통에 정신없이 와서 먹고사느라 정말 고생 많이 했어요. 그걸 지금 와서 자꾸 편을 가르면 우린 어떻게 하라고요."

그녀의 말에도 일리가 있었다. 대륙에서 건너와 부당한 재물과 권력을 획득한 사람들도 있겠지만, 대다수의 외성인은 전쟁 중에 모든 걸 잃고 내려와 살기 위해 고생했다. 결국 이쪽이든 저쪽이든 먹고살기 위해 바빴던 많은 사람은 힘들었을 것이다. 상처받은 사람들이 가슴속 한과 분노를 푸는 길은 자라나는 세대에게 남겨진 숙제 같았다.

타이베이
Taipei

다양한 매력이 있다

타이완을 일주한 뒤, 타이베이에 다시 왔다. 8월 말의 불타는 듯한 날씨는 여전했다. 처음 왔을 때와 달리 가슴속에서 뜨거운 삶의 열기가 솟구쳤다. 여전히 세상을 떠나신 어머니를 생각하면 슬펐지만 그래도 살고 싶었다. 열심히 사는 것을 넘어서 즐겁게 살고 싶었다. 그 의욕은 뜨거운 태양 밑에서 살아가는 사람들의 작은 욕망과 열기가 준 선물이었다. 나는 타이베이에 머물 4박 5일 동안 작은 쾌락들을 즐기고 싶었다.

그런데 그전에 꼭 들를 관광지가 있었다. 고궁박물원도 그중 하나였다. 고궁박물원은 역시 대단했다. 대충 훑어보아도 한나절은 걸릴 정도로 소장품이 많은 이곳은 한국어 안내 서비스가 새로 생겨서 유물을 감상하기 편리했다.

수많은 보물 가운데 거창한 것보다도 작은 것들이 더 인상적이었다. 19세기 청나라 때 윈난, 미얀마에서 채취한 옥으로 만든 싱싱한 푸른 배추 모양의 취옥백채翠玉白菜나, 돌에 구멍을 내고 염색해서 기름이 흐르는 진짜 삼겹살처럼 만든 육형석肉形石은 정말 생생해서 씹고 싶은 충동이 느껴질 정도였다.

또한 콩만 한 옥으로 배를 조각하고, 그 좁은 배 안에 소동파를 비롯한 여덟 명의 사람과 탁자를 만든 장인의 실력에 기가 막혔다. 게다가 배 바닥에 새겨진 소동파의 〈적벽부赤壁賦〉를 돋보기로 보며 혀를 내두를 수밖에 없었다. 360자 모두 선명했다. 청나라 19세기에 만든 상아 공 조각도 대단했다. 조그만 상아 공 속에 또 공이 있고, 그 속에 또 공이 있는데 공마다 분리되어서 돌아간다. 이것을 어떻게 만들었을까? 상상을 초월하는 작품이기에 귀신이 만들었다는 얘기도 있다 한다.

런던의 대영 박물관, 파리의 루브르 박물관, 상트 페테르부르크의 에르미타주 박물관, 뉴욕의 메트로폴리탄 박물관과 함께 세계 5대 박물관으로 불리는 고궁박물원의 유물들은 중화민족의 자랑이면서 아시아의 자랑이기도 하다. 게다가 대영 박물관, 루브르 박물관은 식민지에서 가져온 유물이 상당수인데 비해, 고궁박물원의 유물은 거의 중국 것이다. 원래 이 유물은 자금성의 소장품이었지만 장제스가 전쟁 중에 타이완으로 가져왔다.

고궁박물원과 더불어 유명한 중정기념당^{中正紀念堂}에도 관광객의 발길이 끊이질 않는다. 광장 끝에 있는 긴 계단을 올라가면 넓은 홀에 그의 동상이 있고 아래 건물에는 기념관이 있다. 일제강점기를 살았던 우리 아버지의 얘기로는 그 시절 장제스는 처칠, 루즈벨트, 마오쩌둥, 히틀러 등과 함께 영웅 대접을 받았다고 한다. 실제로 장제스는 한때 마오쩌둥을 완전히 압도했으나 부패하면서 힘을 잃고 타이완으로 쫓겨 왔다. 망해 가는 청나라를 대신할 새로운 근대 국가를 세우려 했음에도 불구하고, 그를 전근대적이고 전체주의적 사고방식을 가진, 재벌과 결탁한 군벌로 평가하는 의견도 많다. 그의 아내 쑹 메이링은 재벌 집안의 딸이었다. 장제스를 싫어하는 타이완의 본성인들에게 그는 영웅도 아니었고, 자신들을 억압한 새로운 권력자였을 뿐이다.

선얏센 기념관에서는 중국 혁명의 아버지 선얏센의 흔적과 멋진 위병 교대식도 볼 수 있었다. 또 타이완 근대사의 큰 상처인 '얼얼바 사건'을 기리기 위한 얼얼바 기념관은 공사 중이었는데 2011년 2월 28일 새로 개관한다는 표지판이 붙어 있었다. 2년 전에 왔을 때 수많은 역사적 진실과 증거가 전시되어 있었는데 앞으로 어떻게 변할지 궁금하다.

역사적인 의미를 돌아보는 즐거움도 좋았지만, 나를 더욱 편하고 즐겁게 한 것은 삶의 체취가 물씬 풍기는 장소들이었다. 타이베이에는 그런 데가 많다. 타이베이 기차역 건너편에 위치한 타이완구스관^{台灣故事館}의 근대화 초기의 마을, 한약방과 건어물 가게 등이 들어선 전통 시장

이 있는 디화제迪化街는 낙후되었지만 전통적인 분위기를 잘 간직하고 있었으며 옛 시절의 향수를 느낄 수 있었다.

또한 나는 한 서점에서 감동했다.《타임》지가 2004년 아시아 최고 서점으로 선정한 청핀誠品 서점이 바로 그곳이다. 아늑한 도서관 같은 분위기의 청핀 서점은 지점이 여럿 있는데, 예전에 왔을 때 이 서점에서 멋진 경험을 했었다. 그때 일기장에 이렇게 써 두었다.

"오후 4시 45분. 어두운 색깔의 유리창을 통해 들어온 초콜릿 빛 햇살. 에어컨 바람은 서늘하다. 잔잔한 클래식 음악은 목조 마룻바닥에 깔리고 어디선가 아이들이 소곤거리는 소리가 들려온다. 이 우연하게 마주친 황혼녘 분위기. 낮과 밤이 교차하는 이 분위기 속에서 나는 상상의 여행을 떠난다. 나는 어디에 와 있는가? …… 여행은 낚시다. 여행은 시공 너머의 세계 속에서 펄떡이는 황금빛 물고기를 낚는 것."

청핀 서점에서 대단한 볼거리를 기대하면 실망할지도 모른다. 다만 책을 좋아하는 느긋한 여행자였던 나는 예기치 못한 감동을 얻을 수 있었다. 둔화난루敦化南路 지점은 24시간 개방하고 있었는데, 고맙게도 자기네 서점에 없는 책도 수소문을 해서 알아봐 주었다. 한번은 하카족에 관한 영문 책이 없어서 물어보았더니 검색하던 직원은 국립타이완대학교 근처의 어느 서점으로 가라고 주소를 적어 주었다. 그곳은 인문사회학 서적만 파는 조그만 서점이어서 필요한 책을 살 수 있었다. 책을 좋아하는 나로서는 책방을 찾아다니는 것도 큰 즐거움이다.

나를 더욱 즐겁게 한 것은 음식이었다. 융캉제永康街의 음식점에서 샤오롱바오를 먹으며 톡 터져 나오는 고소한 즙의 맛에 몸을 부르르 떨거나, 달고 시원한 망고 빙수를 먹으며 거리를 물끄러미 구경하거나, 혼잡한 야시장에서 천천히 군것질을 하거나, 늦은 저녁 죽집에서 푸짐하고 맛있는 죽을 먹는 시간은 행복했다. 또한 밤하늘을 쳐다보거나, 단수이 강변을 걷고 주걸륜이 출연하는 타이완 영화 〈말할 수 없는 비밀〉의 촬영지를 돌아볼 때도 행복했다

또 우연히 보피랴오 역사 거리에서 열리는 '프린지 페스티벌Fringe festival'도 보았다. 1947년 스코틀랜드의 에든버러에서 시작된 이 페스티벌에는 아마추어에서 프로까지 자유롭게 참여할 수 있는데 이제 서울에서도, 타이베이에서도 하는 축제가 되었다. 자유롭게 참가한 젊은 이들이 화려한 복장으로 마음대로 끼를 발산하며 거리에서 춤을 추고 있었다.

타이완을 여행하며 나는 일기장에 '아, 타이완이 좋다, 좋아.'라는 말을 수없이 썼다. 타이완은 편하고 즐겁다. 그 편안함과 즐거움은 뜨거운 햇살과 따스한 인정미와 친절, 맛있는 음식들에서 왔다. 그것들이 우울했던 나를 생기 있게 해 주었다.

또한 타이완에서는 나와 현지인 사이에 경계선이 없었다. 관광지나 오지에서는 여행자와 현지인들의 세계가 분명히 나누어진다. 행색이나 행위뿐만 아니라 의식도. 특히 못사는 나라에서는 더 그랬다. 그런 경계의 나눔 속에서 자칫하면 우쭐하는 의식이 생기거나 혹은 현지인들의 처지가 불쌍해 가슴이 아팠다.

그러나 타이베이에서는 경계가 없었다. 나와 비슷한 외모, 비슷한 수준, 비슷한 의식을 가진 사람들 속에 파묻혀 나는 익명의 자유로움과 편안함을 누렸다. 그러면서도 언어가 같지 않은 데서 오는 작은 낯섦과 호기심이 나를 긴장시켰다. 타이완의 매력은 그 작은 긴장과 편안함 사이를 오가는 데 있었다.

유감

물론 타이완 사람들 모두가 친절하지는 않았다. 어쩌다 쌀쌀맞은 사람들도 만났다. 어디인지를 밝히고 싶지는 않지만 유창한 영어 발음을 자랑하는 사람들 중에는 협수룩한 배낭여행자를 얕잡아 보는 사람도 있었다. 또 한국과 중국이 수교하는 과정에서 얻은 상처 때문에 반한 감정을 갖고 있는 이들도 있을 것이다.

그러나 어디 이게 타이완 사람만의 일인가. 대다수 일본인은 친절하지만 그중 한국 사람을 싫어하는 이들도 있었고, 서양에서는 인종차별적인 시선도 종종 느꼈다. 동남아에서도 마찬가지였다. 대개는 친절하지만, 서양인 여행자들을 대할 때는 과도하게 친절하고 아시아인을 대할 때는 싸늘한 이들도 있었다. 혓바닥에 기름을 친 것처럼 영어 발음이 유창한 이들이 더욱 그랬다. 그들은 영어뿐만 아니라 몸짓과 의식도 서양인을 닮으려 했고 자신이 마치 서양인인 것처럼 행동했다.

한국은 안 그런가? 한국인들이 서양 사람에게는 과도하게 친절하고 아시아인은 깔본다는 얘기를 종종 들었고 직접 목격했었다. 서양인들에게도 친절하면서 의연한 태도로 처신하고, 아시아인에게는 좀 더 따뜻한 마음으로 대하고 웃어 준다면 그들이 얼마나 한국을 친근하게 여길까?

반면 현지인들을 얕잡아 보는 여행자들도 있었다. 영어를 전혀 못하는 서민적인 상인들에게 알아듣든 말든 다짜고짜 유창한 영어로 말한다든지, 타이완의 겉모습만 보고 함부로 낮게 평가하는 여행자들도 간혹 보였다.

여행이란 게 너무 교육적일 필요는 없겠지만, 사람에게 상처 주는 짓만은 서로 하지 말아야 한다. 그것은 업이 되어 자신에게든, 동포에게든, 다른 여행자들에게든 돌려진다. 사람은 말 한마디에 살고 말 한마디에 죽는다. 따스한 눈빛에 삶의 의욕을 얻고 싸늘한 눈빛에 삶의 의욕을 잃기도 한다.

융캉제

예전에는 융캉제永康街를 몰랐다. 그런데 언제부턴가 융캉제가 맛있는 음식점, 예쁜 카페, 골동품이나 예술 작품을 파는 곳들이 들어선 매력적인 거리라는 소문이 퍼졌다.

그 거리에서 제일 가고 싶었던 곳은 가오지高記라는 상하이 딤섬 레스토랑이었다. 가이드북에는 딘타이펑 본점 뒤편에 있어 명성에 가려져 있지만, 현지 사업가들이나 주재원들이 외국인 손님을 대접할 때 자주 방문하는 이름난 식당이라고 소개돼 있었다. 대륙의 저장浙江 성 출신인 가오쓰메이高四妹가 열여섯 살에 상하이에서 샤오롱바오 만드는 방법을 배워 1949년에 문을 열었다고 한다.

융캉제 초입에 있는 가오지 레스토랑은 그리 넓지 않았다. 평범하지만 아늑해 보이는 이 레스토랑은 저녁 식사를 하기에는 조금 이른 5시 30분인데도 자리가 거의 다 차 있었다. 나는 중독성 강한 '게알 만두'라는 셰황샤오롱바오蟹黃小龍包 한 판을 시켰다.

잠시 후 셰황샤오롱바오가 나왔다. 열 개. 280위안(11,200원)이니 한 개에 1,120원 짜리다. 만두 하나에 그만한 가격이면 결코 싸지 않았다. 먼저 작은 국자 같은 스푼에 만두를 올려놓고, 젓가락으로 살짝 찢자 노릇한 국물이 나왔다. 거기에 식초와 간장에 젖은 생강채를 올려놓았다. 그리고 한입에 만두를 넣었는데, 배어 나오는 즙의 맛이 황홀해서 신음이 나왔다. 만두 한 판을 다 먹고 나서, 속으로 외쳤다.

'This is life!'

이것이 인생이다! 글쎄, 이런 표현과 감동이 글쟁이 특유의 과장이라고 생각할지도 모르겠지만, 그런 게 아니다. 정말로 맛있어서 감탄사가 절로 나왔다.

물론 맛이란 주관적이니 어떤 사람은 별로라고 생각할 수도 있고, '그냥 맛있다.' 정도일 수도 있다. 그러나 나는 그 순간만큼은 정말 감동했다. 나는 미식가도 아니고 아무거나 잘 먹는 사람이다. 맛에 둔감한 편이기 때문이다. 그런데 이 셰황샤오롱바오는 하나하나 먹을 때마다 없어지는 것을 아쉬워하며 혀로 그 맛을 천천히 음미할 정도로 맛있었다.

사람이 행복하다는 게 무엇인가. 이렇게 맛있는 음식을 먹는 것이야말로 인생 최대의 행복 아닌가. 각종 샤오롱바오를 더 시켜 먹을까 했지만 융캉제에는 먹을거리가 많기에 여기서 배를 모두 채울 수는 없었다.

다음에 찾아간 곳은 이미 한국 사람들에게도 유명해진 망고 빙관. 그런데 거리 중간에 있어야 할 'ice monster' 혹은 '氷館^{빙관}'이란 간판이 보이질 않는다. 대신 '永康15'라고 돼 있고 종업원들은 Gourmet Group이라 새겨진 제복을 입고 있었다. 계속 ice monster를 찾아다니다 맞은편 옷가게 여점원에게 서툰 중국어로 물었다.

"여기 빙관이 어디 있어요?"

"저거예요."

"저게 빙관이에요?"

"이름은 다르지만 같아요."

결국 그게 그 집인데 이름이 바뀐 것 같았다. 유명한 집답게 사람들이 줄 서 있고 의자는 만원이었는데 간신히 자리를 잡을 수 있었다. 이 집의 최고 메뉴는 차오지망궈뉴나이빙^{超級芒果牛奶氷}이라는데 고운 얼음 가루, 우유, 망고, 망고 아이스크림 등이 어우러진 넉넉한 양의 빙수였다. 한 입 먹어 보니 역시 달고 시원하기 이를 데 없었다. 날씨는 더웠지만 머리가 시원해졌다. 타이완의 여름은 덥지만 또 이런 매력이 있다. 한 입 한 입 음미하며 거리를 구경했다. 손님들이 계속 들어왔으나 가게 안에 자리가 없자 발길을 돌리기도 하고, 줄을 서 기다리기도 했다. 옆에 앉은 두 여자가 열심히 빙수를 퍼 먹으며 얘기하는데 중간중간 둥인, 베이간, 난간이란 단어가 나오는 걸 보니 그 섬에 다녀온 것 같았다. 그들의 얘기 소리를 음악처럼 들으며 빙수를 먹었다.

이 빙관은 1995년 타이베이에 문을 연 이후로 큰 인기를 누렸는데 망고 빙수를 최초로 만든 원조집이기도 하다. 현재는 타이완 전역에서 망고 빙수를 맛볼 수 있으나 원조집의 맛은 따라갈 수가 없다.

나중에 한국으로 돌아오는 비행기 안에서 새로운 사실을 알게 됐다. 옆자리에 한국에서 공부 중인 타이완 유학생이 앉았는데 한국어를 잘했다.

"그 집 주인 부부가 이혼하는 바람에 한동안 영업을 중지했어요. 그런데 근처 옷가게, 다른 음식점 등이 매출이 줄어 버렸대요. 그러니까 빙수 먹으러 융캉제 오는 사람들이 그만큼 많았다는 거지요. 결국 융캉제 상인들이 다시 가게 문을 열어 달라고 했고, 우여곡절 끝에 지금은 주인이 바뀌어서 영업하고 있대요."

세상에. 빙수집 문 닫았다고 같은 거리의 음식점과 옷가게들 매출이 줄 정도라니. 정말 대단한 맛집이다. 그나저나 다행이다. 계속 영업하고 있으니.

거리를 어슬렁거리며 구경했다. 웬 서양인 커플이 공원에서 커다란 개 한 마리를 데리고 앉아 있고, 학생으로 보이는 서양인들도 거리를 걷고 있었다. 근처에 타이완사범대학교가 있어서 그런지 학생들이 많았는데 만둣집으로 유명한 바팡윈지八方雲集도 보였다. 서울 홍대 앞거리 같은 분위기였는데 지금은 규모가 작지만 앞으로 점점 번성할 것 같았다.

사실 타이베이에서 먹는 얘기를 하자면 끝이 없다. 가이드북에 소개된 본격적인 요릿집만 해도 수없이 많았다. 하나하나 맛보는 타이베이의 요리 시식은 쉽게 끝나지 않을 것 같다. 그래서 내게 타이베이는 두고두고 가 봐야 할 즐거움이 있는 도시다.

신베이터우 온천

타이베이 근교의 신베이터우新北投란 지역에 온천이 있다. 지하철을 타고 교외로 나간 후, 다시 신베이터우로 가는 전철을 갈아탔는데 전철에 웃는 아이들의 모습이 만화처럼 그려져 있었다.

신베이터우는 타이베이 시민들의 휴식처지만 8월 한낮에 갔을 때는 너무 더워서 지쳐 버렸다. 온천에 대한 자료들을 전시한 온천박물관과 수증기와 열기로 가득한 디러구地熱谷를 돌아보는 동안 정신이 혼미해질 정도였다. 날은 덥고 상가도 활력을 잃은 분위기라, 한 바퀴를 휘 돌아본 뒤 그곳을 떠났다.

그리고 밤에 다시 찾았다. 밤에 하늘을 보며 목욕할 수 있는 노천 온천에 가고 싶어서였다. 노천 온천에 거의 다다랐을 때 음악 소리가 들려왔다. 온천 박물관 옆의 작은 원형 극장 같은 데서 여자 하나와 남자 둘이 악기를 연주하며 노래를 부르고 있었다. 아마도 가난한 언더그라운드 가수들이 공연하는 것 같았다. 길을 가던 사람들이 돌계단에 앉아 박수를 쳤다. 나도 잠시 앉아서 음악을 들었다. 더웠던 한낮과는 달리 선선한 바람이 부는 가운데 들려오는 음악이 달콤했다. 타이완은 사람도 그렇지만 음악도 부드러웠다.

우연히 길을 가다 마주친 짧은 음악회를 즐기고 바로 위쪽에 있는 노천 온천으로 갔다. 노천 온천은 이용 시간이 아침 5시 30분부터 저녁 10시까지인데, 중간에 쉬는 시간이 있어서 시간을 잘 맞춰야 했다. 나는 저녁 7시 30분에 갔다.

　1950년대식이라는 그 온천은 서민적이었다. 들어가니 유황 냄새가 코를 찔렀다. 표를 구입해 돌계단을 따라 내려가니 돌로 만들어진 야외 온천탕이 여러 개 있었다. 탈의실 겸 샤워실이 남자용, 여자용으로 나뉘어 여러 개 있었는데 밀폐된 공간이 아니라 밖에 주욱 있었다. 그곳에 들어가 수영복을 갈아입은 후, 라커에 가방을 집어넣고 잠갔다. 우선 샤워를 하고 가장 꼭대기에 있는 탕으로 들어갔다 깜짝 놀라서 나오고 말았다. 엄청나게 뜨거웠다. 뜨거운 탕은 세 개가 있었는데 맨 밑은 미지근하고 중간이 괜찮았다. 중간 탕에 들어가니 뜨듯한 게 좋았다. 온몸이 녹작지근해지는 게 하루의 피로가 다 풀렸다. 하늘을 보니 흐려서 별은 보이지 않았다.

　이곳은 남녀는 물론 국적, 연령대가 다른 이들이 자연스럽게 어울리는 노천탕이었다. 타이완 현지인들이 가장 많았고 일본 여자들, 서양인 남녀도 있었으며 노인, 중년, 젊은이들까지 골고루 있었다. 단골로 보이는 타이완 현지인들은 편안하게 얘기를 나눴고, 처음 온 여행자들은 호기심 어린 눈으로 주변을 조용히 살폈다.

　탕 속에 앉아 있는데 얼굴도 예쁘고 늘씬한 몸매의 타이완 젊은 여자가 걸어오더니 내 옆에 자리를 잡았다. 남자들이 그 여인을 힐끔힐끔 쳐다보았다. 여인은 탕 속에 앉아 희미한 불빛에 비춰 가며 책을 읽기 시작했다. 행동이 자연스러운 걸 보니 종종 오는 것 같았다. 온천에 와서 책을 읽는 모습에 사람들이 자꾸 쳐다보았지만 잠시였다.

타이완 남자들은 노골적으로 사람을 쳐다보지 않는 편이다. 이내 다시 아까의 분위기로 돌아왔고 다들 온천 기운에 몸을 맡긴 채 침묵 속에 빠져들었다.

참 묘하게도 편안하면서 흥겨웠고, 서민적이면서도 국제적인 분위기였다. 결코 화려한 시설이 갖추어진 곳은 아니라 근사한 휴양지 생각하고 오면 실망할지도 모른다. 이곳은 문 앞에 써 붙인 대로 1950년대식이다. 입장료도 40위안(1,600원)이니 얼마나 저렴한가.

한국 사람도 많이 오는지 한글 안내문도 있었다. 온천에 15분 이상 계속 있지 말라 해서 나온 후 옆에 있는 냉탕으로 갔다. 냉탕에 조금 있는데 어질어질했다. 다시 나와서 좀 쉬는데 몸에 기운이 빠지는 것 같았다. 확실히 온천물은 그냥 뜨거운 물과 달라서 너무 오래 있으면 힘들었다.

경고문에는 몸에 무리가 있으면 조심하며, 너무 피곤하거나 운동했으면 주의하며, 종종 쉬었다 하라는 글이 있었다. 또 뜨거워서 들어가지 못하는 탕에서는 발만 담그고 있지 말라는 글도 보였다.

한참을 쉬다가 다시 이 탕, 저 탕에 들어갔는데 점점 컨디션이 나아졌다. 가을이나 겨울에 다시 오면 더 좋겠다는 생각을 했다. 굳이 신베이터우의 호텔에 머물 필요도 없다. 타이베이 시내에서 전철을 타면 신베이터우까지 30분, 역에서 걸어서 10여 분이면 올 수 있으니까. 앞으로 타이베이에 오면 이곳에 종종 들를 것 같다. 비가 오거나 추우면 더욱 찾아오고 싶어질 것이다. 주룩주룩 내리는 비를 맞으며 뜨거운 온천에 앉아 하늘을 바라보는 모습은 상상만 해도 즐거웠다.

전철을 타고 숙소로 돌아오다 중간에 스린士林 야시장에 들렀다. 원래 엄청나게 번잡했었지만 이제 상가들이 들어서서 질서가 잡혀 있었다. 그래도 인파가 넘치고 있었다. 이곳에서 가장 유명한 곳은 닭갈비 튀김인 지파이를 파는 가게였다. 다른 곳은 안 그런데 이 가게 앞에만 긴 줄이 있었다. 그곳은 '큰 닭갈비 튀김'을 창시한 가게로 유명했다.

목이 말랐던 나는 망고 빙수를 먹었다. 그런데 맛이 융캉제의 빙관에서 먹었던 빙수와는 확실히 차이가 났다. 돌아오다 숙소 근처의 편의점에서 캔으로 된 밀크티를 사 마셨다. 한국에도 분명히 밀크티가 있지만 타이완 제품과는 맛이 차이 났다. 글쎄, 기분 때문일까? 아닐 것이다. 분명히 타이완 사람들은 빙수, 차를 만드는 탁월한 비법 혹은 재능이 있음에 틀림없다.

말 할 수 없 는 비 밀

타이베이에서 단수이 강을 따라 북쪽의 하류로 내려가면 단수이가 나온다. 이 지역은 한때 스페인과 네덜란드 세력이 지배하던 곳으로, 요즘은 특히 일몰을 감상하러 오는 관광객들로 늘 붐빈다. 20년 전에 왔을 때는 전철도 없었고 버스만 다녔으며 낡은 탁자와 의자 몇 개가 놓인 허름한 가겟집들뿐이었다. 그러나 이제는 강변을 따라 근사한 레스토랑과 카페들이 즐비하고 대로는 인파로 붐볐다.

이번에는 영화 〈말할 수 없는 비밀不能說的秘密〉 촬영지인 담장고급중학교를 가 보기로 했다. 이곳은 영화를 감독하고 주연을 맡은 저우제룬(주걸륜)이 실제로 학창 시절을 보낸 학교다. 한국에서도 이 영화가 꽤 인기를 끌었는데, 나도 영화를 재미있게 본 터라 한번 찾아가기로 했다.

이 영화는 상륜(저우제룬/ 주걸륜 분)과 샤오위(구이룬메이/ 계륜미 분)라는 고등학생의 사랑 이야기다. 샤오위는 종종 학교에 나타나지 않아 상륜을 애타게 만드는데, 사실 그녀는 과거에서 현재로 온 시간여행자였다. 영화 속에서는 예술 고등학교 학생들의 멋진 피아노 경연 대회 그리고 시공간을 넘나든 첫사랑 얘기가 신비스럽고 감동적인 데다가 무엇보다 교정이 아름다웠다.

역 앞에서 버스를 타 일단 훙마오청紅毛城 앞에서 내렸다. 1626년에서 1641년까지 이곳을 점거했던 '머리가 붉은' 스페인 사람들이 만든 성이다. 그곳을 잠시 돌아보고 언덕길을 따라 올라갔다. 조금 걸어가니 전리대학眞理大學이 나왔다. 서양식으로 지어진 타이완 최초의 대학으로, 교정이 아름다웠다. 그 앞에서 웨딩드레스를 입은 신부와 말쑥하게 차려입은 신랑이 사진을 찍고 있었다. 조금 더 나무가 울창한 거리를 걸어 올라가자 왼쪽에 '淡江高級中學教담강고급중학교' 팻말이 붙은 교문이 나왔다. 굵은 나무줄기 밑을 걸어서 들어가다 오른쪽으로 꺾어지니 야자나무들이 가지런하게 우뚝 솟고 끝 편에 붉은색 기와를 얹은 건물이 보였다. 그리고 왼편에는 회랑처럼 생긴 복도가 보였다. 영화에서 종종 나오던 장소였다. 교복을 입은 학생들의 사랑이 움텄던 곳으로, 텅 빈 복도는 적막했다.

그때 여자 몇 명이 오더니 "여기다!" 하고 소리쳤다. 한국인들이었다. 얘기해 보니 〈말할 수 없는 비밀〉을 좋아해 두 번씩이나 보았다며 감개무량해했다.

"타이베이에 도착하자마자 이곳으로 온 거예요."

타이완에서 가장 가 보고 싶었던 곳이 영화 촬영지라는 얘기를 들으며 격세지감을 느꼈다. 예전에는 영화 〈로마의 휴일〉 촬영지인 로마의 스페인 계단을 찾아가, 그곳에서 오드리 헵번처럼 아이스크림을 먹던 여행자들이 많았는데, 이제는 이웃 나라 타이완에 와서 영화 촬영지를 찾아다니는 것이다. 또한 일본, 타이완, 동남아 여행자들도 드라마 〈겨울 연가〉의 촬영지를 찾아간다. 그만큼 가까운 이웃 나라에 대한 애정이 자라나고 있는 것 아닐까.

역으로 돌아오는 길에 해가 지고 있었다. 일몰 풍경을 찍으려는 사람들로 단수이 강변은 붐볐다. 내 눈에는 일몰보다, 사진 찍는 사람들의 뒷모습과 풍경이 더 들어왔다. 자연도 아름답지만 사람들과 사람들이 만든 문화가 어우러지는 모습은 더 아름다워 보였다.

음 식 남 녀

타이베이를 떠나기 전날 오후에는 애프터눈 티를 마시며 느긋하게 보내고 싶었다. 마침 중산베이루 지하철역 근처 빌딩의 2층에 'Afternoon Tea' 간판이 보여 그곳으로 갔다. 원래 애프터눈 티는 영국에서 유래됐는데, 부인들이 오후 3시에서 5시경에 다과에 차를 마시며 한담을 나눈다고 알려져 있다.

그런 유래를 떠나서 나는 늦은 오후 시간을 좋아한다. 바빴던 하루가 지나가고 저녁 무렵에는 약간 피곤해진다. 이때 차나 커피를 마시며 긴장을 푸는 시간은 꿀맛이다. 나는 집에서 글을 쓸 때도 이 시간대에는 커피나 차를 종종 마시거나 산책을 나가곤 했다. 조금 기대를 갖고 2층으로 올라가 보니 입구에 조그만 케이크 진열장이 있고 안에는 빈자리가 없었다. 자리가 있다 한들 혼자 앉아 있을 분위기도 아니었다. 그러고 보니 토요일 오후였다. 여기만 그런 게 아니라 거리에 있는 노천카페도 죄다 만원이었다. 서울도 그렇지만 타이베이 역시 마찬가지였다. 사람들은 좀 쉬고 싶은 것이다.

어딜 갈까 하다 리안 감독의 영화 〈음식남녀飮食男女〉의 촬영지이자, 80년의 역사를 간직해 타이베이의 고적지로 지정된 쯔텅루紫藤盧 찻집을 찾아가기로 했다. 가이드북에 있는 주소만 갖고 찾아보기로 했다. 지하철 타이디엔다루台電大樓 역 2번 출구로 나가 바로 왼쪽길인 신하이루辛亥路를 따라 10분쯤 걷다 보니 신성루新生路가 나왔다. 거기서 왼쪽으로 꺾어 주소를 살펴보며 약 5분을 걸어가니 왼쪽 담에 16이라 적혀 있었다. 찻집은 그 오른쪽이었다.

쯔텅루 입구에는 나무가 무성했는데 고풍스러워 보이는 목조 건물이었다. 들어가니 고동색 마루에 탁자가 있고 안쪽에는 다다미 스타일의 방이 있었다. 젊은 청년이 다가와 어디를 원하느냐고 영어로 물었고, 나는 다다미에 앉고 싶다고 했다. 다다미방에는 사람들이 상에 모여 앉아 차를 마시는 중이었다. 청년이 내미는 메뉴판을 보다가 추천해 달라고 했다.

"일본인들은 대개 이걸 좋아합니다."

그는 내가 일본인인 줄 알았다. 청년이 가리킨 것은 '東方美人^{동방미인}'이었다. 가격은 300위안으로 조금 부담스러웠으나, 대신 자리에서 마시고 남은 차를 가져갈 수 있었다. 청년은 자상하게 차 마시는 법을 가르쳐 주었다. 찻잔을 데운 후, 찻잎을 우려낸 물을 따라 차 향기부터 맡은 후 조금씩 마셨는데 맛이 은은한 게 좋았다. 분위기는 우리 인사동 찻집과 비슷했다.

"여기가 영화 〈음식남녀〉 촬영지인가요?"

"아, 저를 따라오세요."

잠깐 일어난 나는 청년을 따라 나갔다.

"저기 저 탁자에서 바로 영화 촬영을 했어요."

청년이 가리킨 탁자에서는 서양 여자와 타이완 여자가 차를 마시고 있었다. 청년은 영화 촬영 때 찍었던 사진을 보여 주었다.

아, 그랬구나. 난 이 찻집이 〈음식남녀〉에서 나오는 집의 배경인 줄 알았었는데 그게 아니라 영화 중간에 딸 중의 하나가 애인과 차를 마시는 장면을 촬영한 곳 같았다. 서양 여인이 웃기에 같이 웃었는데 조금 쑥스러웠다. 영화 촬영지를 좇아다니는 감상적인 여행자 같아서.

사실 내가 영화 촬영지를 종종 즐겨 찾는 이유는 따로 있다. 나는 영화 관련 일을 하는 사람도 아니고 영화감독이나 배우를 좇아다니는 팬도 아니다. 다만 영화를 통해 '현실을 넘어선 현실'을 보고 싶어 하는 사람이다.

현실이란 무엇인가? 그것은 무한한 시간과 공간 속에서 잠시 피어오른 환상이다. 현실 속에서 정신없이 살아갈 때는 존재하는 모든 것이 '현실'이다. 그러나 죽음 앞에서, 쉼 없이 흘러가는 무상하고 무한한 시간 앞에서, 소멸하고 있음을 뼈저리게 느낄 때 그 모든 존재와 현실은 한갓 물거품 같은 환상이 된다.

그렇다면 영화가 '촉촉한 현실'이 되지 않을 까닭이 없다. 현실이 환상이라면, 이제 현실 속의 영화는 '환상 속의 환상'이 되기에, 영화란 환상은 또 다른 '현실성'을 띠게 된다. 마이너스가 마이너스와 만나 플러스가 되듯이, 우리의 현실을 환상처럼 보는 내게, 모든 환상―꿈, 영화, 상상, 신화―은 현실의 반열에 오른다. 영화 〈매트릭스〉에서 네오가 가상현실 속에 들어가 모든 환상을 현실로 여기듯이. 영화가 가상현실임을 잘 알면서도 나의 가슴속에서는 현실로 여겨지는 이유가 여기에 있다. 그 '촉촉한 현실' 속에서 나는 감동을 받고 위로를 얻고 깨침을 얻는다.

영화 〈음식남녀〉의 내용은 이렇다. 요리사 주사부는 아내를 잃고 오랫동안 홀아비 신세로 세 딸과 같이 산다. 그는 매일 저녁이면 가족 만찬을 직접 준비하지만 즐겁지 않다. 요리사인 그가 맛을 보는 능력을 잃어 가고 있던 것이다. 거기다 딸들도 불행해서 영화는 우울하게 시작된다. 첫째 딸은 실연을 당해서 정신적으로 문제가 있고, 둘째 딸은 아버지와의 불화로 집을 나가고 싶어 하며, 셋째 딸은 자기 친구의 남자를 짝사랑하며 가슴앓이를 한다. 그러나 이런 우울한 삶의 풍경 속에서도 그들을 살아가게 하는 것은 음식과 사랑이다.

아버지와 영원히 함께 살겠다던 큰딸은 제일 먼저 사랑을 찾아 떠나고, 셋째 딸은 자기 친구의 남자 친구를 차지해서 독립한다. 둘째 딸은 애인으로부터 배신당하고 가슴앓이를 하다가 아버지가 병원에서 건강진단서를 찾는 것을 우연히 보게 된다. 아버지가 지병이 있었다고 생각하는 둘째 딸은 그동안 아버지에 대해 무심했던 자신을 반성한다. 그러나 홀아비 주사부가 건강진단서를 받은 것은 병이 있어서가 아니라 재혼을 하기 위해서였다. 게다가 그 상대는 자신의 딸 친구의 언니인 '금영'이었다. 이혼녀인 그녀에게는 초등학생 딸이 있는데 주사부가 금영의 딸에게 도시락을 싸 주다가 사귀게 된 것이다. 딸 또래가 되는 여인과의 결혼을 선포하는 순간, 은근히 주사부와 결혼할 것을 기대하던 금영의 어머니는 기절하고 만다.

결국 "식욕과 색욕은 평생 본능."이라고 말하던 주사부는 그렇게 새로운 삶을 찾았다. 시간이 지난 후 주사부는 마지막으로 옛날 집에서 둘째 딸이 해 준 음식을 먹으며 이런 말을 한다.

"얘, 이제야 입맛이 돌아왔다. 한 그릇 더 다오."

색욕이 만족스러워지자 삶이 즐거워졌고 입맛이 돌아온 것이다. 그렇게 우울했던 사람들은 다 자신의 삶을 찾아가고 둘째 딸도 자신의 삶을 찾기 위해 외국으로 떠난다. 우울하게 시작했던 영화는 후반부에 가서 반전하며 배꼽을 잡게 만들다가 끝에 와서 묘한 여운을 남긴다.

결국 인간을 불행하게 만드는 것도 먹고, 마시고, 사랑하는 것이지만, 인간을 행복하게 만드는 것도 그것이다. 인간은 이런 생물학적 조건으로부터 오는 고통을 초월하고 싶어 하지만 대개 실패한다. 그때 인간을 위로하고 치유하는 것은 여전히 먹고, 마시며, 사랑하는 것이다.

나는 그 중요성을 나이가 들수록 뼈저리게 느껴 가고 있다. 어깨에 힘 빼고, 눈에 힘 빼고, 머리에 힘 빼고, 먹고, 마시며, 사랑하는 것. 이것만 잘되면 행복하지 않을 까닭이 없다. 그런데 우리는 종종 이렇게 말한다.

"그걸 누가 모르나. 그걸 위해서는 돈을 벌어야 하고 일을 해야 하는 게 힘든 거지."

맞는 말이다. 그러나 종종 수단인 돈과 일이 목적처럼 되는 순간이 있다. 이때가 위기다. 사람은 먹고, 마시며, 사랑하는 것이 기본인데 우린 그걸 깜빡 잊는다. 그리고 무리를 하다가 몸과 마음의 병을 앓게 된다. 그때 먹고, 마시며, 사랑하는 순수한 기쁨을 다 잃고 마는 것이다.

죽집

떠나기 전날 죽집에 갔다. 가이드북을 보고 죽집을 찾아갔다 깜짝 놀랐다. 나는 한국의 죽집을 생각했는데 그게 아니었다. 들어가니 반찬이 엄청나게 진열되어 있었다. 온갖 채소류, 생선류, 고기류, 해산물류 등이 60여 가지는 되는 것 같았다.

어떻게 먹는지 몰라서 우물쭈물했는데 안내해 주는 사람도 없었고 모두 바빴다. 원탁에는 다들 일행끼리 앉아 있었고 사각 식탁 자리도 역시 꽉 차 있었다. 그런데 마침 잡동사니를 올려놓은 곳에 한 자리가 나서 일단 앉았다. 그리고 반찬 코너로 가서 아줌마를 보며 웃자, 아줌마가 반찬을 고르라는 시원스러운 몸짓을 했다. 나는 여행 마지막 날이니 잘 먹어 보자는 생각에 생선, 닭고기, 채소, 조개 조림을 골고루 시켰다.

잠시 후 알코올램프로 달궈지는 용기에 반찬과 죽을 담아 가져다주는데, 죽이 세 명은 먹을 정도로 엄청나게 많았다. 처음에는 저 죽을 어찌 다 먹나 하는 걱정이 들었지만 결국 다 먹고 말았다. 된죽이 아니라 묽은 죽으로 시원하고 담백해서 꿀꺽꿀꺽 잘 넘어갔다.

돌아오며 기분 좋은 포만감에 "아, 잘 먹었네!" 하는 소리가 절로 나왔다. 가격은 340위안(13,600원) 정도였으니 혼자 먹기에 싼 편은 아니었지만 돈이 아깝지 않았다.

그런데 신기하게도 밤이 되자 출출해지면서 죽 생각이 또 간절해졌다. 분명히 많이 먹었는데 소화가 잘되어서 그런 것 같았다. 가게가

가깝기만 하다면 다시 갔겠지만 멀어서 참을 수밖에 없었다. 죽도 맛있고 분위기도 좋았다. 수십 가지의 반찬은 보기만 해도 푸짐했고 사람들은 모두 행복한 표정을 짓고 있었다. 구석에 앉아 죽을 먹는 티베트 스님들도 행복해 보였다. 문득, 먹는 것 앞에서 우리는 모두 평등하다는 생각을 했다.

살 아 있 어 황 홀 하 다

우울하게 시작되었던 여행은 즐겁게 끝났다. 나는 생의 의욕을 되찾았고 더욱 즐겁게 살겠다고 결심했다. 하늘에 계신 어머니가 부실하게 살아가는 자식을 본다면 얼마나 속이 탈 것인가? 자식을 위해 희생적으로 살다 가신 어머니를 기쁘게 하기 위해서라도 나는 잘 살아야만 했다.

그러나 삶은 여전히 만만치 않다. 생로병사의 고뇌와 사회적·경제적 고민은 끊이질 않는다. 여행이 모든 것을 해결해 주진 않는다. 여행은 단지 불쏘시개다. 그 불쏘시개를 장작불로 훨훨 일구는 것은 일상의 노력이다.

모든 인간은 갑작스럽게 세상에 던져져 정신없이 살다 간다. 왜 살아야 하는지도 모르는 채, 고통과 슬픔과 불안 속에서 살다가 마침내 세상을 뜬다. 얼핏 보면 인생은 절망적으로 보이지만 우리 자신을 생의 순환 속에서 활동하는 '에너지의 흐름'으로 본다면 누구나 우주의 신비에 참여하는 즐거운 승리자가 된다.

신화학자 조셉 캠벨은《신화의 힘》*에서 이런 말을 하고 있다.

"사람들은 궁극적인 삶의 의미를 찾으려고 해요. 그러나 우리가 진실로 찾고 있는 것은 '살아 있음의 경험'이라고 생각해요. 따라서 육체적인 차원에서의 우리 삶의 경험은 우리의 내적인 존재와 현실 안에서 공명共鳴하게 됩니다. 이럴 때 우리는 실제로 '살아 있음의 황홀함'을 느끼게 됩니다. 우리가 궁극적으로 지향하는 것, 우리 안에서 찾아야 할 것은 바로 이것입니다."

그렇다. '살아 있음의 황홀함'을 맛보는 순간이 우리의 존재보다 더 근원적이고 본질적이다. 존재를 고정된 실체로 본다면 실체가 사라지는 죽음 앞에서 우리는 언제나 절망할 수밖에 없다. 그러나 존재를 움직이는 에너지의 흐름으로 본다면 삶은 영원한 순환이며 재생의 과정이다. 그리고 먹는 행위는 순환과 재생의 행위 속에서 우주적 황홀함을 맛보는 통로다. 그 황홀함 속에서 여태까지 알아 왔던 세상은 종말을 맞고 새 세상이 열린다. 음식 한입, 한입 속에서 세상의 종말과 새로운 세상이 공존한다. 그 순간마다 우린 황홀한 기쁨을 누리게 된다.

나는 타이완 여행 중에 음식과 작은 친절과 미소 속에서 그것을 맛보았다. 에너지의 순환, 사람들과의 소통을 통해 막혔던 내 마음이 뚫렸고 온기가 돌기 시작했다.

그런 가운데 나는 치유되었다. 젊을 때는 거창한 이념, 볼거리들이 매혹적이었다. 그러나 나이가 들어 가며 나는 작은 것들에 매혹된다. 파편 같은 작은 것들과의 소통을 통해 우주적 황홀함을 맛본다. 발밑의

• 《신화의 힘》, 조셉 캠벨 · 빌 모이어스 대담, 이윤기 옮김, 이끌리오, 2002.

삶과 한 끼의 식사를 사랑하는 자만이 우주의 신비를 볼 수 있다. 나에게 타이완은 그런 소중한 경험을 할 수 있는 곳이었다. 앞으로도 나는 종종 타이완에 가서 먹고, 마시고, 즐기며 '살아 있음의 황홀함'을 느낄 것이다.

4장

다시 찾은 타이완

꿈 같은 휴가를 떠나다

타이베이
Taipei

다시 타이완으로

타이완 여행 후, 내 안에서 피어난 불씨를 장작불로 일구기 위해 노력했다. 땀 흘리며 운동을 했고 글도 부지런히 썼다. 여행 작가 지망생들을 위한 강의도 했고, 방송 출연도 지속적으로 했으며, 국내 여행도 종종 즐겼다. 홍콩, 마카오 여행을 한 뒤, 《도시탐독》이란 여행기도 써냈다. 시들어 가던 나는 새롭게 피어나고 있었다.

그런데 무리를 했나 보다. 언제부턴가 몸이 안 좋아지기 시작했다. 많은 걸 성취하면 뭐하나? 장작불이 훨훨 타면 뭐하나? 내 몸이 아프고 내 마음이 지치는데. 쉴 때가 온 거다.

다시 타이완에 가고 싶었다. 그때 마침 전번에 낸 타이완 인문여행기의 개정증보판을 낼 상황이 되었다. 즐거운 마음으로 떠나기로 했다. 그동안 타이완의 변화는 물론 새로운 곳들도 보고 싶었다. 그러나 무엇보다도 쉬고 싶었다. 일주일간의 휴가 같은 여행은 첫 여행을 떠나는 것처럼 나를 설레게 했다. 공항의 카페에서 달콤한 카푸치노를 마시며 비행기 날개 위에서 반짝이는 햇살을 보니 문득, 인생의 굴레에서 벗어나는 듯한 해방감이 덮쳐 왔다.

비행기에 타니 보라색 제복을 입은 여자 승무원들이 반가이 맞아 주었다. 어수선한 시간이 지나고 "좌석 벨트를 매 주세요."라는 영어 안내 방송이 나오는 순간, 가슴이 뭉클해졌다. 얼마나 듣고 싶었던 말인가. 활주로를 달리던 비행기가 하늘로 치솟을 때 몸이 부르르 떨려 왔다. 내가 죽지 않고 살아 있었구나!

드디어 만난 토니

이번 여행은 마음 가는 대로 다니고 싶었다. 대충 계획만 세웠기에 주말인 이틀 빼고는 숙소 예약도 하지 않았다. 첫날은 주펀으로 갈 생각이었지만 계획이 틀어졌다. 주펀행 버스 정류장에 늘어선 일본인들의 줄이 너무도 길어서 일정을 변경했다. 우선 타이베이에서 1박을 하고 다음 날 아침 일찍 화렌으로 떠나기로 했다. 근처의 타이베이 호스텔로 전화해 보니 마침 1인용 싱글 룸이 있다고 했다. 예전에도 종종 묵었던 곳이라 익숙했다. 가 보니 전화를 받았던 이는 내 나이 또래의 중년 남자였다. 처음 보는 얼굴이었지만 왠지 알던 사람을 만난 것 같은 느낌이 들었다. 나를 7층 옥상 위에 있는 방으로 안내하고 돌아서는 그에게 물었다.

"혹시, 당신이 토니 아닙니까?"

"네, 맞아요."

아, 드디어 주인 토니를 만나는구나. 그는 자신을 알아보는 나를 약간 놀란 눈초리로 쳐다보았다.

"예전에 싱가포르 에어라인에 근무하던 분 맞지요? 제가 26년 전 여기 묵었을 때 당신을 보았어요. 또 몇 년 전 여기 왔을 때 당신이 결혼했다는 얘기도 들었습니다. 하하, 반갑습니다."

"아, 그래요? 지금은 은퇴해서 잠시 여기서 일하고 있어요. 반갑습니다."

그 역시 옛날 얘기를 꺼내니 감회 어린 미소를 지었다. 나 역시 삼십 대 초반의 시절로 돌아가는 것만 같았다.

모든 게 낯설고 신기했던 그때 나는 이 호스텔에서 많은 여행자를 만났고 더 큰 세상을 꿈꾸었는데…… 각자의 길을 나름대로 열심히 살아왔구나. 그는 여전히 이 자리를 지키고 있고, 나는 다시 여행자로 돌아온 것이다. 옛날 집으로 돌아온 것 같은 묘한 푸근함이 몰려왔다.

방은 좁고 단순했지만 괜찮았다. 700위안(25,000원) 정도니 얼마나 싼가? 문제는 잠을 못 잤다는 것. 밤 12시쯤 자리에 누웠는데 너무

시끄러웠다. 옥상 빨래터의 벤치에서 서양 청년 둘이 떠들고 있었다. 내 방이 공교롭게도 그 근처였다. 옛날 같으면 나가서 뭐라 했겠지만 귀찮았다. 그냥 잡음 섞인 라디오 소리라 생각하고 자기로 했다. 잠깐 잠이 들었다 깨 보니 새벽 3시인데도 청년들은 여전히 떠들고 있었다. 나가서 말할까, 말까? 한참 뒤척거리며 고민하다 보니, 어느새 새벽 6시. 그제야 그들은 방으로 들어갔다. 동남아나 인도 여행하면서 이런 서양 친구들을 많이 보았다. 동양에 오면 시차로 인해 한밤중이라도 그들에게는 초저녁처럼 느껴지기 때문이리라.

잠은 거의 못 잤지만 아침 기차를 타러 나오는 길은 상쾌했다. 여행 중에는 나도 놀랄 정도로 마음이 너그러워지고 힘도 솟구친다.

화렌
Hualien

자전거를 타고 치싱탄으로

기차로 약 3시간 걸려 화렌에 도착했다. 다시 왔구나, 화렌! 장엄한 산맥이 시퍼런 하늘 중간까지 솟구쳐 있었다. 짐을 푼 역 앞의 호텔 6층에서 바라보는 전망이 기가 막혔다. 푹신푹신한 침대에 누워 창밖을 보니 하얀 구름이 산맥의 품 안으로 모여들고 있었다. 졸음이 스르르 왔지만 서둘러야 했다. 자전거를 타고 치싱탄까지 달리고 싶었다. 우선 근처의 도시락 집에서 돼지고기 덮밥을 먹은 후, 근처의 카페에서 자전거를 빌렸다.

화렌에서 치싱탄까지 가는 길은 여러 가지다. 화렌 역 뒤쪽으로

가도 되지만 나는 난빈 공원에서부터 해변가를 따라 달리고 싶었다. 시내의 도로를 거쳐 20분 만에 닿은 난빈 공원은 텅 비어 있었다. 쾌청한 하늘 밑에 줄 지어선 야자나무들이 한가로웠고 바다에서 불어오는 바람은 시원했다. 하지만 한낮의 기온이 34도까지 올랐기에 얼굴에 선크림을 바르고 모자를 썼다. 출발하기 직전, 어디선가 나타난 웬 청춘 남녀가 나에게 사진을 부탁했다. 그들은 내가 한국인인 것을 알자 반가워했다. 나도 역시 사진을 부탁한 뒤 손을 흔들며 작별 인사를 했다. 별 사건도 아니지만 이런 정을 나누는 시간은 나를 힘나게 한다.

드디어 힘차게 페달을 밟았다. 물새가 날아가는 것처럼 해변 길을 달렸다. 바닷바람을 타고 바다 위로, 하늘로 날아갈 것만 같았다. 이 호젓한 바닷길을 달려 보는 게 꿈이었는데 진짜 달리고 있는 것이다. 땀을 뻘뻘 흘렸지만 기분이 좋아 "얏호!" 소리도 질렀다. 기가 막히게 아름다운 길은 아니었다. 바닷길을 달리다 공원을 지났고, 건물이 양옆으로 늘어선 도로도 달렸고, 숲 그늘 짙은 언덕길을 통과하기도 했다. 대개는 자전거 도로였으나 가끔 차도를 달리기도 했다. 길이야 어쨌든 아무도 없는 타국의 낯선 길을 달린다는 사실이 나를 흥분시켰다.

그런데 끝 무렵에 가서 잠시 혼란스러웠다. 텅 빈 삼거리에 서니 치싱탄이란 팻말이 보이지 않았다. 어디로 가야 하나? 누군가에게 물어보고 싶었지만 거리는 텅 비어 있었다. 조금 기다리니 멀리서 스쿠터 한 대가 나타났다. 사내를 향해 외쳤다.

"치싱탄? 치싱탄?"

사내는 이상한 눈초리로 나를 보았지만 이내 손가락으로 가르쳐 주었다. 다시 행인도, 차도 없는 오른쪽 길을 달렸다. 한참을 가니 멋진 절벽과 구름이 어우러진 풍경이 보였고 삼거리 비탈길을 내려가 작은 마을을 지나 계속 달리니 전망대가 나타났다. 난빈 공원에서부터 종종 쉬어 가며 1시간이 걸렸다.

거대한 산맥이 바다 쪽으로 깊숙이 뻗어 나갔고, 아름다운 해변이 초승달처럼 곡선을 그리고 있었다. 해변에는 열대여섯 명의 사람이 있었지만 흩어져서 텅 비어 보였다. 한적하고 여유로운 풍경을 감상하다가 천천히 바다를 걸었다. 해변에 앉아 이야기를 하는 여학생 둘이 까르르 웃는다. 꿈 많은 시절이다. 저쪽에서는 청춘 남녀가 바닷물 속을 넘나들며 웃고 떠든다.

이 평범하고 한가한 풍경이 왜 이렇게 감미롭게 보일까? 누웠다. 하늘엔 구름이 약간 끼었지만 새파랗다. 따가운 햇살과 서늘한 바닷바람……. 아, 좋다, 편하다. 지나온 세월을 돌이켜 보니 '나, 정말 열심히 달려왔구나. 살아 보기 위해, 쓰러지지 않기 위해 필사적으로 살아왔구나.'라는 생각이 스쳐 지나갔다. 그런데 이제 지쳐 간다. 생의 의욕도 좋지만 느긋하게 쉬고 싶다.

모든 걸 다 잊고 싶었다. 온몸이 녹작지근해지며 졸음이 몰려왔다. 모자를 얼굴에 뒤집어쓴 채 한숨 자고 나니, 저만치 떨어진 곳에서 고개를 푹 수그리고 앉아 있는 청년이 보였다. 저 친구는 어떤 고민이 있는 것일까? 치싱탄의 바다는 무심하게 파도만 일구고 있었다.

바닷가에 있는 작은 호텔의 카페로 들어갔다. 전번과 똑같은 자리에 앉아 레몬주스를 마셨다. 창밖의 바다를 바라보며 그때처럼 부드러운 올드 팝송을 들었다. 시간이 한 바퀴 돌아 다시 제자리에 온 것만 같다. 그때 일기장에 "언젠가 이곳에서 하루 묵겠다."라고 썼는데 이번에도 그걸 하지 못한다. 지난번 출간한 책에 일기장의 글을 옮겨 썼었다. 그 책을 읽고 이곳에서 머물렀다는 어느 분의 얘기에 의하면 아주 좋았다고 한다. 왜 안 좋겠는가? 한적한 바닷가를 걷다가, 방에서 망망대해를 바라보다가, 아침에 일출을 바라보는 순간이 왜 행복하지 않겠는가? 이루지 못한 꿈을 남겨 놓고 또 떠난다. 어렵지 않은 꿈이기에 그리 안타깝지는 않다. 세상 일이 피곤할 때, 이곳은 나의 은둔지가 될 것이다.

커 피 달 인 과 커 피 여 신

화롄 시내로 돌아올 때는 다른 길을 택했다. 사실 길은 전번에 익혀 두었기에 안다. 바닷가 길이 아니라 내륙을 통해 화롄 역까지 오는 길이다. 오는 동안 "화롄 역이 어디 있느냐?"라고 서툰 중국어로 여인에게 묻고, 아줌마에게도 묻고, 학생에게도 물었다. 가끔은 알아도 일부러 물었다. 그들과의 작은 소통을 즐기고 싶어서였다. 그렇게 묻고 눈빛을 나누다 보면 힘이 난다. 여행 중에, 특히 타이완에 오면 나는 호기심 많은 소년으로 돌아간다. 그들의 정과 친절 덕분에 35분 만에 무사히 귀환했다.

카페에 자전거를 반납한 뒤, 노란 장미차를 마셨다. 한낮의 뜨거운 태양 밑을 달려 온 나에게 카페는 오아시스였다. 안팎에 만화 속 얼굴들이 잔뜩 그려진 이 카페는 차도 팔고 자전거도 빌려주었는데 젊은이들이 취미 삼아 운영하는 분위기였다. 종업원들이 매우 유쾌했고 들락날락하는 사람들이 다들 친구처럼 보였다.

쉬면서 스마트폰으로 블로그에 사진과 글을 올렸다. "자전거 빌린 카페에서 맥주 색깔의 로즈티를 마십니다. 카페 종업원과 그 친구들 참 친절하네요. 그들의 얘기 소리가 음악처럼 들려요."

자전거를 타고 달리는 사진 아래에 댓글들이 달렸다.

"자전거 타는 모습에서 즐거움이 느껴지네요."

"하하하, 만화 속에서 나온 것 같아요."

"회춘하셨네요."

내가 보아도 소년처럼 해맑게 웃고 있다. 평소에는 중년 아저씨의 근엄한 얼굴이었는데 타이완에 와서 많이 웃는다. 길거리에서든, 음식점에서든, 가게에서든 뭔가를 묻고, 대답하는 가운데 나도 모르게 웃는다. 그들의 친절과 정이 나를 그렇게 만든다.

한참을 쉬다가 화롄 시내까지 천천히 걸었다. '킹탕 카페^{king tang} ^{cafe}'라는 간판이 보였다. 한자로는 '金湯達人咖啡 금탕달인가배'인데 '달인達 人'은 알겠다. 그런데 '금탕金湯'은 무엇일까? 안으로 들어가 보니 노란색 조명과 고동색 나무 바닥 위의 의자들이 푸근해 보였다. 주문한 과테말라 커피는 깊고 그윽했다. 늦은 오후, 길을 가다 우연히 만난 아늑한 공간에서 맛좋은 커피를 마시는 시간은 행복했다. 커피는 반밖에 마시지 못했다. 나는 카페인에 약해서 오후 4시 이후에 커피를 마시면 잠이 잘 안 오기 때문이다. 그런데 남긴 커피를 보고 '커피 달인'이 실망하지 않을까? 커피 맛이 없어서 그런 줄 알고. 그렇다고 그에게 가서 "내가 카페인에 약해서 커피를 남겼다."라고 해명하는 것도 좀 이상했다. 잠시 고민하다 여자 종업원에게 가서 수첩에 적은 金湯이란 글자를 가리키며 물었다.

"이 글자가 무얼 의미합니까?"

여자 종업원은 구석에서 커피를 내리던 중년 사내에게 가서 뭐라 말했고 사내가 다가와 설명했다. 그는 금金은 킹king, 즉 왕이란 뜻으로 썼고 탕湯은 자기 성이라고 했다. 왕이라면 왕王을 써야 하지 않나? 발

음과 연관시킨 건가? 어쨌든 이걸 한국식으로 풀면 '커피 달인이자 왕이 만드는 커피'란 얘기다. 뜻이 대단하다. 하지만 그는 달인이나 왕의 풍모가 아닌 몸집도 작고 수줍은 사내였다. 나는 자연스럽게 남긴 커피에 대해 해명을 했다.

"저는 한국에서 온 여행자인데요, 제가 커피를 남긴 이유는 늦은 오후에 마시면 잠을 못 자서입니다. 커피가 맛없어서가 아닙니다. 정말 커피 맛이 좋았어요."

나의 해명을 들은 그는 웃었다. 우리는 서로 절하며 겸손하게 인사를 나눈 후 헤어졌다. 언젠가 화롄에 한두 달 머문다면 나는 이곳에 매일 들러 구석에서 책을 읽고 글을 쓸 것 같다. 사실은 전번에 보아 두었던 화롄의 중심부에 있는 '커피 여신' 카페에 가려고 했었는데 우연히 이곳에 들른 것이다. '커피 여신' 카페는 또 어떤 곳일까? 다음 기회에 들르기로 했다. 화롄에는 커피 달인과 커피 여신이 살고 있다.

핑시선 마을들
Pinxi Line

고양이 마을, 허우둥

"천등天燈 날리는 것을 보려면 토요일이나 일요일에 가는 게 좋아요. 많이 혼잡스럽기는 하지만."

내가 묵던 TW 호스텔 직원의 말을 듣고 나는 일부러 토요일 날 핑시선平溪線 근처의 마을들을 돌아보기로 했다. 핑시선이라는 철도 근처의 탄광촌들이 요즘 관광지로 떴는데 우선 류에팡으로 가야 했다. 류에팡은 주펀을 가기 위해 들르는 역으로, 타이베이 역에서 기차를 타니 1시간이 걸렸다. 11시가 조금 넘었는데 류에팡 역에는 핑시선을 타려는 사람들로 인산인해였다. 여기서 1일권을 사서 40, 50분 간격으로 계

속 오가는 기차를 이용해 허우둥猴硐, 스펀, 핑시, 징퉁 등을 돌아보기로 했다. 전날 밤 호스텔에 늦게 들어온 사람들이 떠드는 바람에 새벽까지 잠을 못 자서 피곤했지만 새로운 곳을 가니 흥분이 되었다.

이윽고 11시 45분, 알록달록한 기차가 들어왔다. 기차가 꽤나 낭만적으로 보였지만 자리가 없어서 서서 가야만 했다. 휴일에는 사람들이 엄청나게 몰린다는 말이 실감 났다. 다행히 약 5분 후에 기차는 허우둥에서 섰다. 기차에서 내려 계단을 따라 내려오니 전시관과 기념품 가게, 음식 파는 곳들이 온통 고양이 그림으로 뒤덮여 있었다. 가겟집 간판도 고양이, 기념품도 고양이, 역사의 지도에도 고양이, 어딜 가나 고양이 천지였다. 그런데 실제 고양이들은 어디 있는 거지? 길을 따라, 개천을 따라, 다리를 건너며 고양이가 나오길 바라는 마음으로 계속 걸었다. 날은 뜨거운데 고양이는 보이지 않고 원숭이가 광산모와 삽자루를 들고 서 있는 간판들만 보였다. 허우둥에서 허를 나타내는 猴가 '원숭이 후'자니까, 이 동네에 원래 원숭이가 많이 살았던 것을 짐작할 수 있었다. 그런데 원숭이도, 고양이도 보이지 않았다. 다만 쇠락한 집 근처의 그늘에 맥없이 앉아 있는 노인이 보일 뿐 적막했다.

다시 역사로 돌아왔는데 이런, 내가 걸었던 반대편 쪽의 다리 건너 언덕 마을에 사람들이 돌아다니는 모습이 보였다. 그곳으로 걸어가니 고양이 두 마리가 다리 난간에서 자고 있었다. 카메라를 가까이 들이밀어도 고양이들은 죽은 듯이 움직이지 않았다. 날씨가 덥기도 하고, 사진 찍히는 게 귀찮아서인지 축 늘어져 있었다. 다리를 건너니 나무

밑에서 고양이 한 마리가 자고 있었고 그 옆의 빈터에서 두 마리가 뒹굴었다. 사람들은 그 모습을 카메라에 담느라 정신이 없었다. 고양이보다 고양이 그림들이 더 많고, 고양이 그림보다 고양이를 찾아다니는 사람들이 훨씬 많은 풍경 앞에서 씁쓸한 웃음이 나왔다. 이미지가 현실을 압도하는 풍경. 더워서 고양이들이 숨어 있는 것일까? 혹은 생기 잃은 마을을 살리기 위한 기획의 일종으로 그리 많지 않은 고양이를 이미지로 내세우며 홍보한 것일까? 여행자로서는 쉽게 판단이 서질 않는다. 그런데 분명한 것은 유명하다고 알려지면 사람들이 우르르 몰려 카메라로 이미지를 포획한다는 것이다. 허우둥 마을만 그런 것은 아니다. 인터넷 문화가 번지며 나타나고 있는 일반적인 현상이고 어느 나라나 그렇다.

　한국에 돌아와서 타이완 사람들 간에 허우둥 마을에 가지 말자는 운동도 있다는 이야기를 들었다. 과도한 이미지를 내세워 관광객을 끌어들이는 행위가 오히려 고양이들에게 해를 입힌다고 생각해서인지, 혹은 과도한 기획성이 싫어서인지 속사정은 모르겠는데, 수많은 관광지가 이런 경향이 있다. 그러나 사람들이 별로 없는 평일, 조용한 언덕길의 주택가를 거닐며 가끔 나타나는 고양이를 본다면 더 멋진 시간을 즐길 수 있을지도 모른다. 다음에는 평일에 다시 와 봐야겠다.

천등을 날려라, 스펀

허우둥에서 기차를 타니 20분 만에 스펀^{十分}에 왔다. 스펀 역은 사람들로 미어터졌다. 기차에서 내려 역사를 빠져나가는 데도 시간이 한참 걸렸다. 갑자기 반대편으로 가는 기차가 들어오자 역무원들이 횡단하는 사람들을 중단시키느라 한바탕 소란이 일었다. 역사를 빠져나가는 기찻길 따라 약 100미터 길에는 식료품, 과일, 기념품, 천등을 파는 집 등이 죽 늘어서 있었다. 사람들은 그 길을 개미떼처럼 걸어갔다. 길을 가던 중 한글이 보였다. 한국 사람들이 운영하는 천등 파는 곳으로 한국어 설명이 있어서 좋았다. 원소절(정월 대보름날)에 사람들이 행복과 기원을 담기 위해 천등을 날리는 것으로 알고 있었는데 가겟집에 붙여진 천등의 유래에 대한 설명은 좀 달랐다.

"멀지 않은 예전, 양쪽 마을 두 촌장님이 너무 심심한 나머지 지는 사람이 술을 대접하기로 하고 누가 더 천등을 높이 날리는지 내기를 시작으로 매년 그 규모가 커지고 각종 언론에 방송이 되면서 오늘에 이르렀답니다."

음력 정월 대보름날 촌장님이 등을 날렸던 것일까? 어쨌든 현재 정월 대보름날은 물론, 주말이면 수많은 사람이 몰려와 자신들의 소원을 적은 등을 날리고 있다. 그런데 등이 생각보다 훨씬 컸다. 처음에 수박 한 덩이 정도의 크기를 예상했는데 높이가 사람 키만 하고 두 사람이 양손을 벌려 잡고 운반할 정도로 컸다.

천등 가게는 계속 이어졌고 옆의 철로 길에서 타이완 사람들이 등을 날리고 있었다. 두 명도 있었고 너덧 명이 함께 날리기도 했다. 가겟집 종업원이 등 안에 불을 붙이면 천등은 이내 하늘로 솟구쳤고 사람들은 "와!" 소리를 질렀다. 그때 종업원들은 열심히 사진을 찍어 주었다. 등에 적힌 글들은 대개 결혼, 사랑, 건강, 장수백세 등이었다. 한국 사람이나, 타이완 사람이나 모두 원하는 것은 거창한 것이 아니라 소박한 꿈들이다.

파란 하늘로 솟구친 천등들은 이내 점이 되어 사라지고 있었다. 그걸 보니 가슴이 뭉클해져 왔다. 우리가 아무리 기도하고 염원해도 생로병사의 고통을 피할 수는 없다. 그럼에도 불구하고 인간은 끝없이 꿈꾸고 기도한다. 그게 우리의 슬프면서도 아름다운 삶일 것이다. 저 등처럼 사라진 나의 아버지, 어머니…… 나도 등을 날려 볼까. 그러나 등을 혼자 들고 있기도 힘들고, 거기에 부모님에 관해 쓰고, 혼자 날리려니 쑥스러웠다. 그만 두기로 했다. 다만 남들이 날린 등이 하늘로 사라지는 것을 바라보며 나도 부모님을 위해 기도했다. 한평생 고생만 하다 가신 분들, 하늘나라에서 부디 편히 쉬시기를…….

그때 사람들이 와, 소리를 지르며 철로에서 나오기 시작했다. 기차가 들어오고 있었다. 철로에서 등을 날리다가 기차가 오면 피하고, 기차가 떠나면 다시 철로로 가서 등을 날렸다. 그 와자지껄한 풍경이 흥겨웠다.

스펀의 기찻길을 따라 나 있는 옛 거리는 상점과 관광객들로 붐볐지만 조금 나오니 한적했다. 근처에 있다는 작은 폭포들은 가지 않고

텅 빈 음식점에서 볶음밥을 먹었다. 벽에 음력 정월 대보름날 밤에 등을 날리는 사진이 붙여져 있는데 장관이었다. 수백 명이 동시에 날린 노란 등들이 밤하늘을 가득 메우고 있었다. 저걸 눈으로 직접 보면 가슴이 벅차올라 눈물이 날 것만 같았다. 사람들의 소박한 꿈, 염원이 적힌 수많은 등이 까만 밤하늘을 메우고 승천하는 모습을 상상해 보라. 스펀은 정월 대보름날에 꼭 가 봐야 할 곳이 되었다. 언젠가 아내와 함께 부모님에게 전하는 말을 적고, 우리의 소박한 꿈을 적어서 하늘로 날리는 날이 올까? 오겠지, 올 것이다.

핑시와 징통

철도 이름이 핑시선인 것처럼, 원래 핑시平溪가 핑시선의 중심 마을로 가장 컸다고 한다. 지금도 핑시는 스펀보다 더 큰 마을로 천등도 날리고, 기념품 가게, 음식점도 있었지만 철로가의 분위기는 한적했다. 소원을 적어 놓은 대나무들이 죽 달려 있었고 기념품 가게, 음식점들은 조용했다. 스펀에 비해 핑시는 차분한 분위기였다.

옛 거리를 빠져 나와 하천을 건너니 특색 없는 거리가 펼쳐졌다. 만약 날이 선선했다면 그런 평범한 거리조차 좋았을지 모른다. 그러나 한낮의 기온이 34, 35도를 오르내리는 9월 중순이다 보니 걸어 다니기가 싫었다. 마침 길거리의 버스 정류장에 징통菁桐으로 가는 버스가 와서 탔다. 운이 좋았다. 5분 후쯤 징통 역에 내리니 예쁜 글씨로 소원을 적은 대나무들이 반겼다. 잠시 역 근처를 구경한 뒤, 철로가 근처의 빙수집에서 팥빙수를 먹었다. 어딘가에 가서 좀 쉬고 싶었다. 징통은 영화 〈그 시절, 우리가 좋아했던 소녀那些年. 我們一起追的女孩〉의 촬영지로 더욱 유명해졌다는데 탄광촌 분위기를 맛보고 영화를 회상하며 사진을 찍는 이가 많았다.

언덕길을 올라가니 왼쪽에 넓은 평지가 나왔고 2층 목조 카페가 있었다. 더 높은 곳에는 붉은 벽돌로 만들어진 카페가 보였는데 나는 그곳으로 올라갔다. 친절하게 반겨 주는 중년 사내에게 카푸치노 한 잔을 주문한 뒤 안으로 들어가니 넓은 공간이 나왔다. 구석에 앉아 밀어를 나누는 젊은 남녀와 가족으로 보이는 일행만 있을 뿐 텅 비어 있었다. 목조 탁자와 의자들 위에는 판다곰 인형 몇 개가 놓여 있었고 공연을 할 수 있는 무대가 보였다.

밖의 난간으로 나가 보니 창밖에 한적한 산과 탄광촌 풍경이 펼쳐졌다. 그 난간에는 기대거나 기둥에 매달려 밑을 내려다보는 판다곰 인형들이 있었다. 그중 기둥에 매달려 밑을 내려다보는 판다곰이 눈길을 끌었다. '쟤가 나 같구나. 현실이란 기둥에 매달려 살면서도 늘 여행을 열망하는 나.' 세상을 물끄러미 바라보는 판다곰의 뒷모습이 안쓰럽고 측은하게 보였다.

징통을 마지막으로 핑시선 여행이 끝났다. 다시 열차를 타고 류에팡에 돌아오니 5시가 넘어가고 있었다. 다음엔 좀 더 한적한 시간에 와 보고 싶은 곳이었다.

주펀과 타이베이
Jiufen & Taipei

주펀의 열기와 사라지는 것들

류에팡에 도착하자마자 택시를 타니 15분 만에 주펀九份에 도착했다. 5시 35분. 전망대에 앉아서 멋진 일몰 풍경을 본 후, 어둠이 내려앉을 무렵 세븐일레븐 옆의 길을 따라 들어갔다. 좁은 골목길은 낮과 달리 관광객들이 빠져나가서 한산했다. 그러나 수치루에 와서 나는 경악을 했다. 홍등이 가득한 계단 길은 사람들로 미어터지고 있었다. 대부분 일본인 단체 관광객들인데 이렇게 사람이 많은 것은 처음 보았다.

지난 몇 년간 주펀에 몇 번 오면서 관찰한 바로는 일본인들은 해질 녘이면 깃발을 들고 나타났다. 일본인으로부터 들은 이야기인데, 그들은 홍등이 가득 메운 수치루의 풍경이 만화영화 〈센과 치히로의 행방불명〉의 배경과 비슷하다고 해서 온다는 것이다. '희몽인생喜夢人生'이란 글자가 적힌 붉은 등을 보니 문득, 꿈의 세계로 온 것 같았다. '즐거운 꿈을 꾸는 인생'이란 뜻일까? '인생이란 즐거운 꿈'이란 뜻일까? 홍등과 불빛이 어우러진 찻집 아메이차관의 풍경은 영화 포스터나 만화 영화의 한 장면처럼 환상적이었다. 일본인들은 이 부근에서 사진을 찍느라 멈춰 있었다. 도저히 걸을 수가 없었다. 한두 걸음 나가고 몇 분을 쉬었다가 다시 걸어가니 100미터도 안 되는 계단을 내려오는 데 20분 정도나 걸렸다. 어둠 속의 불나방이 환한 불빛을 보고 달려들듯 현실에 지친 사람들이 이미지를 탐한다. 그만큼 팍팍한 현실을 잊고 싶어서일 것이다.

　계단 중간에 있는 비정성시 찻집으로 들어가니 현실이 펼쳐지고 있었다. 아줌마들이 장사하느라 정신이 없었다. 예전에는 차만 마시고 갔는데 저녁으로 면을 먹었다. 이곳은 우리나라 드라마 〈온에어〉에 등장했던 곳으로 지금도 작은 포스터가 건물 벽에 붙여져 있다. 안타깝게도 이런 장소에 멋진 이미지를 남긴 박용하는 차가운 현실 속에서 고통받다 갔다. 나는 묵묵히 면을 먹은 후, 뱀처럼 휘어진 길을 빠져나와 전망대를 지나 비탈길에 있는 금석객잔으로 향했다. 과연 이곳은 문을 닫았을까? 오기 전에 예약 이메일을 보내도 답장이 없어 전화한 적이 있었다. 그때 주인의 아들인 듯한 젊은 사내는 서툰 영어, 일본어를 섞어 가며 이렇게 말했었다.

"마이 하우스 클로즈. 올데이, 젠부. 젠부[우리집 닫았어요. 전부 전부.]"

닫다니…… 추석 휴일이라 그런가? 이번 여행은 추석 연휴를 이용한 여행이었다. 그런데 젊은 사내는 계속 "젠부, 젠부, 올데이.[전부.]"란 말을 외쳤다. 문득 문을 닫았을지도 모른다는 생각이 들었다. 역시 그 여관은 흔적조차 남아 있지 않았다. 불빛 아래 차가운 포크레인만 있을 뿐. 다만, 이곳에 한때 금석객잔이란 여관이 있었다는 것을 알려주는 것은 팻말에 적힌 한자 金石客棧금석객잔과 한글로 적힌 '민박'이란 글자밖에 없었다. 예상은 했지만 막상 보니 허전했다. 한바탕 꿈을 꾼 것만 같았다.

4년 전 여기서 자며 만났던 여행자들, 주인, 고양이 그리고 방에 누워 느꼈던 그 모든 순간이 자취도 없이 사라진 것이다. 왜 없어진 것일까? 어디 가서 물어볼 수도 없고…… 마침 금석객잔 앞길에서 얘기하는 여인들이 있었다. 혹시 그들도 나처럼 허탈해서 이런저런 얘기를 하는 것은 아닐까?

"여기서 뭐해요?"

그들은 좀 이상한 표정을 지으며 대답했다.

"얘기하고 있는데요?"

내가 생각해도 좀 웃기는 질문이었다. 얘기하고 있는 걸 뻔히 보면서 여기서 뭘 하느냐고 묻다니. 사실 나는 "저희는 없어진 금석객잔이란 여관에 대해서 얘기하고 있어요."라는 답을 예상하며 물어본 건데 그들은 그 여관에 대해서 전혀 몰랐다. 서글펐다. 세월은 모든 것을 사라지게 만든다. 어디 금석객잔뿐이랴. 금석객잔의 주인도, 거기 묵었던 사람들도 그리고 나도 결국 사라질 것이다.

어두컴컴한 골목길을 거닐다 우두커니 서서 마을의 반짝이는 불빛을 바라보았다. 쉽게 떠날 수가 없었다. 한동안 울컥하는 가슴을 진정시킨 뒤에야 발길을 돌릴 수 있었다.

금석객잔 안녕, 친절하던 주인 안녕, 거기서 만났던 사람들, 고양이 모두 안녕. 슬퍼하면 안 돼. 따스하고 포근한 시간이었으므로 즐거운 추억이 되어야지.

타이베이 카페 스토리의 두얼 카페

두얼 카페는 영화 〈타이베이 카페 스토리第36個故事〉를 촬영한 곳이다. 나는 이 영화가 상영되자마자 극장에서 보았는데 부드러운 음악과 커피 뽑는 장면이 꽤나 감미로웠다. 〈비정성시〉를 만든 타이완의 허우샤오셴 감독이 제작한 것으로 묘한 매력이 있었다. 영화가 너무 광고 영상처럼 예쁘기만 하고 내용이 별로라는 비판도 있지만 나는 여러 번 볼 정도로 좋았다. 두 자매의 꿈, 인생에 있어 중요한 것이 무엇인가, 화폐로 측정되지 않는 물건들의 가치, 교환, 소통 그리고 요즘 뜨고 있는 카우치 서퍼, 세계 여행 등의 소재들이 가슴에 와 닿았기 때문이다.

영화 줄거리를 간략하게 소개한다면, 두얼은 1년 전 이모가 상하이로 이주하는 바람에 여동생 창얼과 함께 카페를 연다. 카페를 개업하는 날 친구들이 가져온 선물은 자신들이 쓰던 물건, 즉 헌 책들, 마네킹, 역기, 악어 인형, 마징가 제트 인형 등이었다. 이 잡동사니들을 버리려다가 동생 창얼의 아이디어로 물물 교환을 하게 된다. 결국 카페는 '물물 교환 카페'로 소문이 나면서 각종 에피소드가 생긴다. 원래 공부를 잘하던 언니 두얼은 현실적이며 돈 벌기를 원했고 동생 창얼은 즉흥적이며 늘 세계 여행을 꿈꾸었다. 그런데 비누와 연애편지를 교환하고 싶어 하는 사내가 나타나면서 인생 항로가 뒤바뀐다. 항공사 부기장으로 세계 각지를 돌아다닌 사내는 현지에서 얻은 35개의 비누와 거기에 얽힌 이야기를 해 주고 두얼은 그 이야기를 들으며 세계 여행을 꿈꾼다. 마침내 두얼은 여행사에 자신의 카페 지분을 넘기고 35개 도시를 갈 수 있는 항공권을 받는 물물 교환을 한다. 결국 돈 벌기를 원하던 두얼은 세계 일주를 떠나고, 세계 일주를 꿈꾸던 동생 창얼은 카페에서 돈을 벌게 된다. 이 영화에서 두얼은 타이완의 유명 여배우 구이룬메이 (계륜미)가 연기했다.

그 현장은 가기에 쉬웠다. 지하철을 타고 쑹산지창松山機長 역에서 내려 택시를 탔다. 운전사에게 카페 주소를 보여 주니 아무 말 않고 출발했다. 얼마 안 가 대로에서 꺾어지자 영화 속의 풍경이 펼쳐졌다. 동생 창얼이 자전거를 타고 가로수 밑을 달리며 홍보물을 돌리던 장면과 비슷했다. 건물에 새겨진 주소를 살피던 운전사가 나에게 물었다. 그는 서툴지만 영어를 할 줄 알았다.

"여기가 어딥니까?"

"카페입니다."

"커피 마시러 가나요?"

"아, 네. 거기가 영화의 배경이거든요."

그런데 운전사는 '무비movie'라는 단어를 듣더니 오해를 했다. 아, 어쩐지, 이제야 알았다라는 표정을 지으며 "무비 스타, 무비 스타!"라고 말하다 "코리언 맨 핸섬![한국인 미남]"이라고 외쳐 댔다. 나도 답례로 "타이완 맨 핸섬!" 했는데 운전사는 다시 이렇게 외치는 게 아닌가.

"노, 노…… 당신, 당신이 핸섬하다고요."

어, 그의 말에 고맙기도 하지만 좀 당황스러웠다. 그러나 이내 받아들이기로 했다. 사실 비슷한 경험을 홍콩에서도 했기 때문이다. 전번

홍콩 여행 중에도 식당이나 카페에서 사람들이 나를 뚫어지게 쳐다보고 자기들끼리 뭐라 얘기를 나누다 다시 쳐다보는 경우를 몇 번 겪었다. 여자들보다도 남자들인 경우가 더 많았는데 아마 내가 누군가를 닮았던 것 같다. 나도 그가 누군지 참 궁금하다. 그러니까, 이 택시 운전사도 아마 나를 영화배우로 본 것 같았다. 아까 '무비영화'란 말을 했기에. 이러니 내가 타이완 사람들을 안 좋아할 수 있는가?

드디어 두얼 카페가 나왔다. 입구의 돌에 카페 이름이 새겨져 있었는데 영어로는 'daughter's cafe', 즉 '딸의 카페'였다. 문을 열고 들어가니 영화에서처럼 노란 등이 천장에 예쁘게 걸려 있었다. 중앙의 주방에서 두 여인이 일하고 있었는데 살짝 가슴이 설렜다. 혹시 두얼이 저기서 커피 뽑고 있는 거 아니야? 한쪽 벽에는 영화 포스터가 붙어 있

어서 영화 분위기가 물씬 풍겼다. 구석에 앉으니 젊은 여인이 다가왔다. 샌드위치와 카푸치노를 시켰다. 여인은 친절했고 샌드위치는 푸짐했으며 음악은 부드러웠다. 12시가 되어 가는 무렵 중년 사내 세 명이 노트북을 펼쳐 놓고 비즈니스 이야기에 열을 올렸고, 안쪽의 중년 여인들은 수다를 피웠으며, 내 뒤쪽의 여인은 혼자서 조용히 책을 보고 있었다. 이곳에서 카메라 들고 설쳐 대면 다른 손님들에게 방해되어서 싫어한다는 이야기를 들었기에 자리에 앉은 채 조심스럽게 사진을 찍었다. 전시된 소품은 영화와 달랐지만 구조와 조명이 영화 속 풍경과 똑같아서 화면 안으로 들어온 것만 같았다.

여종업원은 계속 왔다 갔다 하며 손님들 잔에 물을 따라 주었다. 내 잔이 비자 세 번이나 물을 따라 주었는데 안 보는 척하면서도 세심하게 배려하고 있었다. 손님들에게는 별로 웃지 않고 약간 긴장한 표정을 지었지만 자기들끼리는 밝게 얘기하고 있었다. 아, 편안하고 좋다. 여기서 일하는 두 젊은 여인의 꿈은 무엇일까? 영화와는 달리 시급을 받아 가며 일하는 신세일 것이다. 낭만적인 영화의 분위기와 결코 낭만적이지 않은 현실 사이에서 나는 잠시 호흡을 고른다. 이런 영화 배경을 찾아다니는 나는 현실을 모르는 낭만주의자가 아니다. 누가, 어떤 바보가 이런 카페에 와서 '세상이 다 그렇게 낭만적'이라고 생각하겠는가? 다만 현실에서 지치고 꿈을 잃어 갈 때, 영화 속의 풍경과 메시지를 상기하며 위로받고 힘을 내고 싶은 거지.

영화의 마지막 장면에서 두얼은 공항으로 가는 택시 밖의 하늘을 내다보았다. 나도 첫 여행을 떠나던 공항버스에서 그렇게 하늘을 바라보았었다. 파란 하늘, 나의 꿈, 청춘…… 그 설렘은 지금도 생생하다. 중학생 때부터 그렇게 열망하던 해외여행이란 꿈이 이루어지던 순간, 그때 서른한 살의 청년은 '죽어도 좋아.'라며 눈물을 흘릴 뻔했었다. 여행을 통해 나의 꿈은 현실이 되었고 또 현실은 꿈이 되어 간다. 내가 〈타이베이 카페 스토리〉를 좋아하는 이유는 꿈의 이야기이기 때문이다. 이야기를 들으며 꿈꾸었던 35개의 도시를 향해 떠나던 두얼. 꿈이란 단어는 언제나 가슴 뛰게 만든다. 다음에 오면 느긋하게 커피를 마신 후, 오래전부터 살아온 동네 아저씨처럼 이 거리를 돌아다닐 것이다.

말할 수 없는 비밀의 단수이

영화 〈말할 수 없는 비밀〉의 촬영지였던 담장 고급중학교를 돌아본 후, 단수이 해변으로 왔다. 약 4년 만에 다시 온 단수이. 하늘 중간까지 구름이 끼었지만 수평선 부근은 맑았다. 9월 중순에 이 정도 날씨면 행운이다. 회색빛 구름 속에 숨은 태양 아래서 세상은 흑백 사진처럼 누렇게 변해 갔다. 모든 사물을 실루엣으로 만드는 이런 시간이 나는 좋다. 내가 한갓 실루엣처럼 변해 갈 때 조금씩 더 자유로워지기 때문에.

한가롭게 낚싯줄을 드리운 사내들, 나란히 앉아 수평선을 바라보는 연인들, 카메라를 들고 떨어지는 해를 기다리는 사람들은 여전했다. 느릿느릿 걷다가 해변의 어느 카페로 들어갔다. 귀에 익은 올드 팝송,

사이먼 앤 가펑클의 〈Sound of silence〉다. 맥주 한잔을 마시며 카페 근처에 앉아 있는 두 남녀를 보았다. 영화 〈말할 수 없는 비밀〉에서 두 주인공 상륜과 샤오위도 이 해변에 앉아 사랑을 나누었다. 문득 샤오위가 까치발을 하고 상륜의 귓속에 속삭이던 장면이 떠올랐다.

"이건 말할 수 없는 비밀이야."

말할 수 없는 비밀. 나도 이 세상을 살면서 그런 비밀 하나 간직하고 싶구나. 예를 들면 '사실은 나, 100년 후의 미래에서 온 사람이야.' 같은 것. 그럼 나는 이 현실 속의 수많은 갈등, 고민들을 물끄러미 구경하는 여유 있는 인간이 될 텐데. 그러나 비밀 하나 없는 평범한 삶은 너무도 지루하다. 이번 여행을 떠나기 전에도 〈말할 수 없는 비밀〉을 보았었다. 이미 너덧 번 보았지만 눈물이 났다. 이 나이에 무슨 주책이냐 하면서도. 누구나 한번은 해 봤을 그 설레는 순수한 사랑이 애절하고 그리워서.

이곳이 그리 환상적인 곳은 아니다. 강이 바다로 흘러나가는 어귀일 뿐. 화려한 풍경을 자랑하지도 않고 가끔 비가 오거나 흐린 날이면 맥 빠지기도 한다. 그러나 눈에 콩깍지가 쓰인 나는 타이완의 모든 게 사랑스럽다. 내 첫 번째 여행지였고, 또 어머니가 돌아가신 후 나를 위로하고 힘을 준 곳이다.

검은 구름 아래로 모습을 드러낸 해가 레이저처럼 빛을 뿜었다. 바다 위로 황금빛 길이 났다. 황홀하다. 쌉싸름한 맥주 한 모금, 여자 종업원의 미소, 올드 팝송, 저녁나절의 시원한 바람…… 어머니가 돌아가신 후, 몹시 괴로웠던 나는 4년 반이 지난 지금 행복해졌다. 돈을 많이 벌거나 형편이 좋아져서가 아니다. 그저 이 저녁나절의 황금빛 햇살과 서늘한 바람과 부드러운 음악이 얼마나 감사한지 모르겠다. 여전히 부모님을 생각하면 종종 가슴이 아프다. 그러나 나는 힘차게 살아왔다. 쉬운 삶은 아니었다. 그래, 많은 일이 있었지. 고개고개 잘 넘어왔다. 여기까지 온 게 얼마나 대견한가? 행복해서 자꾸 눈물이 났다.

여유로운 시간들

오늘은 이번 여행에서 온전하게 하루를 쓸 수 있는 마지막 날이다. 무얼 할까? 그냥 발길 닿는 대로 다녀 볼까? 아, 저녁에는 죽집에 꼭 가 봐야 해.

마음 내키는 대로 다니고 싶었다. 우선 내가 타이베이에서 가장 사랑하는 길, 중산베이루를 거닐었다. 타이완에서 처음 묵었던 호스텔이 있던 곳이기에 여기 오면 늘 가슴이 두근거린다. 푸른 나무들이 뒤덮고 있는 널찍한 대로, 뒷골목의 작고 예쁜 카페들, 낡은 집들, 간판들을 보면서 천천히 걸었다. 그러다 우연히 타이베이 당대예술관台北當代藝術館에 들렀다. 우리식 표현으로 타이베이 현대미술관이다. 그곳에는 현대 문명의 비극적인 모습을 담아 낸 작품들이 많았는데 그중 '인간의 기억'에 대한 작품들과 작품 안내문에 적힌 프랑스 철학자 메를로퐁티의 말이 인상적이었다.

"기억이란 단지 과거로부터 형성된 것이 아니라, 현재에 영향받으며 새로운 시간을 열려는 노력이다."

한동안 글에 대해 고민하던 나에게는 가슴에 와 닿는 글이었다. 문자가 발명되고 인간이 글쓰기를 사용하면서 인간의 기억력은 퇴보된다. 기록되지 않은 것은 쉽게 망각되며, 회상하는 가운데 '현재의 영향'을 받게 된다. 과거의 것을 표현하는 과정에서 항상 현재의 기분, 생각, 환경에 영향을 받기에 과거의 기억은 있는 그대로 '재현^{미메시스}'되기 힘들다. 더 나아가 언어 자체가 개념과 이미지를 통해 사물과 사실을 우회적으로 표현하는 기호이다 보니, 결코 현실을 재현할 수 없는 근본적인 한계를 갖고 있다. 나는 한때 이런 언어의 한계 속에서 글쓰기에 회의를 느꼈다. 그러나 메를로퐁티가 얘기한 대로 이제 글쓰기에서 중요한 것은 과거와 현실의 재현이 아니라 새로운 현재, 미래를 열어 가는 노력이라는 것을 인식하며 다시 힘을 낼 수 있었다. 글쓰기 행위를 통해 사람은 과거를 해석하고, 현재에 의미를 부여하며, 미래에 대한 꿈을 키운다. 그런 생각을 하던 나이기에 우연히 발견한 이런 글귀 앞에서 전율한다. 우연히 만나는 여행의 즐거움이다.

미술관을 나와서 잠시 망설이다 점심을 먹기로 했다. 어느 청년이 나눠 주는 팸플렛을 보니 우롱몐烏龍麵 집 선전이다. 우롱차로 만드는 면? 흥미가 당겼다. 멜란지 카페 바로 옆에 있는 면집이었다. 줄을 서서 스스로 원하는 튀김, 야채, 술, 우동 등을 선택하고 나중에 계산을 하는데 아사히 캔 맥주가 50위안(1,750원)이다. 음식점에서 파는 아사히 캔 맥주가 이렇게 쌀 수가 있나? 안 마실 수 없었다. 튀김 하나, 야채, 면에 아사히 캔이 모두 합해 295위안 즉 10,000원이 조금 안 되었다. 우롱차로 만든 우동 국물 맛이 기가 막혔다. 우동 국물과 함께 아사히 맥주를 마시니 콧노래가 나왔다.

점심을 먹고 나니 커피가 당겼다. 타이베이에서 가장 오래된, 1956년에 문을 열었다는 펑다蜂大 카페로 향했다. 그 카페는 시먼西門역 근처에 있었다. 일요일이어서인지 사람들이 꽤 많았다. 다행히 입구의 2인용 자리가 비어 있었다. 자리에 앉으니 중년의 아줌마 종업원이 메뉴판도 갖다 주지 않은 채 물수건을 테이블 위에 휙 던지고 갔다. 여긴 원래 이런가? 눈치를 보니 그런 것 같았다. 젊은 사내가 아줌마 종업원에게 와서 사정하듯 메뉴판을 달라고 하자 아줌마는 "자리에 가서 앉아 있어요."라며 퉁명스럽게 말했다. 손님들은 중년층, 노년층이 많았다. 눈치를 보며 얌전히 기다리기로 했다. 한참 뒤에야 메뉴판이 왔고 나는 '코나' 커피를 시켰다. 150위안이었는데 맛이 훌륭했다. 약간 시고 쓰면서도 고소했다. 역시 사람이 많이 모이는 데는 다 이유가 있는 법이다. 그러나 분위기는 어수선했다. 클래식 음악이 흘러나왔지만 복잡하니 칼국숫집 분위기였다. 나오다 입구에 계단이 있어 2층으로 올라가 보았다. 거긴 분위기가 달랐다. 깔끔한 현대식 의자와 탁자가 있었고 대부분 젊은이였다. 다음에 오면 2층으로 가야겠다는 생각이 들었다. 아니, 평일에는 1층도 한결 편안하고 한적한 분위기일지도 모르겠다.

날씨는 더웠지만 일요일 시먼딩 거리는 활력에 넘쳤다. 젊은이들이 춤을 추며 공연도 했고 놀러 나온 인파로 북적거렸다. 늦은 오후, 딱히 가고 싶은 곳도 없어서 걷다가 전에 보아 두었던 마사지 가게로 갔다. 터진 공간에 누워 마사지를 받는데 중년 여인의 손아귀 힘이 대단했나. 시원한 마사지를 받으며 밖을 바라본다. 이곳에서는 게스트 하우스도 같이하는지 배낭을 멘 서양인, 일본인들이 와서 체크인을 하고 있었다. 중국어, 영어, 일본어 등이 섞여서 호떡집에 불난 것처럼 시끄러웠지만 흥겹게 들렸다. 떠들썩한 이야기, 한가롭게 지나다니는 행인, 시원한 발의 쾌감, 나른한 몸, 더위, 졸음…… 동남아에 온 것처럼 긴장이 풀어지고 있었다. 타이완의 묘한 매력이다. 시스템은 잘 갖춰져 있는데 사람을 조이지 않고 느긋하게 풀어 준다. 서비스는 좋아도 팁을 주는 분위기가 아니다. 화롄에서 등 마사지를 받은 뒤 팁을 주었을 때 여자 마사지사는 당황하며 피했었다. 고마우면서도 미안했다. 팁 문화가 정착되어 있던 홍콩 생각을 하고 그랬던 것인데 그녀는 전혀 기대하지도 않았었다. 이곳도 마찬가지였다. 여자 마사지사는 마사지를 끝낸 후 자기 자리로 가 버렸고 나오며 눈인사를 하니 활짝 웃었다. 돈을 매개로 만나는 인연이지만 정해진 가격 이외에는 원하는 것도, 더 줄 의무도 없었다. 다만, 손님과 종업원 사이에 인간적인 소통과 정이 흐른다. 그래서 타이완에 오면 마음이 푸근해진다.

한낮의 여유를 즐긴 후 저녁에는 죽집으로 갔다. 전번에도 왔던 곳인데 수많은 반찬은 보기만 해도 흡족했다. 다시 죽을 먹는구나. 이번 타이완 여행을 오면서 꼭 다시 들러 보겠다고 생각한 가게이다. 푸짐한

죽에 깔끔한 반찬을 먹으니 배가 든든해지면서 기분이 좋아졌다. 5시 정도라 손님이 노부부만 있었는데, 언젠가 이곳에서 저녁마다 죽을 먹는 날이 올까? 아내와 종종 '한 시절' 타이완에서 살아 보고 싶다는 얘기를 한다. 언젠가 소박한 노부부가 되어 조용히 죽을 먹으며 한 끼 한 끼에 감사하는 시간을 가지리라.

밖으로 나오니 어둠이 서서히 깔리고 있었다. 멀리 101빌딩이 지는 해 아래서 빛났다. 저 빌딩은 꼭대기에서 내려다보는 풍경도 좋지만 저녁나절에 황금빛을 머금은 모습이 더 사랑스럽다. 타이베이의 맑은 저녁나절은 늘 황홀하고 평화롭다. 서울처럼 높은 하늘이 아니라 낮은 하늘이다. 그래서 붉은 놀이 더 강렬하다. 길을 가다가 우두커니 서서 온 세상을 덮치는 황혼에 넋을 잃은 적이 한두 번이 아니었다.

중산베이루에 오니 해가 거의 졌는데 이상도 하지. 땅에는 어둠이 짙게 깔렸고 차들은 빛을 뿜어 댔지만 하늘은 여전히 파랗게 빛나고 있었다. 와, 이건 한 폭의 그림이야. 나는 감탄하며 계속 카메라 셔터를 눌러 댔다. 휴가 같던 여행이 그렇게 끝나 가고 있었다.

문득, 타이완에 대한 나의 사랑이 깊어지고 있음을 느꼈다. 볼거리, 음식을 넘어서 이제는 하늘, 바람, 햇살, 황혼, 어둠 속의 실루엣, 말소리 그리고 사람들의 눈빛, 표정조차 가슴에 깊이 새겨지고 있었으니…… 무엇인가 사랑하면 사소한 것들조차 가슴을 적셔 온다. 나는 타이완과 사랑에 빠진 여행자다. 일주일간의 여행은 짧았지만 사랑 속에서 느낀 순간들은 영원처럼 길었다.

타이완과 사랑에 빠진 사람

여행은 상쾌하게 끝났다. 원래 타이완의 9월은 비가 많고 흐리지만 첫날만 빼고 다 맑았다. 아내는 나에게 종종 '여신旅神' 즉, '여행의 신'이 도와준다고 말한다. 그러나 신 이전에 나는 타이완 사람들에게 고마워한다. 그들의 따스한 정과 친절이 나를 행복하게 했으니까.

또한 타이완의 독특하고 다양한 문화가 나를 매혹시켰다. 20여 년 전 처음 왔을 때 타이완은 분명히 현재와 달랐다. 그때는 다양성이 권위적인 분위기에 눌려 있었다면 지금은 마음껏 드러나 독특한 '타이완의 것'이 만들어지고 있다. 흔히 알고 있듯이 타이완에는 중국적인 것만 있는 게 아니다. 다양한 문화들이 혼합되면서 타이완의 새로운 정체성이 형성되고 있다. 그 과정에서 갈등과 고통도 있었지만 타협과 절제 아래 착실하게 전진하고 있는 것으로 보였다. 현장에서 이 같은 타이완의 모습을 지켜보고 관찰하는 것은 매우 흥미로웠다. 돌아와 한동안 후유증을 앓았다. 달콤한 여행으로 돌아가고 싶었다. 그러나 마음을 달랬다. 늘 여행만 할 수 있나? 다음에 또 가면 되지. 할 일은 많은데 몸도 아팠다.

그때마다 느긋하게 마음먹으며 쉬었다. 오늘 못 하면 내일 하고, 내일 못 하면 모레 하고, 모레 못 하면…… 하지 않으면 어때? 그렇게 몸과 마음을 달래면서 한 달 정도를 느긋하게 살았다.

그러자 놀라운 일이 벌어졌다. 내 몸이 놀라울 정도로 좋아진 것이다. 어머니가 돌아가신 후, 나는 의욕적으로 열심히 살았지만 언제부턴가 병에 시달렸다. 갑상선 기능의 이상으로 늘 기력이 쇠한 것 같고,

소화가 안 되었고, 강의 한번 하고 나면 횅 머리가 돌고 심장과 간이 벌렁거리는 것 같았다. 또 어지럼증이 동반되는 이석증 때문에 몇 개월간 픽픽 쓰러지며 토한 적도 있었다. 그때는 정말 '아, 이러다 죽겠구나.' 하는 생각이 들었다. 음식 신경 쓰고, 매일 한두 시간씩 운동을 하면서 컨디션은 조금씩 좋아졌지만, 1년에 두세 번씩 피검사를 하면 항상 정상 범위에서 벗어나 있었다. 그런데 이번에 검사할 때 의사가 깜짝 놀랐다.

"어머, 모든 게 정상이에요. 갑상선도 정상이고, 콜레스테롤도 정상이고……."

감개무량했고 기가 막혔다. 몇 년 동안 그렇게 노력해도 안 되더니 즐겁게 일주일간 여행하고, 돌아와 한 달쯤 쉬엄쉬엄 살았더니 정상이 된 것이다. 결국 내 병의 원인은 다른 데 있지 않았다. 너무 열심히 살았던 탓이다. 여행이나 하고 글이나 쓰니 한적한 삶 같지만 사실 치열한 삶이었다. 항상 글을 쓰고, 책을 읽고, 생각을 하고, 강의를 하고, 블로그를 하고, 휴대 전화를 들여다보고, 운동을 하고…… 아침에 눈을 떠서 밤에 눈 감을 때까지 늘 무언가를 했다. 경제적 고민과 삶의 허무와 어머니에 대한 죄책감을 극복하기 위해서였다. 그 넘치는 의욕이 나를 일어서게 했지만 어느새 아프게 했다. 그런데 이번 타이완 여행을 통해 치유된 것이다.

'타이완 여행을 하고 나니 병이 낫더라.'라는 얘기가 아니다. 타이완이 만병통치의 나라도 아니고, 타이완 사람들이 다 유유자적하게 사는 것도 아니다. 그곳에서도 삶은 치열하며, 여행으로라도 너무 열심히 돌아다니면 병에 걸리기 십상이다. 또 세상에는 타이완보다도 더 느긋한 나라가 많다.

결국 마음가짐이 우선 아닐까?

나는 타이완에 갈 때 거창한 것을 기대하지 않는다. 겸손한 마음으로 소박한 사람들의 삶과 정과 음식을 맛보러 간다. 사소한 것 같지만 삶의 본질인 그것들을. 타이완에 가면 언제나 여유롭고 푸근하며 따스한 기운을 느낀다. 그 기운을 받고 온 나는 여기서도 '그래, 좀 더 느긋하게 살자.'라며 마음을 가다듬을 수 있었다. 타이완은 내가 삶의 의욕을 잃었을 때는 생기를 불어넣어 주었고, 내가 지쳤을 때는 쉬게 해 준 고마운 나라다.

타이완에 가면 나는 잘 웃고, 잘 먹고, 느긋해진다. 또 수많은 추억이 살아나 옛날의 즐거웠던 시절로 돌아간다. 여행의 의미를 공간 이동에만 둔다면 타이완은 좁은 나라다. 그러나 소박한 마음으로 즐기고, 회상하고, 성찰하면 수많은 것을 체험할 수 있는 드넓은 공간이 된다.

우리의 삶은 점점 각박해지고 있다. 물질문명은 더욱 발전하지만 빠른 속도 속에서 지쳐 간다. 학생 때는 학업과 경쟁 속에서 힘들어하고 사회에 나와도 그렇다. 무한 경쟁의 피로감, 미래의 진로, 노후의 불안감, 생로병사의 고통은 늘 우리를 따라 다닌다.

나 역시 이런 피로감 속에서 살아가다 문득, 인생의 본질에 대해서 생각해 보았다.

약 2,500년 전 공자는 《예기禮記》에 이런 말을 남겼다.

"飮食男女 人之大慾存焉, 死亡貧苦 人之大惡存焉."

'음식과 남녀 간의 사랑은 사람들이 크게 바라는 일이고, 죽음과 빈곤과 고통은 사람들이 크게 싫어하는 일이다.'라는 의미이다. 이 평범한 말이 나이 들어갈수록 얼마나 가슴에 와 닿는지 모르겠다.

타이완 출신의 이안 영화감독은 공자의 말에서 〈음식남녀飮食男女〉란 영화의 제목을 따오기도 했다. 사람 사는 게 이런 것 아닌가? 아무리 돈을 많이 벌어도, 아무리 출세해도 한 끼의 음식을 즐기지 못하고, 남녀 간의 사랑을 넘어서 가족과 친구들과의 사랑, 우정이 없다면 그 삶은 삭막하게 된다. 앞만 보며 달리면 안 된다. 천천히 주변을 돌아보며 살아야 한다. 우리는 세상을 쉽게 바꾸지는 못 해도 자신을 바꿀 수는 있다. 삶에 대한 태도가 바뀐다고 모든 게 해결되지는 않겠지만 그래도 우리는 위로받고 용기를 얻을 수 있다. 나는 타이완에 갈 때마다 그걸 느낀다.

나는 앞으로도 열심히 살 것이다. 이 땅에서 생존하기 위해 그래야만 한다. 하지만 종종 숨을 돌리며 빈둥거릴 것이다. 느긋하게 햇볕을 쬐고, 쉬고, 놀아야만 행복해진다. 앞으로도 삶이 지치고 힘들 때 나는 또 타이완에 갈 것이다. 느긋한 여행자가 되어 어딘가에 콕 숨어 버릴 것이다. 그리고 나처럼 삶에 지친 사람들에게 말하고 싶다.

"삶이 힘들다고 느껴지는 분들, 낯선 땅을 헤쳐 가는 여행이 두렵거나 귀찮아진 분들이라면 타이완에 한번 가 보세요. 거창한 것 기대하지 말고 이웃집 마실 가듯 가 보세요. 잘 먹고, 잘 쉬고, 잘 놀다 보면 문득 '이게 행복이구나.' 하는 기쁨을 누릴 수 있을 겁니다. 단, 겸손하고 느긋한 여행자가 되어."

그때, 타이완을 만났다

1판 1쇄 인쇄 2015년 1월 23일
1판 1쇄 발행 2015년 1월 30일

지은이 이지상

발행인 양원석
본부장 송명주
책임편집 이지혜
교정교열 조연혜   **전산조판** 김미선
해외저작권 황지현, 지소연
제작 문태일, 김수진
영업마케팅 김경만, 정재만, 곽희은, 임충진, 이영인, 장현기, 김민수,
　　　　　　임우열, 윤기봉, 송기현, 우지연, 정미진, 이선미, 최경민

펴낸 곳 ㈜알에이치코리아
주소 서울시 금천구 가산디지털2로 53, 20층 (가산동, 한라시그마밸리)
편집문의 02-6443-8855   **구입문의** 02-6443-8838
홈페이지 http://rhk.co.kr
등록 2004년 1월 15일 제2-3726호

ⓒ이지상, 2014, Printed in Seoul, Korea

ISBN 978-89-255-5515-7 (03810)

RHK는 랜덤하우스코리아의 새 이름입니다.